Retrouvailles au Salvador

*

La princesse et le chirurgien

JULIE DANVERS

Retrouvailles au Salvador

Traduction française de
CAROLINE JUNG

BLANCHE

HARLEQUIN

Collection : Blanche

Ce roman a déjà été publié en 2021

Titre original :
FALLING AGAIN IN EL SALVADOR

HARPERCOLLINS FRANCE
83-85, boulevard Vincent-Auriol, 75646 PARIS CEDEX 13
Service Clients — https://www.harlequin.fr/contenu/contactez-nous
ISBN 978-2-2805-2098-0 — ISSN 0223-5056

Édité par HarperCollins France.
Composition et mise en pages Nord Compo.
Imprimé en juin 2025 par CPI Black Print (Barcelone)
en utilisant 100% d'électricité renouvelable.
Dépôt légal : juillet 2025.

FSC MIXTE Papier FSC® C159065

Pour limiter l'empreinte environnementale de ses livres, HarperCollins France s'engage à n'utiliser que du papier fabriqué à partir de bois provenant de forêts gérées durablement et de manière responsable.

1

Cassie Andover attendit plus de deux heures à l'arrêt de bus de Miraflores avant de se faire une raison : le bus ne passerait pas.

La journée avait été laborieuse. Après des adieux émouvants avec ses parents à l'aéroport de Manhattan, elle s'était acheminée vers la porte d'embarquement pour le Salvador quand on avait annoncé que le vol aurait du retard. Elle n'avait eu d'autre choix que d'attendre. Une fois arrivée à destination, le bus qu'elle aurait dû prendre pour Miraflores était parti sans elle depuis longtemps. Un autre bus était passé, tellement chargé qu'elle n'avait pas pu embarquer avec son énorme sac à dos. Elle avait pu monter à bord du troisième, par miracle presque vide.

Elle sursauta et prit conscience qu'elle avait somnolé pendant tout le trajet. Elle regarda par la fenêtre en clignant des yeux. Sur les collines, des plantations de café verdoyantes s'étendaient à perte de vue, devant les montagnes couronnées d'une brume bleue qui se dressaient dans le lointain.

— Miraflores, annonça le chauffeur du bus en se tournant vers elle.

Il ouvrit les portes et attendit.

Elle jeta un autre coup d'œil par la fenêtre. Il n'y avait aucune trace de bâtiments, rien qui indique la présence d'une ville.

— Mais il n'y a rien. Miraflores est une ville, dit-elle. Ici, il n'y a rien.

— Ça, c'est l'*arrêt de bus* de Miraflores, répondit le chauffeur. Mais si vous voulez aller à Miraflores à pied, il vous faut couper vers l'est. Il y a un peu plus de trois kilomètres. Ou trouver quelqu'un pour vous y emmener par la route. C'est à une dizaine de kilomètres.

Cassie regarda ce que le chauffeur venait de désigner comme « arrêt de bus » : un carré d'herbe flanqué d'un plot en béton qui devait être une borne kilométrique, devant laquelle la route s'étirait à l'infini au milieu d'un paysage identique à celui que le bus avait traversé au cours de la dernière heure du voyage.

— On doit venir me chercher à l'arrêt de bus de Miraflores, vous êtes sûr que c'est bien ici ?

— C'est le seul arrêt de bus de Miraflores que je connaisse, dit le chauffeur. Ensuite, moi je continue sans m'arrêter jusqu'à San Alejo.

Elle jeta un coup d'œil à son portable. Pas de réseau. Si elle poursuivait jusqu'à San Alejo, elle pourrait au moins téléphoner. Mais cela signifiait prolonger le voyage en bus encore plusieurs heures. Après la journée qu'elle venait de passer, elle avait besoin de faire une pause. Même si cela impliquait de rester assise sur une borne kilométrique au milieu de nulle part.

Elle extirpa son sac à dos de la soute et s'écarta sur le bas-côté en regardant le bus repartir dans un nuage de fumée. Le ciel était clair, l'atmosphère, silencieuse et paisible, animée à l'occasion par le chant d'un oiseau. La route longeait les plantations de café et des étendues de fougères qui se transformaient rapidement en une dense forêt tropicale.

À part les plantations de café, aucun signe de civilisation n'était décelable. Cassie était seule. Du moins, presque. Une poule sortit de sous les fougères pour aller picorer le bord de la route.

C'est toi qui as voulu quitter New York, se dit-elle, *tu voulais te rapprocher de l'essentiel. Avec une poule pour seule compagnie, tu es en bon chemin...*

C'était un besoin désespéré de changer d'air qui l'avait amenée au Salvador. Être considérée comme la meilleure gynécologue obstétricienne de New York avait un prix, et des années passées à satisfaire les exigences des mères de la jet set l'avaient à la fois épuisée et désabusée. Jamais elle n'aurait imaginé que donner naissance à des bébés puisse mener au surmenage.

Cassie était elle-même née avec une cardiopathie congénitale. Rien n'était à ses yeux plus important que de pouvoir aider les mamans et leurs bébés dans la période charnière qu'était la naissance. Mais sa réputation avait fini par donner une tournure inattendue à sa carrière, et toutes les familles les plus aisées et les plus célèbres de New York s'étaient mises à vouloir s'attacher ses services. Au début de sa carrière, il n'était pas rare que certaines patientes demandent d'accoucher dans l'eau ou qu'on diffuse une musique particulière en salle d'accouchement mais, dans ce milieu-là, il était devenu banal de mettre son enfant au monde au son d'un quatuor à cordes ou dans un bassin empli d'une eau hors de prix ayant au préalable traversé certaines roches volcaniques. La patientèle de Cassie voulait vivre une maternité sur mesure et n'hésitait pas à manifester son mécontentement si ses requêtes souvent extravagantes n'étaient pas satisfaites.

« J'ai l'impression de ne plus savoir qui je suis, avait-elle dit un jour à sa collègue Vanessa. Je m'épuise à la tâche pour des patientes qui se plaignent que les noix de cajou de leur salade macrobiotique sont hachées trop fin, ou que la conseillère en lactation ne sait pas utiliser leur tire-lait Vuitton. »

« Les gens riches pensent qu'ils peuvent acheter tout et n'importe quoi, avait répondu Vanessa. La semaine dernière, la femme d'un sénateur a hurlé pendant une demi-heure parce que je refusais de baigner son bébé dans de la San Pellegrino – l'idée venait d'une chanteuse qui avait eu des jumeaux quelques mois auparavant. Elle m'a presque menacée et dit que j'aurais de ses nouvelles si son enfant n'était pas pris à la Collegiate School de New York. »

Cassie avait secoué la tête.

« Moi qui m'imaginais à trente ans avec un métier passionnant et un homme dans ma vie. Aujourd'hui, je suis toujours célibataire et j'en viens à me demander si je suis encore faite pour être médecin. »

« Tu as peut-être simplement besoin de changer d'air. C'est normal que tu ne saches plus qui tu es. Nous passons notre temps à supporter les caprices de parents immatures, cela n'a plus rien à voir avec ce qui nous plaît dans notre métier. Peut-être que changer de cadre te ferait recouvrer ton enthousiasme... »

Les paroles de Vanessa lui avaient trotté dans la tête pendant des semaines. Son cœur battait un peu plus vite à l'idée de quitter le Brooklyn General Hospital pour autre chose de plus... De plus quoi ? Elle n'en avait aucune idée. Elle avait un travail stable et bien payé dans la meilleure maternité de la ville. Que voulait-elle de plus ?

Cela n'avait aucun sens de quitter son poste. D'ailleurs, elle ne l'aurait certainement pas fait spontanément si on ne lui avait pas proposé une promotion.

Les administrateurs du Brooklyn General lui avaient demandé de devenir chef du service maternité. Elle avait réfléchi mais, juste avant d'accepter, elle avait eu un flash des dix prochaines années de sa vie : plus d'heures en service, plus d'exigences abracadabrantes de la part de patientes fortunées, moins de jours de congé. Des centaines de bébés plus riches qu'elle le jour de leur naissance. Des heures passées à tranquilliser des parents non pas parce que l'accouchement les impressionne et les stresse mais parce qu'on n'a pas saupoudré la quantité précise de cannelle qu'ils avaient exigée sur leur cappuccino. À expliquer à des mères que non, elles ne peuvent pas garder leur placenta, même si d'autres célébrités prétendent, sur les réseaux sociaux, avoir conservé le leur...

Visualiser son avenir à l'hôpital lui avait donné un haut-le-cœur. Elle ne pouvait plus ignorer la petite voix qui lui rappelait qu'elle avait envie d'autre chose. Du reste, cette voix n'était plus si petite. De fait, jamais elle ne s'était exprimée aussi fort.

Devant les administrateurs, elle avait ouvert la bouche pour dire oui à son avenir sécurisé et prévisible, mais s'était entendue dire : « Je démissionne. »

Ensuite, elle avait profité de son nouveau temps libre pour éplucher les propositions d'embauche à l'étranger. Médecine Internationale, une organisation humanitaire qui envoyait les travailleurs médicaux dans le monde entier, avait besoin de gynécologues obstétriciens.

Voilà comment, six mois plus tard, elle se retrouvait assise au bord d'une route déserte du Salvador, avec pour seule compagnie une poule. À se demander dans quoi elle s'était fourrée.

Depuis combien de temps n'avait-elle pas pris de risques ? Elle avait grandi entourée d'adultes bien intentionnés passant leur temps à vouloir la protéger de tout. À cause de sa cardiopathie, ses parents ne cessaient de lui dire d'aller doucement, de faire attention, même quand il s'agissait simplement de faire du vélo ou de jouer à chat avec les autres enfants.

Ils avaient de bonnes raisons d'être surprotecteurs mais elle ne pouvait s'empêcher de pester contre toutes les règles et les restrictions qui avaient régi sa vie. Jusqu'à la guérison, du moins. S'était ensuivie une phase de libération, à l'époque où elle était entrée à la fac de médecine. Son cœur était en forme et, pour la première fois de sa vie, elle était bien décidée à vivre sans peur. Elle s'était donc jetée à corps perdu dans des activités plus téméraires les unes que les autres. Elle s'était acheté une moto pour aller explorer la campagne autour de New York. Elle avait pris des cours d'escalade et adoré le frisson que lui procurait l'altitude. Elle avait aussi passé beaucoup de temps dans les bars à karaoké, où elle s'époumonait sur toutes sortes de chansons de variété.

Et elle était sortie avec un interne en chirurgie qui supervisait son stage clinique.

Les internes et les étudiants en médecine n'étaient pas censés sortir ensemble, mais Cassie en avait assez des règles. Elle avait envie de suivre son cœur, pour une fois, au lieu de chercher à le protéger à tout prix. Une histoire magnifique, jusqu'à ce qu'elle commette une erreur terrible.

Ses professeurs avaient toujours loué sa capacité à prendre des décisions rapides et audacieuses dans les situations cliniques. Étudiante brillante et douée, ivre de liberté et de confiance pour la première fois de sa vie, elle n'hésitait jamais à contester si à elle, cela paraissait juste.

Ce soir-là, il lui avait paru juste d'inciter l'équipe de chirurgie à prendre un risque avec un patient. Elle n'était pas responsable de la décision finale – qui appartenait à l'interne – mais il était évident que, si elle n'avait pas insisté, si elle ne l'avait pas persuadé de passer à l'action, il n'aurait jamais fait un choix aussi hasardeux.

De plus, s'il n'y avait pas eu une histoire entre eux, il l'aurait peut-être simplement remise à sa place et ignoré ses protestations.

Et la rupture qui s'était ensuivie n'aurait probablement pas eu lieu.

Le patient avait survécu mais tous deux avaient fait l'objet de mesures disciplinaires. L'interne en question avait été soumis à une période probatoire et s'était vu refuser une bourse pour laquelle il avait postulé. Elle, par contre, n'avait reçu qu'une réprimande de la part du comité chargé de la formation à l'hôpital. Elle avait encore honte de la facilité avec laquelle elle s'en était tirée.

Rongée par la culpabilité, elle avait rompu avec lui afin de ne pas lui causer davantage de tort qu'elle n'en avait déjà provoqué, si de surcroît les gens apprenaient qu'ils avaient une relation.

Elle lui avait laissé un mot bref, incapable d'exprimer autrement ce qu'elle ressentait. Elle s'était trouvée un peu honteuse de disparaître au milieu de la nuit mais savait qu'une fois en face de lui, elle n'aurait jamais le courage de rompre. Or, il fallait rompre. Et, si elle pouvait gérer son chagrin d'amour, il lui était par contre impossible de supporter l'idée de faire du mal à une aussi belle personne que lui.

Elle avait demandé un congé à l'université et était retournée vivre un temps chez ses parents. Elle avait repris sa formation à l'automne suivant, en se jurant de faire preuve de davantage de prudence et de discernement à l'avenir. Cela n'avait pas empêché la culpabilité de la consumer.

Elle avait atterri dans un nouvel hôpital. Toutes les personnes qu'elle fréquentait auparavant étaient passées à autre chose. Y compris, apparemment, le jeune chirurgien dont elle avait été amoureuse. Elle n'avait pas entendu parler de lui dans le milieu médical new-yorkais et elle était bien décidée à ne pas partir à sa recherche. En sortant avec lui, elle avait enfreint les règles dès le départ. Cela faisait partie de sa période rebelle et irresponsable, qu'elle comptait bien laisser derrière elle.

C'était le meilleur moyen pour que personne d'autre ne souffre, ni dans sa vie sentimentale ni dans sa vie professionnelle. Elle s'était immergée dans le travail. Au lieu d'aller escalader des parois et chanter dans les karaokés, elle faisait des services de douze heures à l'hôpital. Ses collègues la complimentaient et admiraient son dévouement. Mais, en son for intérieur, elle n'estimait pas mériter leur reconnaissance. Elle travaillait d'arrache-pied pour recouvrer un peu d'estime d'elle-même, après avoir commis une erreur monumentale.

Cela dit, ses efforts s'étaient révélés payants : cinq ans plus tard, elle était la gynécologue la plus demandée de New York. Elle avait du succès, elle était respectée dans sa profession.

Et très seule.

Le travail occupait ses journées et elle n'avait plus le temps de s'amuser. Mais cette envie de « quelque chose de plus... » la taraudait, même si elle s'efforçait de la chasser de son esprit.

Elle était persuadée que, si elle avait accepté la promotion et était restée à New York, elle aurait totalement mis en veilleuse son besoin d'aventure. Alors que, pour la première fois depuis l'université, elle avait décidé de prendre un risque. Et elle était déterminée à en profiter à fond, sans faire de mal à quiconque, cette fois.

Elle scruta les montagnes au loin et éprouva un frisson

d'excitation, en dépit de la fatigue. Elle avait lu que le Salvador était l'un des pays les plus beaux du monde. Ce qu'elle avait sous les yeux le confirmait. La part d'elle qui avait besoin de changement se réveillait doucement.

Cela dit, avant de se lancer dans l'aventure, il fallait déjà trouver le camp médical. Elle leva les yeux vers le ciel, où le soleil commençait à décliner.

Si le point de rendez-vous était bien celui-là, pourquoi personne n'était venu la chercher ?

Elle se leva et s'étira. Cela lui avait fait du bien de s'asseoir un moment mais, à présent, il fallait qu'elle bouge. La forêt tropicale et les plantations de café étaient magnifiques en plein jour, mais l'idée de passer la nuit dehors ne l'enchantait pas.

Elle jeta un coup d'œil à son énorme sac à dos et eut un pincement au cœur en pensant à la moto qu'elle avait dû vendre avant de partir. Non qu'elle ait tellement eu l'occasion de rouler avec, puisque sa Kawasaki Z650 était restée enfermée dans son garage pendant qu'elle travaillait soixante heures par semaine.

Tu voulais revenir à l'essentiel, se rappela-t-elle. *Tu y es, non ?*

De fait, il s'agissait simplement de marcher encore un peu. *Trois kilomètres et quelques en coupant par là. Le corps courbatu et quelques heures de sommeil en retard. Tout en trimbalant un sac à dos géant contenant la totalité de tes biens matériels.*

Elle soupira, hissa le sac à dos sur ses épaules et se mit à marcher en direction de Miraflores.

Bryce Hamlin eut la confirmation que le bébé se présentait par le siège. Il s'en doutait. Il suivait la grossesse de Mme Martinez de près depuis qu'elle était arrivée au camp avec toute sa famille souffrant de malaria. Son mari n'avait pas survécu. Mme Martinez et son fils de dix ans, Manuel, avaient guéri mais elle était enceinte de six mois, à l'époque. Bryce savait qu'une grossesse difficile aboutissait souvent à un accouchement périlleux.

Aussi n'avait-il pas été surpris quand Enrique Garcia, le directeur médical du camp, lui avait annoncé que le travail de Mme Martinez avait commencé et que la sage-femme avait besoin de renfort. Enrique l'avait arrêté alors qu'il était déjà sur sa moto, s'apprêtant à aller chercher le nouveau gynécologue qui était censé l'attendre à l'arrêt de bus de Miraflores – et qui devait se demander pourquoi personne ne l'y avait accueilli.

Bryce entra dans la tente qui servait de salle d'accouchement. Anna, l'une des sages-femmes, l'accueillit avec un soulagement manifeste.

— Le col est dilaté mais le travail ne progresse pas. Je ne suis pas sûre qu'un accouchement par voie basse soit possible. Il va peut-être falloir faire une césarienne pour éviter les complications.

Bryce hocha la tête. Même si la césarienne évitait certaines complications, il préférait l'éviter dans la mesure du possible. Sans appareils à ultrasons ni moniteurs fœtaux, la césarienne pouvait générer autant de problèmes qu'elle n'en évitait.

Un léger tremblement de sa main lui rappela que le manque d'équipement moderne n'était pas le seul facteur de risques. Il s'efforça de l'ignorer et se concentra sur le bébé, dont il vérifia la position. Il posa la main sur l'abdomen de la patiente, soulagé de voir qu'elle restait calme.

— Vous ne pouviez vraiment pas attendre que je revienne avec le nouveau gynéco ? dit-il en plaisantant.

Mme Martinez lui sourit.

— Le bébé voulait naître avec vous, dit-elle, un faible sourire sur les lèvres. Vous vous êtes tellement bien occupé de nous depuis notre arrivée au camp.

— On va tenter la voie basse, dit-il, mais il faut être prêt à faire une césarienne si nécessaire.

Bryce encouragea la patiente à pousser à chaque contraction et attendit patiemment que les fesses du bébé apparaissent. Anna lui jetait par moments un regard inquiet mais il continua à laisser Mme Martinez et son bébé accomplir le travail naturellement. C'était le meilleur moyen pour que la situation évolue favorablement, même si tout le poussait à intervenir, y compris les regards appuyés d'Anna. Dans ce cas précis, mieux valait attendre.

Sa confiance fut récompensée et il put tirer les jambes du bébé tout en prenant la serviette que lui tendait Anna.

— C'est une fille, murmura Anna à Mme Martinez dont le visage affichait un mélange de souffrance, de joie et d'épuisement.

Il enveloppa les jambes du bébé dans la serviette et se mit à le tirer doucement à chaque contraction, jusqu'à ce que l'épaule et le bras gauches soient sortis.

Le plus compliqué restait à faire.

Lentement, il fit pivoter le bébé à 180 ° et sentit ses pommettes sous ses doigts. Il fit un signe de tête à Anna.

— On y va, dit-il.

Anna posa la main sur le ventre de la patiente et appuya tandis que Bryce tirait de son côté. Soudain, la procédure qui avait commencé très lentement s'accéléra, et Bryce se retrouva avec un petit corps glissant et gigotant entre les mains. Le bébé emplit ses poumons d'air et se mit à crier haut et fort pour annoncer son arrivée.

Il le déposa dans les bras de sa mère et sourit face à cette image intemporelle d'un parent découvrant le petit être qu'il vient de mettre au monde.

— Félicitations à toutes les deux, dit Bryce. Vous avez été courageuses.

— Merci d'avoir été là, docteur, dit Mme Martinez en souriant, sans quitter son bébé des yeux. Je sais qu'avec vous, nous étions entre de bonnes mains.

Bryce sentit ses mains tressaillir. Les tremblements étaient toujours plus forts quand il était fatigué.

— Je vous laisse faire connaissance, dit-il avant de sortir de la tente.

Une fois dehors, Bryce alla s'asseoir sous un gros balsa et s'adossa au tronc. Il poussa un gros soupir. Ses mains traîtresses s'étaient apaisées. Elles tremblaient rarement, désormais, mais toujours au moment le plus inopportun. Il s'étira les doigts et prit quelques minutes pour se détendre.

Il avait été chirurgien, à deux doigts de terminer son internat. Il avait toujours rêvé de devenir neurochirurgien, de réaliser des opérations du cerveau et de la moelle épinière. Mais, à cause d'un conducteur ivre sur l'autoroute, sa vie avait volé en éclats. Après l'accident, il lui avait fallu des heures de rééducation pour recouvrer la souplesse et la maîtrise de ses doigts. Mais aucun traitement ne lui permettrait jamais de récupérer totalement l'usage de ses mains ni d'empêcher les tremblements qui se manifestaient par moments. Jamais plus il ne pourrait être chirurgien.

Il s'était imaginé que l'accident marquerait la fin de sa carrière de médecin, mais l'un de ses professeurs lui avait suggéré de plutôt changer de spécialité. S'il ne pouvait exercer la neurochirurgie, pourquoi ne pas devenir gynécologue obstétricien ? Dans ce métier, les risques que les tremblements passagers de ses mains faisaient courir à ses patients étaient négligeables.

L'obstétrique n'était pas aussi séduisante que la neurochirurgie. Elle ne procurait pas la même excitation. Mais elle avait d'autres avantages. Il avait découvert le plaisir du lien qui se créait entre ses patientes, leurs familles et lui. Lien parfaitement incarné dans les petites mains fouillant la poche de sa blouse blanche.

— Je n'ai pas de chocolat, Manny, dit-il en croisant le regard coupable du petit garçon pris la main dans le sac. Mais j'ai un autre cadeau pour toi, aujourd'hui : tu as une petite sœur.

Manuel Martinez fronça les sourcils.

— Je l'ai vue. Je vais m'ennuyer avec une fille !

— Un jour, tu changeras d'avis, dit Bryce en riant.

— Elle s'appelle Rosibel.

— C'est un joli prénom. Il lui va bien.

— Mais c'est un bébé. Elle ne sait rien faire.

— Elle est encore petite. Comme toi quand tu es né. Tu étais comme elle, à ta naissance.

Manny lui décocha un regard dubitatif. Le petit garçon s'était lié d'amitié avec lui dès son arrivée au camp et le regardait avec des yeux emplis d'admiration.

— Je croyais que les docteurs qui font naître les enfants étaient des femmes.

— Eh bien, tu te trompais. Tout le monde peut faire naître un bébé. C'est un métier passionnant, et très important, tu sais.

Manny le regarda d'un air pensif.

— Oui, parce que s'il n'y avait pas de docteurs pour faire naître les bébés, il n'y aurait plus de gens.

— C'est vrai, acquiesça-t-il.

Les mots du petit garçon lui mirent du baume au cœur.

Être obstétricien n'avait évidemment pas moins de valeur qu'être chirurgien. Mais l'idée de ne pas être tout à fait à la place où il était censé être lui traversait encore l'esprit, par moments. L'idée que l'obstétrique, aussi passionnante qu'elle était, n'était qu'un prix de consolation.

La plupart des membres de sa famille et de ses amis étaient chirurgiens et, même si personne ne l'avait formulé explicitement devant lui, il avait le sentiment qu'ils le prenaient en pitié. Cela avait constitué une raison supplémentaire pour quitter New York. Au Salvador, personne ne se souciait de ce qu'il avait fait auparavant. Personne ne lui demandait d'être le meilleur chirurgien du monde. Médecine Internationale lui avait donné l'opportunité de repartir de zéro.

— Le nouveau docteur qui va venir aujourd'hui, c'est une femme ? demanda Manny.

Bryce fit un bond et poussa un juron qui fit éclater de rire le petit garçon.

— Tu dois mettre une pièce dans la tirelire ! s'exclama-t-il.

Avec l'accouchement compliqué de Mme Martinez, l'arrivée

du nouveau médecin lui était complètement sortie de la tête. Il n'avait même pas pensé à demander à qui que ce soit d'aller la chercher à sa place.

Le soleil touchait déjà presque la ligne d'horizon. Il se couchait vite, au Salvador.

Il traversa le camp et rejoignit Enrique qui était en train de charger des cartons de vaccins contre la malaria sur un petit camion de livraison blanc.

— Enrique ! Est-ce que quelqu'un est allé chercher le nouveau médecin ?

— Je croyais que tu y allais.

— Je devais, mais j'ai été retenu par l'accouchement de Mme Martinez et je n'ai pas vu l'heure passer.

Enrique cessa de charger les cartons.

— Prends le camion. La nuit tombe, tu seras plus en sécurité.

— J'irai plus vite à moto.

Enrique secoua la tête.

— Je sais que tu es fou de ta moto mais ils ont prévu de la pluie.

— Les villages de montagne ont besoin de ces vaccins, dit-il. Tu m'as toi-même dit hier qu'on avait déjà une semaine de retard.

— Nous ne sommes pas à une journée près.

— Si, justement, dit-il en se dirigeant vers sa moto. Je vais chercher le médecin à moto, tu continues de charger les vaccins.

Bryce était effectivement très attaché à sa moto, dont il s'occupait avec grand soin. Elle n'était jamais tombée en panne, mais il faisait toujours très attention aux pierres et aux racines d'arbres peu visibles sur les routes poussiéreuses qui reliaient le camp à la civilisation.

— Et s'il se met à pleuvoir ?

— Je serai rentré. Et toi, tu gardes le camion pour faire la tournée dans les montagnes. On se voit demain.

Il démarra la moto ce qui lui procura, comme toujours, un frisson d'excitation.

— Tu ne seras jamais revenu avant la nuit ! cria Enrique.

Mais le bruit du moteur couvrit sa voix.

Cassie avançait sur la route en cherchant le côté positif de la situation : après des heures de voyage, elle pouvait enfin se dégourdir les jambes. Et le vent frais qui lui balayait le visage la dynamisait. Cela dit, il aurait été plus facile de penser au positif si les lanières de son sac à dos ne lui sciaient pas les épaules et si elle n'avait pas les pieds en compote.

Accueille le moment présent, se répéta-t-elle en se concentrant sur le chant des oiseaux. Mais il lui sembla entendre un bruit de moteur.

Une moto. Elle avait beau ne pas avoir chevauché la sienne pendant des mois, elle savait reconnaître le bruit d'un moteur de moto à des kilomètres. Celui-ci avait l'air très bien entretenu. Son conducteur devait s'y connaître.

Le bruit s'intensifia et elle vit effectivement surgir de la forêt un très bel engin. Une Suzuki V-Strom 650, si sa mémoire était bonne. L'une des motos les plus performantes sur les terrains accidentés.

Le conducteur arrêta la moto à côté d'elle. Son visage était éclaboussé de boue et à moitié dissimulé derrière de grosses lunettes. Elle prit un instant pour apprécier l'intérêt de ce qu'elle avait sous les yeux. Un corps très bien fait, robuste et élancé, irradiant une chaleur presque magnétique.

La moto n'était pas mal non plus.

Elle eut l'impression qu'il la dévisageait mais ne put voir l'expression de son visage. Était-ce la personne censée venir la chercher ?

L'homme coupa le moteur et descendit de la moto. Un mètre quatre-vingt de muscles dans des vêtements éclaboussés de boue – un blouson en cuir et un jean ajusté. Il releva ses lunettes, repoussant les mèches brunes qui flottaient sur son front et elle put enfin voir ses yeux. Des yeux noirs qu'elle reconnut aussitôt.

Des puits de tendresse dans un visage anguleux. Qu'elle n'avait pas croisés depuis cinq ans. Depuis la faculté de médecine.

— Bryce ? dit-elle d'une voix étranglée par la surprise et l'émotion.

— Cassie ? Désolé pour le retard.

2

Bryce scruta le visage de Cassie en accusant le coup. Cinq ans s'étaient écoulés depuis la dernière fois qu'il l'avait vue mais elle n'avait pas changé. Elle avait simplement coupé ses cheveux blonds et ses yeux bleus étaient légèrement cernés. Mais ils provoquaient la même réaction en lui que lors de leur première rencontre.

Il avait eu du mal à se remettre de l'accident qui lui avait presque coûté une main mais il y était arrivé tant bien que mal. Par contre, il avait eu l'impression qu'il ne se remettrait jamais du départ de Cassie.

Pourtant, le temps avait passé et il avait fini par tourner la page.

Quand il avait trouvé le mot sur la table de nuit, il n'en avait pas cru ses yeux. C'était la première femme, la *seule* femme avec qui il était parvenu à envisager l'avenir, persuadé qu'ils attendaient la même chose de leur relation : une vie commune et, peut-être, un jour, une famille. Et la rupture avait été un véritable coup de poignard dans le cœur.

Au départ, il pensait que c'était à cause de la décision qu'ils avaient prise ensemble à l'hôpital et qui avait conduit à une mesure disciplinaire à son encontre. Cassie l'avait incité à procéder à une opération risquée mais, comme elle, il était persuadé que le risque valait la peine d'être pris. Malheureusement, le conseil d'administration ne l'avait pas entendu de cette oreille : on lui avait refusé une bourse prestigieuse et on l'avait soumis à période probatoire. Cassie s'en était beaucoup voulu d'avoir insisté – c'est pourtant lui qui avait pris la décision, pas elle.

Mais elle était partie, du jour au lendemain, sans d'autre explication qu'un petit mot sur la table de nuit. Alors il s'était dit que la culpabilité d'avoir commis une erreur à l'hôpital n'était pas la seule raison de son départ. Il devait y avoir autre chose.

En tout état de cause, il s'était totalement leurré sur la profondeur de leur relation. Il n'avait vu que ce qu'il voulait voir – et qui était loin de la réalité.

Plus il y pensait, plus cela lui paraissait évident. Il avait été attiré par l'audace de Cassie, l'intrépidité avec laquelle elle abordait la vie. Alors que lui avait été couvé par des parents surprotecteurs, chirurgiens tous les deux, habitués à voir défiler sur les tables d'opération les traumatismes les plus graves, et qui le mettaient en garde contre tout. Sa rencontre avec Cassie, aventurière prête à tout, avait été une grande bouffée d'air frais. Jusqu'à ce qu'elle disparaisse et qu'il se demande si elle avait vraiment eu des sentiments pour lui ou si c'était la clandestinité de leur histoire qui l'avait excitée. Les étudiants et les internes n'étaient pas censés frayer ensemble, après tout. Leur relation avait peut-être été simplement un défi de plus pour elle.

Dans son mot, elle lui demandait de ne pas l'appeler. Il avait respecté son vœu. Y compris quand, quelques mois plus tard, il s'était fait renverser par ce chauffard ivre. Il lui avait ensuite fallu des années pour se remettre à la fois de l'accident et du départ brutal de Cassie. C'est au Salvador qu'il avait pu enfin bâtir une nouvelle vie – dans laquelle personne ne lui demandait d'être celui qu'il n'était plus.

À présent, en voyant Cassie face à lui sur cette route au fin fond du Salvador, il eut l'impression qu'un fantôme resurgissait du passé. Il fut tenté de remonter sur sa moto pour s'enfuir. Curieusement, l'envie de la prendre dans ses bras et de l'embrasser l'assaillit avec la même force.

Étant donné qu'aucune de ces deux options n'était envisageable, il se contenta de scruter son visage. Elle le regardait, les yeux écarquillés, manifestement aussi ébahie que lui.

— Mais... Comment... ?

Il ne dit rien, pour lui laisser le temps de digérer l'information et se préparer lui-même à la suite. Elle finit par se ressaisir et trouver les mots.

— Désolé pour le retard ? Cela veut dire que...

— Que j'étais censé venir te chercher à l'arrêt de bus, oui. Et que nous allons travailler ensemble au centre médical de Médecine Internationale.

Elle secoua la tête.

— Ce n'est pas possible !

Il partageait son incrédulité. Mais ce qu'il avait traversé au cours des cinq années qui venaient de s'écouler lui avait appris à accepter les situations qu'il ne pouvait changer. Et à aller de l'avant, coûte que coûte.

Il s'efforça d'avoir l'air le plus détendu possible, priant pour que Cassie ne décèle rien de son trouble. La situation était déjà suffisamment compliquée sans que s'en mêlent les émotions contradictoires qui se bousculaient dans sa poitrine.

— C'est pourtant vrai, dit-il sur un ton le plus dégagé possible. À moins que l'un d'entre nous décide de démissionner.

La lueur qu'il vit dans le fond de ses yeux lui rappela la passion qui l'animait jadis, et sa détermination à ne pas se laisser abattre, quels que soient les obstacles qui se trouvaient devant elle. Puis son expression impétueuse se transforma en une émotion qu'il n'avait pas l'habitude de voir sur son visage, à savoir une prudence teintée de méfiance.

Cassie Andover, casse-cou et amatrice de sensations fortes, serait-elle en train d'hésiter ? Il l'avait connue agissant d'abord, réfléchissant ensuite, suivant son intuition et prenant ses décisions à l'instinct. Il admirait sa détermination, même si elle lui avait brisé le cœur.

Mais ce n'était pas le moment de s'attarder sur ce point.

Il redémarra la moto.

— La nuit tombe vite, par ici, dit-il. Mieux vaut ne pas traîner.

Cassie brûlait d'impatience de monter sur cette moto, de sentir le moteur vrombir entre ses jambes et l'air frais balayer son visage.

Mais une autre partie d'elle se remémorait la dernière fois qu'elle s'était rebellée contre les règles de sécurité et de prudence qu'on lui avait serinées toute son enfance. Et qu'elle avait gâché la vie de Bryce.

Lequel se trouvait à présent à deux mètres d'elle.

Comme par hasard, il réapparaissait au moment où elle venait de décider de renouer avec son côté aventurier. Cela dit, elle n'avait pas l'impression de retrouver exactement le Bryce qu'elle avait connu. Quelque chose en lui avait changé. Son physique, pour commencer. De toute évidence, il s'était mis au sport. Le T-shirt blanc sous son blouson soulignait chaque muscle visible de son torse, ne laissant pas grand-chose à l'imagination. De plus, sa posture était plus détendue, plus décontractée. L'ancienne version de Bryce Hamlin était drôle et adorable. Elle avait souvent envie de le protéger. La version qu'elle avait sous les yeux était autrement plus virile. Plus sexy.

Elle avait mis du temps à s'habituer à son absence. Si tant est qu'elle y soit parvenue. Cinq ans, trois mois et six jours sans le voir. Sans voir cette peau bronzée sous son T-shirt blanc, ces cheveux bruns, ces yeux noirs.

Elle secoua la tête. S'ils devaient vraiment travailler ensemble, mieux valait ne pas emprunter cette pente, trop glissante pour ne pas conduire à la catastrophe. Mieux valait ne pas s'imaginer à califourchon derrière lui sur sa moto, traversant la forêt tropicale...

C'était pourtant ce qui l'attendait. Bryce lui tendit un casque. Elle était tellement fatiguée que le casque lui échappa presque des mains et qu'elle vacilla.

— Hé... dit Bryce en se précipitant vers elle. Donne-moi ton sac. Je vais l'accrocher à la moto. En attendant, assieds-toi.

Elle éprouva un soulagement indescriptible quand il retira

le sac à dos de ses épaules et une sensation très agréable quand leurs corps se frôlèrent – pour la première fois depuis cinq ans.

Il lui reprit le casque des mains et le lui posa sur la tête.

— Je peux le faire, dit-elle en ajustant elle-même la lanière.

Elle ne supportait pas qu'on la traite comme une petite chose fragile, comme on l'avait traitée une partie de sa vie, jusqu'à ce qu'elle décide qu'il en serait autrement. Et il lui semblait préférable de ne pas multiplier les contacts physiques avec Bryce.

Vu son état de fatigue, elle estimait avoir bien encaissé le choc de sa présence. Ce qui ne l'empêcha pas de déglutir lorsqu'il retira son blouson.

— Mets ça, dit-il en le lui tendant.

Elle le regarda d'un air interrogateur.

— Cela te protégera, en cas de chute. Aux urgences, j'ai vu arriver des motards qui n'avaient plus de peau sur les bras et, crois-moi, ce n'était pas beau à voir.

Il lui rappela le Bryce qu'elle avait connu : prudent, prévoyant, à cheval sur la sécurité.

Elle enfila le blouson et reconnut aussitôt le parfum viril et familier qui en émanait. Une avalanche de souvenirs la submergea. Curieusement, les bons souvenirs étaient aussi douloureux que les mauvais. Où en serait-elle, à présent, si elle n'avait pas rompu avec lui, cinq ans auparavant ? Si elle ne l'avait pas mis dans une position plus que délicate ?

Elle connaissait la réponse. Elle n'avait pas eu d'autre choix que de rompre. Loin d'elle l'idée qu'il risque sa carrière à cause d'elle. Il était trop doué pour ne pas exercer le métier qu'il aimait.

Mais que faisait un chirurgien aussi talentueux que lui dans une maternité du Salvador ? Elle se retint de lui poser la question et enfourcha la moto derrière lui. Elle était venue pour recouvrer le goût de l'aventure et elle n'allait pas laisser la présence de Bryce contrecarrer ses plans.

— Prête ? cria-t-il par-dessus le vrombissement du moteur.

Elle n'était pas certaine d'être tout à fait *prête*, mais avait-elle le choix ?

Elle hocha la tête et s'agrippa à lui.

Les pensées de Bryce étaient aussi confuses et entremêlées que les lianes de la forêt tropicale qui se déployaient autour d'eux. La route cahoteuse retenait toute son attention, lui évitant d'avoir à se confronter à des émotions et des sentiments qu'il avait mis de côté pendant cinq ans.

Les bras de Cassie lui enserraient le torse. Depuis combien de temps quelqu'un ne l'avait-il pas serré dans ses bras ? Il prit conscience qu'il roulait peut-être plus vite qu'il ne le fallait. Il ne ralentit pas pour autant. Plus vite ils arriveraient au camp et descendraient de la moto, mieux ce serait. Ils endosseraient le rôle de deux confrères travaillant dans la même structure. Il fallait se concentrer sur le présent et l'avenir, pas sur ce qui s'était passé entre eux. Comme Cassie l'avait manifestement fait. Elle n'avait certainement pas passé cinq ans à penser à lui.

Il accéléra comme pour contrer la tombée de la nuit. Mais le soleil finit par disparaître et l'obscurité le contraignit à ralentir.

— Que se passe-t-il ? demanda Cassie.

— Je ne vois plus la route. Je n'ai pas envie de… Oh non !

La moto se mit à toussoter.

— Allez, ma belle, ne me fais pas ça. Ce n'est pas le moment.

Il essaya d'accélérer mais la moto heurta une pierre et fit une embardée. Cassie poussa un cri et glissa derrière lui. Il freina et se pencha pour l'empêcher de tomber. Elle parvint à se maintenir de justesse sur la moto.

Il coupa le moteur et se retourna.

— Ça va ?

Elle posa la jambe sur le siège et se massa la cheville.

— Je me suis cogné la cheville mais ça va.

— Fais voir, dit-il.

Mais elle le repoussa brusquement.

— Ça va, c'est juste un bleu, dit-elle avant de retirer son casque. Que s'est-il passé ?

— On a heurté une pierre. J'ai peur que le moteur soit noyé.

Il tenta de redémarrer, en vain.

— Il faut que je regarde les bougies.

Cassie descendit et l'aida à détacher le sac à dos de la moto. Il ouvrit le coffre et en sortit une petite mallette à outils.

— On est encore loin ? demanda Cassie.

— Huit kilomètres, à peu près. Le camp est au cœur de la forêt, ce qui facilite l'accès aux routes qui mènent aux villages de montagne. Mais le chemin à pied est difficile à suivre, la nuit. On risque de se perdre. Ou de se faire attaquer par les animaux ou des gangs.

En dépit de la faible luminosité, il lut le dépit sur son visage.

— Ce qui signifie que si on n'arrive pas à réparer la moto…

— Il faudra passer la nuit ici, acquiesça-t-il. J'ai une tente et un sac de couchage dans le coffre.

Il se retint de dire qu'il n'avait qu'un exemplaire de chaque.

— Mais… Les animaux ? Et les gangs ?

— Tant qu'on reste près de la route, il y a peu de chance d'être embêté. La plupart des animaux n'attaquent que si on les agresse.

Cassie s'éloigna de quelques pas, probablement pour réfléchir. Une heure auparavant, jamais il n'aurait imaginé tomber sur elle et encore moins devoir passer la nuit avec elle dans la jungle.

— Je vais essayer de réparer ça, dit-il. J'espère que…

Il n'eut pas le temps de finir sa phrase qu'une grosse goutte de pluie lui tomba sur le nez, suivie d'une autre. Le bruit de la pluie frappant le feuillage au-dessus d'eux s'intensifia. Il leur restait à peu près deux minutes avant de se faire tremper. Ce qui ne lui laissait évidemment pas le temps de réparer la moto.

— On va passer la nuit ici ? dit-elle, lisant dans ses pensées.

— J'en ai bien peur. Je ne peux rien faire sur la moto s'il pleut. Je ne vois même plus le moteur.

La pluie se mit à tomber plus dru. Cassie plaqua ses cheveux mouillés en arrière, découvrant son visage harmonieux.

— Il vaudrait peut-être mieux monter la tente, dit-elle.

La tente n'était pas conçue pour deux personnes, à moins de se serrer l'une contre l'autre.

J'aurais dû écouter Enrique et prendre le camion...

Cassie frissonna. Elle était trempée et grelottait.

Bryce avait insisté pour lui laisser le sac de couchage. Il était étendu à côté d'elle, le bras replié en guise d'oreiller. Elle jouissait du luxe de pouvoir se blottir dans le duvet. Ce n'était pas le grand confort mais c'était mieux que dormir à même le sol.

— Tu trembles, dit-il.

Elle espérait qu'il ne remarque rien mais, dans un aussi petit espace, il était difficile de cacher quoi que ce soit à l'autre.

— Ça va, mentit-elle.

— Je n'en suis pas si sûr. Je pense qu'il vaut mieux que tu retires tes vêtements. Ils sont trempés.

Elle ne demandait pas mieux, à condition de pouvoir le faire tranquillement chez elle et de pouvoir enfiler un pyjama sec et chaud. Sans ex collé à elle dans une tente trop petite.

Rêve ! pensa-t-elle.

— On peut à peine bouger. Et il pleut encore. Je ne vais pas te demander de sortir pendant que je me change.

— Je peux me tourner pendant que tu te déshabilles.

— Pas sûre d'avoir assez de place, dit-elle, sceptique.

— Je me tourne, tu te caches derrière le duvet. Comme en colo.

Elle n'était jamais allée en colonie de vacances. Cela faisait partie des activités estimées bien trop dangereuses pour la santé de son cœur. Mais elle pouvait essayer de suivre la suggestion de Bryce. Ce qui ne résoudrait pas tout, cependant.

— Mais toi ? dit-elle. Tu es aussi trempé que moi, et tu n'as même pas de quoi te couvrir.

— Ce n'est pas grave. J'ai connu pire. Rien qu'avoir une

tente au-dessus de la tête, c'est un luxe incroyable par rapport à certaines situations dans lesquelles je me suis retrouvé, depuis que je suis ici.

— J'ai quand même l'impression que ce que nous sommes en train de vivre est vraiment bizarre, non ?

Il ne put s'empêcher de sourire.

— C'est vrai que tomber sur toi dans cet endroit, comprendre que nous allons travailler ensemble et finir par dormir dehors avec toi pour ta première nuit ne correspond pas exactement à la journée telle que je l'avais vaguement imaginée en me levant ce matin.

Elle fut soulagée d'entendre que la situation était aussi incongrue pour lui que pour elle. Mais elle ne pouvait pas le laisser grelotter par terre toute la nuit. Elle aurait du mal à s'endormir le sachant aussi mal installé.

Il y avait bien une solution, même si...

— Bryce, dit-elle d'une voix hésitante. Je ne peux pas te laisser dormir par terre, dans des vêtements trempés pendant que je dors au chaud dans le duvet. Nous sommes adultes. Mets-toi en caleçon. On peut ouvrir le sac de couchage et s'en servir comme couverture.

Ce fut au tour de Bryce d'hésiter.

Elle s'en voulut d'avoir lancé une idée pareille alors qu'une heure plus tôt, elle se promettait de faire en sorte que la présence de Bryce n'interfère pas dans sa nouvelle vie. Cette promesse n'incluait pas de lui demander de se glisser à moitié nu avec elle sous un duvet pour se tenir chaud sans réfléchir une seconde aux conséquences qu'une telle situation pourrait avoir.

Bryce demeura silencieux quelques instants.

— D'accord, finit-il par dire, à sa grande surprise. Je me retourne, et chacun fait ce qu'il a à faire. C'est le seul moyen de dormir un peu au sec.

Dix minutes plus tard, Cassie était couchée en sous-vêtements sous le duvet avec Bryce. Le sac de couchage était à peine assez large, si bien qu'ils s'étaient allongés sur le flanc. Bryce, blotti derrière elle, la tenait serrée contre lui.

La situation était surréaliste. Au moins avaient-ils plus chaud. Elle était plus détendue sans ses vêtements dégouttants. Bryce aussi, sans doute. La chaleur de leurs corps emplit leur chambre improvisée, rendant presque agréable le fait d'être couchés là, ensemble, et d'écouter la pluie tambourinant sur la toile de la tente.

Impossible d'ignorer l'odeur boisée de son parfum. Elle inspira aussi profondément et aussi silencieusement que possible.

Ensuite, elle se mit à bouger, pratiquement indépendamment de sa volonté. Impossible de rester immobile. En bon médecin, elle se mit à poser un diagnostic. *Manque de sommeil associé à des accès de démence... Tu as dû tomber sur un ex au milieu d'une forêt tropicale.*

— Pourquoi tu ris ?

— Je suis en train de repenser à la journée que j'ai passée. Tout à l'heure, je parlais avec une poule et maintenant...

Elle s'interrompit, incapable de refréner son rire.

— C'est vrai que c'est une journée bizarre, dit-il en lui frottant le bras d'une façon amicale.

— Oui, super bizarre, acquiesça-t-elle. Ça fait vingt-quatre heures que je n'ai pas dormi. Et je n'en reviens toujours pas que tu sois arrivé comme ça, sur ta moto, au milieu de nulle part. Jamais je n'aurais pu imaginer un tel scénario.

— Moi non plus, je ne m'attendais pas à te voir ici. J'étais très en retard et j'allais simplement chercher le nouveau gynéco du camp. J'étais loin de me douter que c'était toi.

Il s'était passé tellement de choses dans cette journée et ils n'étaient même pas encore arrivés au camp. Ils n'avaient pas eu le temps d'encaisser le choc de leur rencontre inattendue.

— Cela te convient qu'on travaille ensemble ? demanda-t-elle.

— Si mes souvenirs sont bons, nous avons toujours bien travaillé ensemble.

— Jusqu'à ce que ce ne soit plus le cas, dit-elle, assaillie par le souvenir de leur rupture.

Pour pouvoir rompre avec lui, elle n'avait eu d'autre choix que de partir en catimini en lui laissant un mot. Lui parler en face aurait été trop difficile. Il aurait cherché à la convaincre de rester et elle n'aurait pas pu résister.

— Cassie, dit-il dans un soupir. C'est du passé. Ce qui est fait est fait. Et beaucoup de choses ont changé depuis. Ressasser le passé ne sert à rien. Mieux vaut passer à autre chose.

Elle sentit son haleine effleurer son oreille. Depuis quand Bryce ne l'avait-il pas tenue dans ses bras ?

Depuis cinq ans, trois mois et six jours.

Elle n'était pas fière de ce qu'elle avait fait. Mais elle ne voyait pas d'autre solution, pour qu'il puisse poursuivre sa carrière de chirurgien. Elle ne pouvait supporter l'idée de lui faire du mal. Or, elle était persuadée qu'elle lui aurait fait encore plus de mal en restant avec lui qu'en le quittant. Elle se demandait comment il pourrait continuer à la regarder sans voir en elle la femme qui l'avait privé d'une bourse prestigieuse et avait mis sa réputation en péril. Et à cause de qui il risquait carrément de perdre son poste si on apprenait qu'ils sortaient ensemble. Alors elle était partie, de peur que leur relation les trahisse un jour ou l'autre.

Et là, sous cette tente minuscule, au bord d'une route poussiéreuse du Salvador, Bryce était en train de lui demander s'ils pouvaient laisser le passé derrière eux.

Son corps était chaud contre le sien. Son bras était posé avec le plus grand naturel sur sa taille. Comme la dernière fois qu'ils étaient allongés l'un contre l'autre.

Avait-elle envie de passer à autre chose ? Elle n'avait probablement pas le choix. Être couchée près de lui et respirer son parfum en cachette était agréable mais ne la menait nulle part. Bryce avait raison : elle ne pourrait pas travailler avec lui si elle restait accrochée au passé.

— C'est vrai que nous travaillions bien ensemble. Et, en dépit de tout ce qui s'est passé entre nous, le fait que tu sois là en dit long sur Médecine Internationale. Les médecins d'ici doivent être compétents pour que tu travailles avec eux.

— C'est gentiment dit, docteur Andover. Tu vois, notre passé ne nous empêche pas d'être professionnels.

— C'est vrai. Cela dit...

Elle hésita un instant.

— Nous ne sommes peut-être pas obligés de parler de notre nuit sous la tente à nos collègues.

— Tu lis dans mes pensées.

Quelques minutes plus tard, la respiration de Bryce s'apaisa. Elle se réjouit qu'il ait pu s'endormir. Elle-même avait plus de mal à trouver le sommeil.

Cela faisait trop longtemps qu'elle ne s'était pas blottie dans les bras d'un homme. Et longtemps aussi qu'elle n'avait pas couché avec un homme.

Cinq ans, trois mois et six jours, en fait.

Bryce remua dans son sommeil et resserra le bras autour d'elle.

Il n'allait pas être facile de rester professionnels.

Pas facile du tout.

3

L'arrivée de Cassie et Bryce au camp, le lendemain, provoqua un certain remue-ménage. La moto de Bryce était plus endommagée qu'il ne l'imaginait et ils avaient dû faire la route à pied, en la poussant. La cheville de Cassie était toujours douloureuse. Elle dit à Bryce que c'était dû à la longue marche qu'elle avait faite la veille pour ne pas l'inquiéter en lui disant qu'elle avait mal. Elle détestait qu'on s'affaire autour d'elle en s'inquiétant.

Le Dr Enrique Garcia, le directeur du camp, vint à leur rencontre.

— Tu es content d'avoir opté pour la moto ? dit-il sur un ton ironique.

— J'étais en retard. La moto est plus rapide.

— Tellement rapide que tu reviens avec douze heures de retard sur l'heure prévue. Je n'ose pas imaginer ce que notre nouvelle gynécologue va penser de nous, dit-il en riant avant de se tourner vers elle. Je ne peux pas vous dire à quel point nous sommes contents de vous avoir parmi nous, docteur.

Il lui serra chaleureusement la main.

— Je suis ravie de vous rencontrer.

— Venez vous installer. Je vous rassure, nous avons à peu près tout le confort moderne, en dépit des apparences, dit-il en désignant d'un geste les cloisons en parpaings et les tentes plantées dans la clairière derrière lui. Mais hier Internet est tombé en panne et nous avons dû affronter plusieurs urgences en même temps, dont un accouchement par le siège, dont s'est chargé Bryce avant de venir vous chercher.

Bryce s'éloigna brusquement d'eux.

— Je vais voir Mme Martinez ! lança-t-il par-dessus son épaule.

Elle le regarda s'éloigner à grands pas. Peut-être était-il pressé de mettre un peu de distance entre eux. Elle ne pouvait pas lui en vouloir. Même s'ils étaient décidés à ce que leur relation soit désormais strictement professionnelle, il se demandait peut-être comment ils allaient pouvoir retravailler ensemble. Pour être honnête, elle se posait la même question.

— Pourquoi est-il intervenu dans un accouchement par le siège ? demanda-t-elle en se tournant vers Enrique qui eut l'air un peu surpris.

— Puisque Bryce est occupé, je vais vous faire visiter les lieux moi-même, proposa-t-il sans répondre à la question.

— Je peux le faire, se proposa un petit garçon d'une dizaine d'années qui venait de les rejoindre.

— Pas maintenant, Manny, dit Enrique. Par contre, tu peux emporter le sac à dos du docteur Andover dans sa chambre. Elle est dans le bloc 7.

Cassie n'eut pas le temps d'ouvrir la bouche que le petit garçon avait déjà chargé le gros sac sur son épaule et tourné les talons.

— Il y a beaucoup d'enfants ici ? demanda-t-elle alors qu'ils approchaient d'un autre ensemble de bâtiments en parpaings.

— Une poignée, dont Manny s'est autoproclamé le chef. Il est très curieux, il s'intéresse à tout. N'hésitez pas à être ferme avec lui, notamment s'il insiste pour que vous lui donniez du chocolat, docteur.

— Je prends note. Et, je vous en prie, appelez-moi Cassie.

Enrique était en train de lui montrer une partie des bâtiments lorsqu'elle se rappela que sa question était restée sans réponse.

— Tout à l'heure, vous avez dit que Bryce était intervenu lors d'un accouchement difficile. Que s'est-il passé ?

— Rien de plus que d'habitude, si ce n'est que le bébé s'est présenté par le siège et que la maman avait eu une grossesse à risque.

— Mais alors, pourquoi Bryce est-il intervenu ?

Il la regarda d'un air intrigué.

— Nos sages-femmes sont très compétentes, mais certains cas complexes requièrent la présence d'un obstétricien.

— Bryce est... obstétricien ?

— Oui, comme la plupart des médecins, ici. Nous sommes une maternité, comme vous le savez.

Sa tête se mit à tourner. Elle savait, en venant ici, que le camp était essentiellement orienté vers le soin des femmes enceintes et de leurs bébés mais n'avait pas fait le rapprochement avec Bryce quand il était venu la chercher. Submergée par l'émotion de ces retrouvailles impromptues, qui s'ajoutaient à tout ce qui s'était passé depuis son départ de l'aéroport de New York, elle ne s'était pas posé la question de savoir ce qu'un grand chirurgien comme Bryce faisait dans une maternité au fin fond du Salvador.

De fait, il n'était plus chirurgien, mais obstétricien.

Que s'était-il passé ? Avait-il perdu son poste après qu'elle était partie ? Il était inimaginable que Bryce ait renoncé volontairement à sa passion pour la chirurgie. Même elle, qui n'était qu'une jeune étudiante en médecine quand ils s'étaient rencontrés, avait compris que Bryce était un artiste dans une salle d'opération. La passion irradiait sur son visage quand il parlait de son métier.

Mais, en admettant qu'il ait perdu son poste, pourquoi aurait-il changé de spécialité ? Il aurait pu trouver un autre poste de chirurgien n'importe où dans le monde.

Y avait-il un lien avec leur histoire ? Avait-elle provoqué un désastre total dans sa vie, comme elle le redoutait ? Il fallait qu'elle sache ce qui s'était passé.

— Quand j'ai connu Bryce, reprit-elle, il était chirurgien. Un chirurgien brillant. Pour quelles raisons a-t-il changé de spécialité ?

Enrique hésita.

— Depuis combien de temps le connaissez-vous ?

Ce fut son tour d'hésiter.

— En fait, nous avons été amis à la faculté de médecine. Mais nous nous étions… perdus de vue. En fait, nous ne nous sommes pas vus depuis cinq ans.

— Ah…

Enrique hocha lentement la tête et sembla choisir ses mots avec précaution.

— Tout ce que je peux dire, c'est que Bryce est arrivé à un point où il a éprouvé la nécessité de changer de vie.

C'était certainement vrai mais demeurait désespérément flou. Bryce était un chirurgien promis à un avenir radieux. Comment pouvait-on souhaiter changer de vie quand l'avenir s'annonçait aussi prometteur ?

Vu la façon dont s'exprimait Enrique, elle eut la sensation qu'elle n'obtiendrait de réponse précise qu'en interrogeant le principal intéressé.

— Je pense que Bryce et vous avez des tas de choses à vous raconter, après cinq ans, dit Enrique comme s'il avait lu dans ses pensées. En ce qui me concerne, je suis ravi qu'il travaille ici depuis trois ans. Je n'ai jamais rencontré meilleur obstétricien.

Trois ans. Cela expliquait en partie qu'elle n'ait pas entendu parler de lui à New York. Après la rupture, elle s'était efforcée de ne pas prêter l'oreille aux ragots circulant dans le milieu médical. Mais, assez rapidement, elle avait eu l'impression que Bryce avait disparu de la circulation. Maintenant, elle comprenait pourquoi.

Elle porta de nouveau son attention sur les installations que lui montrait Enrique mais son esprit ne cessait de revenir à Bryce et à son changement incompréhensible de vie.

— Quel genre de patientes avez-vous ici ? demanda-t-elle.

— Nous avons pas mal de cas de virus Zika. La plupart des patientes sont sous-alimentées ou ont vécu des traumatismes pendant la grossesse si bien que, souvent, le fœtus est en danger. Nous ne sommes pas aussi bien équipés que nous le souhaiterions, mais l'absence de haute technologie est largement compensée par le sens de l'improvisation incroyable de notre équipe.

Elle n'aurait pas pu trouver une ambiance plus éloignée de celle du Brooklyn General Hospital. Elle éprouva un frisson d'excitation à l'idée de pouvoir exercer enfin la médecine telle qu'elle l'entendait.

Enrique désigna le bloc des sanitaires d'un air contrit. Il s'agissait de six cabines de douche en bois, en plein air. Un tuyau d'arrosage pendait au-dessus de chaque cabine, en guise de pommeau de douche. Elle repensa avec nostalgie au luxe et au confort des salles de bains du Brooklyn General, avec leur savon au jasmin et leur shampoing à l'huile essentielle d'arbre à thé biologique.

— Nous avons de l'eau chaude, dit Enrique sur un ton encourageant. Cela dit, mieux vaut faire sa toilette de bonne heure pour en profiter. Les réserves s'épuisent vite. Et faites attention, les portes s'ouvrent en grand au moindre coup de coude.

Il lui fit visiter la pharmacie, où le personnel se faisait soigner et traiter contre la malaria. Elle se promit de revenir chercher une bande et des antalgiques pour sa cheville, dès qu'Enrique aurait terminé la visite.

Le camp était plus grand qu'elle l'imaginait. Il était implanté en pleine forêt. Le matin, en arrivant avec Bryce et la moto en panne, elle avait eu du mal à voir l'allée menant au portail principal.

Enrique lui expliqua l'intérêt de cet emplacement retiré.

— D'ici, nous pouvons nous rendre dans n'importe quelle partie du Salvador, mais le camp ne se trouve pas sur un axe majeur, si bien qu'il ne risque pas de devenir la cible d'une guérilla entre gangs, dit-il. Beaucoup de familles et de femmes qui viennent ici fuient les violences domestiques ou les altercations entre bandes rivales qui se disputent des territoires. Nous ne nous cachons pas vraiment mais nous sommes contents de ne pas être trop exposés.

— Il paraît que la guerre des gangs est un problème majeur, dit Cassie.

— L'un des aspects les plus délicats de notre travail consiste à nous adapter aux frontières artificielles créées par les gangs, poursuivit Enrique. Les différentes factions revendiquent des terres dans la forêt et dans les montagnes et nous avons du mal à apporter des médicaments et des traitements à certaines populations qui en ont pourtant le plus besoin. À cet égard, Bryce a nettement amélioré la situation en allant négocier des accords afin que nos médecins puissent passer, quel que soit le gang qui contrôle le territoire.

Cassie n'était pas certaine d'avoir bien entendu. Enrique donnait l'impression que Bryce était régulièrement en pourparlers avec les chefs de gangs.

— Grâce à lui, il y a de plus en plus d'endroits que nous pouvons traverser à peu près librement. À part certaines zones de montagne, dans lesquelles nous utilisons des hélicoptères pour livrer les fournitures et, parfois, le personnel médical quand il faut intervenir sur place. Certaines femmes seraient mortes en couches si nous n'avions pas pu aller les faire accoucher chez elles.

— Vous envoyez les médecins par hélicoptère ? dit Cassie.

— Oui, mais ne vous inquiétez pas, dit-il en prenant sa surprise pour de la crainte. C'est surtout Bryce qui s'y colle. La plupart des autres médecins préfèrent avoir les pieds bien ancrés sur la terre ferme. Mais vous connaissez Bryce et son goût pour l'adrénaline.

— Oui, répondit-elle en espérant que son incrédulité ne soit pas trop manifeste.

Des négociations avec les chefs de gang ? Des sauts en hélicoptère ? De qui Enrique était-il en train de parler ? Il devait confondre Bryce Hamlin avec quelqu'un d'autre.

Décidément, le mystère autour de Bryce s'épaississait. En

cinq ans, il ne s'était pas contenté de faire du sport en salle. Mais qu'avait-il donc fait pendant toutes ses années ?

Lorsqu'ils étaient enfin arrivés au camp, Bryce s'était félicité d'avoir à rendre visite à Mme Martinez et avait foncé tout droit vers la tente. En réalité, il avait besoin de réfléchir. Depuis qu'il avait retrouvé Cassie sur la route de Miraflores, il était déchiré entre deux envies contradictoires.

D'un côté, il souhaitait mettre entre eux la plus grande distance possible.

De l'autre, il mourait d'envie de la prendre dans ses bras et de ne plus jamais la lâcher.

Le fait de dormir à moitié nu à ses côtés sous la tente une place n'avait pas favorisé la résolution de ce conflit intérieur. Ce moment avait été à la fois magique et frustrant. Il avait retrouvé des détails, comme le creux de sa taille, que son bras épousait parfaitement, ou la courbe de sa nuque, qui n'avait pas changé mais sur lesquels il lui semblait poser un regard neuf.

Ils étaient tombés d'accord sur la nécessité de laisser le passé derrière eux et de créer une nouvelle relation sur des bases purement professionnelles.

Tourner la page après le départ de Cassie n'avait pas été facile, à plus forte raison après l'embardée de ce chauffard qui avait fait voler sa vie en éclats. Il avait fait des mois de rééducation, mais ce n'était rien à côté de ce qu'il avait dû affronter en conséquence. Plus que les blessures physiques, c'est la nécessité de mettre un terme à sa carrière de chirurgien qui l'avait totalement anéanti.

Ses grands-parents, ses parents et sa sœur étaient tous chirurgiens. Une affaire de famille, comme on disait chez eux. Plus jeune, Bryce ignorait s'il suivrait le même chemin mais, dès qu'il avait eu un scalpel dans la main, il avait compris que sa place était devant une table d'opération. Dès le début de son internat, il s'était forgé la réputation de savoir gérer des cas particulièrement difficiles, qui exigeaient une patience et une dextérité singulières. Les autres médecins applaudissaient son travail et le qualifiaient de « star » et de « surdoué » de la chirurgie.

Un jour, son père était entré avec lui en salle d'opération et l'avait regardé travailler.

« Tu sais, mon fils, lui avait-il dit par la suite, certaines personnes sont de bons chirurgiens. Mais toi, tu es un chirurgien-né. »

Ses paroles l'avaient beaucoup touché. Mais, après son accident, elles pesaient comme un joug sur sa nuque. Qu'était censé devenir un chirurgien-né qui avait perdu l'usage de ses mains ?

Sa famille et ses amis ne savaient pas comment se comporter avec lui. On continuait à lui adresser des compliments et à louer ses qualités de chirurgien mais ces mots ne faisaient que lui rappeler tout ce qu'il n'avait plus.

Il sentait bien que certains le prenaient en pitié. Au lieu de le féliciter pour la manière dont il avait rebondi, ils pleuraient la vie qu'il avait perdue.

Pour être tout à fait honnête, sa vie d'avant lui manquait aussi. L'intensité liée au fait de tenir la vie des gens entre ses mains, la fierté de sa famille, le sentiment d'être à sa place au bloc plus que partout ailleurs. Il regrettait le temps où on faisait appel à lui dans les cas les plus complexes et les plus délicats. La chirurgie donnait à sa vie toute sa beauté et sa grandeur – c'est du moins ce dont il s'était persuadé jusqu'à ce que Cassie Andover croise sa route.

Cassie qui, après avoir disparu, était réapparue tout aussi brusquement. Et qui, sans le vouloir, lui rappelait une version de lui-même qui n'existait plus depuis cinq ans. Une version à laquelle il en avait eu assez de se mesurer et qu'il avait fini par fuir.

Il avait fait beaucoup d'efforts pour se construire une nouvelle vie au Salvador. Il était fier d'avoir opéré un tel changement de vie et avait pratiquement réussi à laisser derrière lui les regrets liés à son ancienne vie.

Pratiquement.

La réapparition de Cassie avait fait resurgir des tas de souvenirs de l'époque où ils étaient ensemble et de l'homme qu'il était alors. Mais, justement : c'étaient des souvenirs.

Il était las de devoir rivaliser avec cette ancienne version de lui-même. L'ancien Bryce faisait partie d'un passé révolu, et devait y rester.

De même que sa relation amoureuse avec Cassie. Elle appartenait au passé et devait y demeurer.

Il ressentit de nouveau en lui la tension de ces deux besoins contradictoires, celui de s'éloigner et celui de se rapprocher. Étant donné qu'il ne pouvait pas s'éloigner d'elle, vu les circonstances, il fallait simplement qu'il ignore l'envie de la serrer contre lui comme il l'avait fait la nuit précédente pour lutter contre le froid. Ce genre de situations ne se reproduirait pas. Il y veillerait.

Cassie avait elle-même été distante et un peu brusque, quand ils s'étaient réveillés sous la tente froide et humide et qu'ils avaient dû remettre leurs vêtements encore humides. Il n'en revenait pas qu'ils aient accepté de se déshabiller l'un comme l'autre. C'est vrai que la pluie les avait trempés et gelés et la perspective de retrouver un peu de chaleur l'avait emporté.

Mais il faudrait faire en sorte, à l'avenir, de ne pas se retrouver dans une situation aussi ambiguë avec Cassie. À plus forte raison si leur relation était professionnelle, comme ils l'avaient décidé d'un commun accord.

Avait-il vraiment envie que sa relation avec Cassie soit purement professionnelle ?

Il se répétait ce qu'il avait dit, la veille, à Cassie : il fallait passer à autre chose et aller de l'avant. Mais il était très difficile de tendre vers un avenir dans lequel ils seraient uniquement collègues de travail tant qu'il garderait en mémoire la douceur de sa peau humide se réchauffant peu à peu sous le duvet.

Ce n'est qu'une attraction physique, se dit-il. *Cassie est très belle. Elle l'a toujours été. C'est un fait indéniable.*

Il pouvait surmonter une attraction physique. C'était une question de temps. Cela durerait quelques semaines et finirait bien par passer. Depuis leur rupture, cinq ans auparavant, aucune femme ne l'avait vraiment ni attiré ni intéressé. Il avait eu quelques aventures mais rien d'important à ses yeux.

Quand il avait rencontré Cassie, il avait été attiré par son audace. Dans sa famille de chirurgiens, on passait son temps à parler des traumatismes multiples et variés dont souffraient les patients allongés sur la table d'opération. Tout petit, il avait appris à faire preuve d'une extrême prudence pour ne pas faire lui-même partie de ces victimes un jour. À son tour, il était devenu chirurgien, obsédé par la nécessité de prendre soin de ses mains, de les protéger. Ses mains étaient son gagne-pain, lui répétait sans cesse son père. Le moindre problème aux mains pouvait mettre fin à sa carrière. Sur ce point, il devait reconnaître que son père avait raison, il l'avait appris à ses dépens.

L'esprit intrépide et insouciant de Cassie offrait un contraste bienvenu avec l'attitude surprotectrice de ses proches. Au départ, il se demandait ce qu'il allait faire avec cette jeune femme déterminée qui semblait être au-dessus de la cohorte des étudiants de médecine, toujours prête à répondre aux questions et à se porter volontaire, quelle que soit la procédure.

Il s'était senti attiré par elle dès le début et avait fait son possible pour le dissimuler. Elle était étudiante, ce qui excluait d'office qu'ils aient une histoire ensemble. De toute façon, il n'était pas sûr de l'intéresser.

Un jour, elle lui avait proposé qu'ils se retrouvent pour boire un café à la cafétéria. Cela n'engageait à rien. Ils avaient parlé de ce qu'ils aimaient faire le week-end. À l'époque, il lisait beaucoup et écoutait de la musique. C'étaient des activités tranquilles, qui l'ancraient.

Cassie, elle, faisait de l'escalade en rappel. Elle passait tous les week-ends dans un parc national, accrochée à une falaise.

« Je ne pourrais jamais faire une chose pareille », avait-il dit, impressionné à l'idée de descendre un mur de pierres au bout d'une corde, seul rempart contre une mort certaine.

« Bien sûr que si ! avait-elle rétorqué. Un jour, je t'emmènerai. On ira à moto. »

« À moto ? »

Dans sa famille, les motos étaient des pièges mortels. Combien d'histoires de motards accidentés avait-il entendues de la bouche de ses parents ? Il aurait parié qu'aucun Hamlin n'était monté sur une moto, sur trois générations.

Cassie, elle, en parlait simplement comme d'un moyen de transport exaltant.

« S'il y a une autre chose que je ne me vois pas faire, c'est bien de la moto », avait-il ajouté.

Mais, le week-end suivant, il s'était laissé persuader de monter derrière elle et, à sa grande surprise, il avait effectivement trouvé cela exaltant. Et libérateur.

La route, le vent et la proximité du corps de Cassie avaient eu raison de sa circonspection et de son appréhension.

Il avait été grisé par le trajet et plus encore quand, en descendant de la moto, elle s'était retournée et l'avait embrassé.

Un baiser rapide, nerveux, qui lui faisait courir un risque. Elle l'embrassait sans savoir comment il réagirait. Lui aussi, d'ailleurs. Mais, en dépit du bon sens et du règlement, il l'avait attirée à lui et leur baiser, d'abord hésitant, s'était fait plus langoureux et plus passionné.

Après ce premier contact, il avait passé beaucoup de temps à faire des choses que sa famille avait toujours considérées comme dangereuses. Des balades à moto, des après-midi dans des skateparks, à faire du roller, ou à la fête foraine, sur le grand huit ou la grande roue.

Avec Cassie, tout ce qui était auparavant terrifiant devenait excitant. Elle lui avait communiqué son goût pour l'aventure, et il avait compris que cette facette de son existence et de sa personnalité lui avait manqué.

Elle l'avait même emmené dans un karaoké. Alors qu'il chantait comme une casserole. Elle aussi, d'ailleurs, avait-il découvert à cette occasion. Mais il adorait sa manière de chanter à tue-tête, comme si elle avait elle-même composé les chansons avec tout son cœur et toute son âme.

C'est peu de temps après une sortie au karaoké qu'il avait acheté la bague. Il avait passé la soirée à rire aux larmes en la regardant s'époumoner et en faire des tonnes sur une chanson d'amour, devant un public enthousiaste. Il avait passé une soirée fantastique, comme tous les moments qu'il passait avec elle. Il s'était rendu compte qu'il ne voulait pas que cela s'arrête. Il avait envie d'être avec elle le plus souvent possible.

Il gardait la bague à portée de main, dans l'espoir de lui demander sa main dès qu'elle aurait terminé l'école de médecine. Mais le sort en avait décidé autrement.

Cassie et lui venaient de passer plusieurs heures dans le service des urgences. Il était presque au terme de sa cinquième et dernière année d'internat. Un patient était arrivé aux urgences avec un anévrisme aortique abdominal, que seuls les médecins titulaires avaient le droit d'opérer à l'hôpital. Or, à minuit, cette nuit-là, tous les médecins étaient rentrés chez eux. Bryce avait appelé un chirurgien en chef mais les routes étaient barrées à cause des intempéries et ce dernier ignorait combien de temps il lui faudrait pour venir.

« Il faut faire quelque chose, avait dit Cassie. L'anévrisme peut se déchirer d'une minute à l'autre. Tu peux l'opérer, toi. Tu en as largement les compétences. »

« C'est contraire au règlement, avait-il répondu. Tu imagines, s'il y a un problème au cours de l'opération ? Ou si le patient meurt ? »

« Il va mourir si tu ne fais rien. »

Bryce avait fini par céder. Il avait expliqué aux infirmières de bloc qu'il n'allait pas procéder à la totalité de l'opération mais qu'il pratiquerait une incision suffisamment large, dans l'abdomen du patient, pour exposer l'aorte. Cela permettrait de maintenir le patient en vie en attendant l'arrivée du médecin. C'était osé mais offrait au patient plus de chances de survie en cas de rupture de l'anévrisme.

Le patient avait survécu mais le conseil d'administration de l'hôpital avait jugé nécessaire d'appliquer des mesures disciplinaires strictes. Il avait attribué la survie du patient à la chance plutôt qu'à l'expertise de Bryce. N'étant qu'étudiante en médecine, Cassie avait reçu un simple avertissement. En tant qu'interne, Bryce avait assumé la pleine responsabilité de la décision et avait été soumis à une période de probation. À la moindre erreur, il serait immédiatement renvoyé.

Il avait rassuré Cassie sur le fait que ce n'était pas sa faute. C'est lui qui avait pris la décision et, en dépit de tout ce que cela avait déclenché, il ne regrettait aucunement de l'avoir fait. Le patient était vivant, c'était tout ce qui comptait. Si ses actes avaient pour conséquence d'être mis à l'épreuve, il se soumettrait à cette décision. C'était la seule et unique fois qu'il commettait une erreur, seule ombre à un début de carrière irréprochable.

C'est Cassie que cette nouvelle avait le plus ébranlée. Lui avait été contrarié mais il était persuadé qu'en cachant leur relation encore quelques mois, cet épisode ne serait bientôt qu'un mauvais souvenir. Or, à sa grande surprise, Cassie l'intrépide, la femme pleine d'audace dont il était tombé amoureux, avait eu peur de prendre ce risque.

Quand elle lui avait fait part de son inquiétude et avait suggéré qu'ils ne se voient plus, il s'était imaginé qu'elle parlait d'une pause de quelques semaines ou de quelques mois, le temps que les choses se tassent. De se voir moins souvent jusqu'à ce qu'elle ait son diplôme, de jouer la carte de la sécurité.

Il avait ensuite appris qu'on lui avait retiré la bourse qui lui avait été attribuée, à cause de la période de probation. Il n'avait pas pu cacher sa déception.

Trois jours plus tard, il avait trouvé le mot sur la table de nuit.

Parfois, il se demandait comment aurait évolué la situation entre eux s'il ne s'était pas fait renverser par ce chauffard six semaines plus tard. Au départ, il n'avait pas pu appeler qui que ce soit. Seule sa famille proche avait été mise au courant et il lui avait demandé de ne pas ébruiter la nouvelle de son accident. Si Cassie en était venue à l'apprendre, elle serait revenue pour l'aider, le soutenir. Or, il voulait mettre toute son énergie dans la rééducation sans avoir à réfléchir à leur relation et à ce qu'il éprouvait pour elle. Et il ne voulait surtout pas qu'elle revienne par pitié.

D'ailleurs, il n'était même pas sûr qu'elle ait envie de revenir.

Ce qui avait dû plaire à Cassie était le fait que leur relation soit secrète. Son intérêt résidait dans la nécessité de se voir en cachette et le risque d'être découverts. C'était sans doute un moyen de plus, à ses yeux, d'enfreindre les règles, de se procurer des sensations fortes.

Il avait gardé la bague pendant longtemps – plus longtemps que nécessaire – puis avait fini par la vendre pour s'acheter la Suzuki 650. Une bague contre une moto. Ce n'était pas une mauvaise affaire, tout compte fait.

Cela faisait maintenant trois ans qu'il était arrivé au Salvador, où il était reparti de zéro et avait construit une vie dont il pouvait être fier. Il n'était plus un chirurgien de grande renommée mais il s'était épanoui en tant qu'obstétricien.

Quant aux femmes, à part quelques brèves aventures, de-ci de-là, il n'avait rien vécu de sérieux depuis Cassie. Il se disait que c'était aussi bien comme ça. La vie au Salvador était suffisamment compliquée sans avoir besoin d'y mêler une histoire sentimentale.

D'où l'intérêt de clarifier la situation avec Cassie dès le départ. Maintenant qu'ils étaient obligés de se fréquenter quotidiennement, ils devaient accepter de n'être que des confrères – des amis, à la rigueur, mais rien de plus. La forte attraction qu'il ressentait ne devait pas lui faire oublier que leur relation n'avait pas fonctionné, qu'elle ne fonctionnerait certainement jamais et qu'ils ne se remettraient jamais ensemble.

Il n'était pas encore allé prendre sa dose journalière contre la malaria et se dirigea vers la pharmacie, dans la petite structure en parpaings au centre du camp. Il entra et y trouva Cassie qui se débattait avec un bandage.

— Qu'est-ce qui t'est arrivé ? demanda-t-il en voyant l'état de sa cheville. Elle haussa négligemment les épaules.

— Ce n'est rien. Je me suis cognée, hier, quand nous nous sommes pris la pierre, à moto.

— Pourquoi ne me l'as-tu pas dit ? Tu n'as pas voulu que je jette un coup d'œil.

Elle se renfrogna.

— Parce que ce n'est pas si grave. Elle est juste un peu gonflée et un peu sensible. Je veux simplement mettre un bandage pour la tenir.

Sa cheville était effectivement gonflée et un peu rouge mais pas au point de révéler une entorse. Il lui fallait simplement un bandage, des antalgiques et surtout, du repos. Or, Cassie avait passé la matinée à marcher pour rentrer au camp. Pourquoi n'avait-elle rien dit ? Que craignait-elle au point de ne pas lui dire qu'elle s'était fait mal ?

— J'aurais apprécié que tu m'en parles, dit-il. D'autant que nous avons marché des kilomètres, ce matin. J'aurais pu t'aider.

— Je n'ai pas besoin d'aide, dit-elle en retirant, un peu agacée, le bandage qu'elle avait manifestement du mal à poser correctement.

Il ne put s'empêcher de sourire.

— Ah, vraiment ? J'ai connu des étudiants en première année de médecine qui faisaient de plus beaux bandages que toi. Tu es sûre que tu as ton diplôme ?

Elle lui jeta un regard noir.

— Je suis gynécologue obstétricienne, pas kiné. Cela fait des années que je n'ai pas eu à bander une cheville.

Il s'assit à côté d'elle.

— Fais voir. Moi, par contre, je n'ai pas arrêté de me faire mal depuis que je suis ici. J'ai pris le coup de main.

Elle lui tendit la bande à contrecœur. Il examina et palpa sa cheville pour s'assurer qu'elle n'était pas foulée puis la banda correctement.

Cassie tendit la jambe et bougea la cheville.

— C'est beaucoup mieux, en effet. Merci.

Elle leva vers lui un regard contrit.

— Je suis désolée d'avoir été désagréable. En fait, je déteste qu'on me couve.

Il comprenait. C'était souvent difficile pour un médecin, d'endosser le rôle du patient. Lui-même était un peu mal à l'aise quand il avait besoin de soins médicaux.

Il lui sourit.

— Toujours aussi indépendante.

Il s'interrompit, hésita, l'espace d'un instant.

— Cela en vaut-il vraiment la peine ?

— De quoi parles-tu ?

— De montrer que tu n'as besoin d'aide de personne.

Et encore moins de ma part, pensa-t-il sans le dire à voix haute.

Elle demeura silencieuse un moment. Il regretta d'avoir parlé trop vite. Pourquoi ne se contentait-il pas d'accepter ses remerciements au lieu de les mettre tous les deux dans l'embarras ? Qu'allait-elle pouvoir répondre à une question pareille ?

Elle prit une profonde inspiration.

— Il y a une chose que je ne t'ai jamais dite.

Au ton de sa voix, il s'arrêta de bouger. Ce qu'elle avait à dire semblait difficile à exprimer. Il s'en voulut de l'avoir poussée dans ses retranchements. C'était déjà suffisamment pénible de s'être blessée à la cheville.

Cela dit, il avait vraiment envie de comprendre pourquoi elle s'entêtait à refuser l'aide qu'on lui proposait. Cela ne lui rendait pas service – comme en témoignait la manière désastreuse dont elle avait bandé sa cheville.

Les images de sa rééducation, après l'accident, lui traversèrent l'esprit. Combien de fois avait-il rêvé d'être autonome, de ne pas avoir à demander de l'aide pour accomplir le moindre geste ?

Mais il avait appris à l'accepter.

Qu'est-ce qui empêchait Cassie de faire de même ?

— Je suis née avec une cardiopathie, dit-elle. À seize ans, j'avais déjà subi trois opérations.

Il la regarda, ébahi. Il ne s'attendait pas à ce que la conversation prenne cette tournure. À aucun moment il n'aurait pu imaginer ce qu'elle venait de lui révéler.

— Pourquoi ne me l'as-tu jamais dit ?

— Je n'en ai pas parlé à grand monde. Les gens changent de regard sur moi une fois qu'ils le savent. Je ne voulais pas que ce soit ton cas. Cela peut paraître idiot, mais je ne voulais pas que tu me considères comme quelqu'un de faible.

— Faible ? Comment pourrais-je te trouver faible ?

— C'est ce qui s'est souvent produit. Les gens se mettaient à me traiter comme une petite chose fragile en apprenant ma maladie. Je ne voulais pas que tu me voies comme ça. Comme une personne qu'il faut protéger en permanence sous peine de la voir se briser en mille morceaux. Je voulais que tu me voies comme quelqu'un qui a toutes ses capacités.

Comment pouvait-elle s'imaginer qu'il voie en elle une femme faible, alors qu'elle était tout le contraire ?

— Impossible de penser que tu es une petite chose fragile quand on te connaît un peu.

Elle le fixa de ses grands yeux bleus et il soutint son regard un peu plus longtemps que nécessaire. Il retrouvait le même éclat que jadis au fond de ses yeux qui s'embrasaient quand elle défendait un argument ou un patient. Ou dès qu'elle parlait de quelque chose qui la passionnait.

Il détourna le regard et s'éclaircit la gorge.

— C'est donc pour cette raison que tu tiens à te débrouiller toute seule. Pour montrer que tu vaux davantage qu'un diagnostic.

Elle hocha doucement la tête.

— Dès ma naissance, ce diagnostic a régi ma vie. À l'école, on m'appelait « la malade ». Toute ma personne était réduite à ma pathologie.

Il grimaça.

— Les enfants ne sont pas toujours compatissants...

La révélation de Cassie était inattendue mais l'aidait à mieux comprendre certains détails. Comme le fait qu'elle l'ait envoyé balader la veille, dans la forêt, quand il avait proposé d'examiner sa cheville. Ce qui était de sa part une simple attention était pour elle de la sollicitude malvenue.

Il se souvenait aussi sa manière de se jeter à corps perdu dans tout ce qu'elle faisait, qu'il s'agisse d'un accouchement avec complications ou d'une chanson d'amour au karaoké. Tous les risques qu'elle avait pris au cours de leur histoire d'amour étaient-ils pour elle un moyen de prouver qu'elle était forte ?

Des images de sa propre enfance lui revinrent à l'esprit. Une enfance active, pendant laquelle il faisait de la balançoire, sautait sur les trampolines, pratiquait différents sports. Tout ce que des enfants en bonne santé faisaient sans se poser de questions. Alors que d'autres passaient leur temps sur la touche, regardant leurs camarades jouer sans pouvoir participer.

— Tu as dû te priver de beaucoup de choses.

— Le plus dur n'était pas d'être privée d'activité mais de supporter mes parents qui me traitaient comme si j'étais en porcelaine. Tout le monde me répétait à l'envi de *ne pas* faire ceci ou cela, afin de *ne pas* fatiguer mon cœur. Tout ce qui était normal pour les autres était considéré comme dangereux pour moi. Hier soir, quand tu as parlé de la colo, je me suis demandé à quoi cela ressemblait. Jamais on ne m'a envoyée en colonie de vacances. Longtemps, je n'ai pas eu le droit de grimper aux arbres, de faire du vélo. Et, après la dernière opération, pendant quelques semaines, j'étais tellement affaiblie que je n'arrivais même pas à faire mes lacets toute seule.

— Je n'imagine pas ce que tu as dû vivre avec toutes ces contraintes, toutes ces restrictions.

Elle soupira.

— En fait, elles ont fini par produire l'effet inverse de celui que tout le monde escomptait. Je me suis juré de ne plus laisser quiconque me dicter ma conduite et me dire que telle ou telle chose était trop dangereuse pour moi.

Elle lui adressa un regard de défi.

— J'ai été reçue à la faculté de médecine. Ça a été la chance de ma vie. Mon cœur était totalement guéri et je vivais seule, pour la première fois de ma vie.

— Et tu voulais mordre la vie à pleines dents.

Cette révélation lui faisait voir Cassie autrement. Il comprenait mieux, à présent, l'attitude qu'elle avait quand il l'avait connue. À l'époque, il pensait que sa témérité était dans sa nature. Mais ce qu'elle venait de lui révéler éclairait sa personnalité d'un jour nouveau. Il se demandait si elle aimait autant prendre des risques qu'elle le prétendait, après tout. Et dans quelle mesure elle ne se faisait pas violence.

Quoi qu'il en soit, il éprouva un élan de tendresse envers elle. Envers la petite fille surprotégée et la jeune femme qui avait mis tant d'ardeur à se montrer forte.

Cassie reprit la parole, et ses mots confirmèrent ce qu'il ressentait.

— *Carpe diem* est devenu ma devise. Si j'ai autant tenu tête aux internes et aux médecins, c'est en partie parce que le fait d'aller à l'encontre de l'autorité était tout nouveau pour moi. De l'extérieur, j'avais l'air de prendre la défense de mes patients mais au fond de moi, j'étais une ado qui cherchait toutes les occasions d'enfreindre les règles.

— Notre relation a-t-elle été, elle aussi, une occasion d'enfreindre les règles ? s'entendit-il dire.

Elle le regarda comme s'il venait de la gifler.

— Tu penses vraiment ce que tu viens de dire ?

— Je te pose la question, c'est tout.

— Tu crois que j'étais avec toi seulement parce que c'était interdit ?

— Vu ce que tu viens de me raconter, ce ne serait pas totalement inconcevable. Ni répréhensible.

Un éclair traversa ses yeux mais elle demeura silencieuse et pensive.

— Je pense que cela a dû jouer, au début, admit-elle. Mais au début seulement.

Au début seulement ? Et ensuite ?

Était-elle en train de dire qu'elle avait eu des sentiments plus profonds pour lui par la suite ? Ou qu'elle s'était rapidement aperçue que leur relation n'avait aucun sens ?

Il l'ignorait mais n'était pas sûr d'avoir envie de le savoir.

Elle le regardait comme si elle attendait une réponse. Mais les questions tourbillonnaient dans son esprit et son cœur débordait d'un sentiment sur lequel il avait du mal à poser des mots.

— On a tous des regrets, se contenta-t-il de dire, faute de mieux.

— C'est vrai. Je regrette d'être partie de cette manière. En te laissant un mot. J'aurais dû te parler en face. Après tous les risques que j'avais pris cette année-là, j'aurais dû avoir le courage de soutenir ton regard. Mais je n'ai pas pu. Je suis désolée.

De toute évidence, elle avait besoin de revenir sur cet épisode. Probablement pour le conclure définitivement et passer à autre chose, comme ils l'avaient évoqué la veille. Le temps des amours était bel et bien révolu. Désormais, ils seraient confrères et amis.

Elle le fixait toujours, manifestement en attente d'une réponse.

Si elle était prête à passer à autre chose, il devait pouvoir le faire aussi.

— J'accepte tes excuses, dit-il.

En prononçant ces mots, il eut la sensation qu'on lui retirait un poids de la poitrine. Mais ce soulagement fut de courte durée. Car un nouveau problème surgissait et, avec lui, une nouvelle tension dans la poitrine.

Il n'avait plus à choisir entre les deux élans contradictoires qui se livraient bataille en lui depuis que Cassie était réapparue dans sa vie. Ce dilemme était résolu. Car il n'éprouvait plus le besoin de s'éloigner d'elle.

Mais l'envie de la serrer dans ses bras était plus forte que jamais.

De toute évidence, laisser le passé derrière lui risquait de se révéler plus difficile qu'il ne le pensait.

4

Cassie mit quelques semaines à s'adapter à la vie au camp. Les patients vivaient tous des situations différentes, les jours défilaient sans se ressembler. Le matin, elle ne savait jamais de quoi sa journée serait faite.

Le camp était très éloigné des endroits dans lesquels elle avait travaillé jusque-là. Le manque d'équipement moderne rendait parfois la tâche difficile mais ce genre de contraintes lui donnait l'occasion de déployer des efforts comme jamais. Chaque accouchement l'obligeait à se concentrer sur plusieurs choses à la fois. Sans moniteur prévenant que le rythme cardiaque d'un fœtus était en chute libre ni oxymètre pour mesurer le taux d'oxygène dans le sang d'une patiente, il fallait s'appuyer sur ses compétences techniques et ses facultés d'observation, sans se déconcentrer un seul instant.

Les naissances n'étaient pas toujours simples et les complications étaient un défi qui pouvait se transformer en drame pour toutes les personnes impliquées. Mais la douleur de ces cas extrêmes était compensée par l'autre facette de ce métier, à savoir la joie et la célébration.

Au Salvador, les enjeux étaient totalement différents de ceux auxquels elle avait été confrontée jusqu'à présent. Plus Cassie voyait les difficultés auxquelles ses patientes salvadoriennes faisaient face, plus elle se sentait à sa place. Ces femmes voulaient mettre leurs enfants au monde dans un endroit sûr et protégé, comme toutes les femmes de la planète. Cassie était déterminée à faire son possible pour qu'elles reçoivent cette protection.

Là, elle redécouvrait certaines de ses valeurs de médecin les plus profondes. Elle avait commencé sa carrière en rêvant de donner à ses patientes le même niveau de soin que celui que sa famille et elle-même avaient reçu quand elle était petite.

Tous les médecins qui l'avaient opérée prenaient le temps de faire connaissance avec elle et l'avaient suivie de près après chaque opération.

Mais, à l'époque où elle avait eu son diplôme, le paysage avait déjà changé. La plupart des hôpitaux disposant de ressources humaines et matérielles de qualité étaient des cliniques privées, dans lesquelles le principal souci de l'administration était son bénéfice financier. Ce qui demandait de passer moins de temps avec les patients et d'effectuer le maximum de procédures facturables par mois. Elle avait fait le choix de travailler dans l'une de ces cliniques afin que ses patientes reçoivent des soins de qualité, mais avait fini par se demander en quoi résidait vraiment la qualité d'un soin. Elle avait trop souvent l'impression de travailler dans un service de livraison de bébés plutôt que dans un établissement médical.

Elle avait accepté cet état de fait pendant longtemps – trop longtemps, sans doute. À ses débuts, la jeune étudiante en médecine qui n'avait pas froid aux yeux défendait coûte que coûte le bien-être de ses patients. Si elle sentait que l'un d'entre eux avait besoin de plus de temps, de soins ou d'une procédure risquée, elle n'hésitait pas à monter au créneau.

Mais, après avoir quitté Bryce, elle avait enfoui cette facette combative de sa personnalité au plus profond d'elle-même, submergée par la culpabilité d'avoir agi avec autant d'irresponsabilité.

Depuis qu'elle travaillait au camp, elle se demandait comment elle avait pu travailler aussi longtemps dans ces conditions, à New York, sans donner de coup de pied dans la fourmilière. La version rebelle de Cassie n'hésitait jamais à remettre le système en question ni à faire un pas de côté si elle le considérait comme nécessaire pour la santé ou le bien-être de ses patientes. Cette version d'elle s'était diluée dans une Cassie disciplinée jusqu'à se perdre dans les compromis exigés par le milieu dans lequel elle exerçait son métier.

Dans le camp, le risque et l'improvisation étaient encouragés et considérés comme une partie intégrante du soin à donner aux femmes et à leurs bébés. Là, elle reprenait contact avec sa passion pour la médecine. C'était ce qu'elle était venue chercher.

Contre toute attente, son aventure salvadorienne lui avait permis de reprendre contact avec Bryce. Ils passaient leur temps à se croiser, quand ils ne travaillaient pas ensemble sur les mêmes cas.

Elle n'en revenait pas de la facilité avec laquelle ils avaient repris leurs marques l'un avec l'autre dans le travail. Elle avait oublié à quel point leur collaboration était féconde, en plus d'être agréable. À mesure que les patientes affluaient, ils retrouvaient leur rythme de croisière, comme si les années n'avaient pas passé. Ils travaillaient sans heurts, y compris sur des cas difficiles ou complexes qui nécessitaient de prendre certains risques au niveau médical tout en faisant preuve de la plus grande vigilance. Les patientes pour qui les procédures les plus risquées étaient nécessaires étaient souvent les patientes les plus fragiles. Or, c'est précisément dans ces cas-là que leurs qualités respectives s'équilibraient, pour le bien des femmes.

Elle ignorait toujours pourquoi il était devenu obstétricien mais n'avait pas encore eu le courage de le lui demander directement. En réalité, elle ignorait pratiquement tout de ce qu'il avait fait au cours des cinq années pendant lesquelles ils avaient été séparés.

Et la conversation qu'ils avaient eue le jour où il lui avait refait son bandage à la cheville continuait à résonner dans son esprit. Les paroles de Bryce l'avaient marquée.

« Notre relation a-t-elle été, elle aussi, une occasion d'enfreindre les règles ? »

Il s'imaginait qu'à ses yeux, leur relation n'était qu'une aventure sans importance, un outil de rébellion. Elle avait fini par comprendre que c'était bien ce qu'il pensait d'elle. Et, pire, elle comprenait pourquoi.

Elle était partie en lui laissant un petit mot laconique. En quittant Bryce, elle avait le sentiment de tout quitter. Elle ne trouvait pas les mots pour lui parler et elle se sentait incapable de soutenir la douleur qu'elle lirait sur son visage si elle attendait de lui parler franchement. Quand il avait perdu sa bourse, l'idée que leur relation puisse nuire encore davantage à sa carrière lui était devenue intolérable.

À présent, elle se rendait compte que Bryce avait interprété les choses à sa manière, pensant qu'elle l'avait quitté parce qu'elle ne tenait pas à lui et que leur histoire n'était qu'une parenthèse excitante parmi d'autres.

Comment pouvait-elle lui faire comprendre qu'il n'en était rien ? Et qu'elle tenait à lui beaucoup plus qu'il ne le croyait ?

Pour trouver le courage de partir, elle s'était persuadé qu'il n'y avait d'autre solution possible que de le quitter. C'était la seule et la plus courageuse, pensait-elle à l'époque. Mais en entendant Bryce l'accuser de prendre leur relation à la légère, de ne pas y voir autre chose qu'une aventure sans avenir, elle devait reconnaître que la manière dont elle était partie était tout sauf courageuse. Au contraire, elle avait été dictée par la peur.

À en juger par ce que disaient de lui Enrique et ses autres collègues, la peur ne faisait pas partie de l'univers émotionnel de Bryce, qui se portait volontaire pour partir dans des missions risquées dès que l'occasion se présentait. Jamais elle n'aurait imaginé cela de lui. Le Bryce de ses souvenirs était prudent, précautionneux, mesuré. Comment avait-il pu changer à ce point ?

Manny Martinez, le petit garçon qui avait porté son sac à dos le jour de son arrivée, semblait tout connaître de Bryce. Il lui vouait une admiration sans bornes et le suivait partout. Il arrivait aussi qu'il marche sur les talons de Cassie et lui rende des services. Il adorait lui raconter les exploits de Bryce, dont certains étaient manifestement enjolivés par son imagination de petit garçon. Elle doutait, en effet, qu'en parcourant des kilomètres pour apporter des médicaments dans un village reculé, Bryce et Manny aient dû traverser une rivière en marchant sur le dos de crocodiles comme sur des rochers, et qu'ils soient tombés sur un nid de serpents une fois passés sur l'autre rive. Quand elle avait exprimé son incrédulité, Manny avait renchéri en ajoutant à l'histoire la présence de deux jaguars.

Dès qu'il avait pu, il lui avait présenté sa petite sœur, Rosibel, née le jour de son arrivée au Salvador.

— Au début, je voulais plutôt un frère mais en fait, je l'aime bien, ma sœur. Maman est toujours en train de s'occuper d'elle et elle ne voit pas tout le chocolat que j'ai, dit-il en tapotant les poches de son pantalon, remplies de douceurs grappillées auprès des médecins du camp.

Cassie tendit le doigt à Rosibel qui le serra fort. La vue des nouveau-nés l'emplissait d'espoir. Ils portaient en eux une nouvelle vie avec tous ses possibles. Quand elle-même était née, tout le monde s'était inquiété pour elle. Or, elle s'était accrochée à la vie aussi fort qu'elle avait pu. Telle était sa vision de son métier : faire naître des bébés, c'était se tourner vers la vie.

Et c'était le métier que Bryce exerçait aussi. C'était lui qui avait mis Rosibel au monde. Bryce l'obstétricien, pas le chirurgien.

Qui était cet homme mystérieux qui mettait les bébés au monde un jour et sautait sur le dos des crocodiles le lendemain ? Il y avait tant de choses qu'elle ignorait de lui !

Pendant cinq ans, quand elle pensait à lui, elle le voyait tel qu'elle l'avait connu, sans imaginer un instant qu'il avait pu changer. Alors que le contraire aurait été étonnant. Tout le monde changeait. Elle la première.

Elle avait toujours été attirée par sa gentillesse. Elle l'avait reconnue dans l'attention avec laquelle il l'avait aidée à faire son bandage ou dans la patience dont il faisait preuve à l'égard de Manny. Mais il y avait aussi en lui désormais une détermination qu'elle ne lui connaissait pas. Et qui s'exprimait quand il faisait vrombir sa moto en quittant le camp ou qu'il criait des instructions aux équipes médicales avant un nouvel afflux de réfugiés.

Pour être honnête, ce mélange de tendresse et de détermination le rendait sacrément séduisant. Elle avait vu en lui la même détermination chaque fois qu'il était devant une table d'opération.

Que s'était-il passé dans sa vie pour qu'il abandonne un métier qui le passionnait autant et dans lequel il excellait ? La chirurgie et l'obstétrique étaient deux univers différents. Dans le premier, le sort du patient anesthésié était entre les mains du médecin. Alors qu'une naissance était un travail d'équipe dans lequel les patientes jouaient un rôle aussi important, voire plus, que le médecin. Le lien qui se créait entre la parturiente et le personnel médical était crucial, à plus forte raison si elle avait peur ou que des complications survenaient.

Qu'est-ce qui pouvait pousser un chirurgien de la trempe de Bryce à vouloir exercer un métier aussi différent ?

Une expérience bouleversante ? Une rencontre inspirante ?

En cinq ans, il avait pu se passer beaucoup de choses.

Positives comme négatives.

Peut-être que quelqu'un avait découvert qu'il était sorti avec une étudiante – raison pour laquelle elle était partie. Se pouvait-il qu'il ait été renvoyé malgré tout à cause de cela ? À cause d'elle ?

Mais, si tel était le cas, il aurait pu aller terminer son internat ailleurs. Il était tellement brillant que les hôpitaux se seraient battus pour qu'il fasse partie de leur personnel.

Non, il n'était pas pensable qu'elle ait gâché sa carrière à ce point. À moins que...

Il fallait qu'elle sache. Même si la réponse était désagréable à entendre, elle devait comprendre si elle était pour quelque chose dans le fait que Bryce ait perdu son poste et changé de spécialité. Car, en dépit de ce qu'il pouvait penser, leur relation avait beaucoup compté pour elle. Elle l'avait quitté pour le protéger, pour ne pas faire davantage de dégâts dans sa vie qu'elle n'en avait déjà faits. Même si elle ne pouvait rien y changer, désormais, il fallait qu'elle sache si elle avait fichu sa carrière en l'air. Et, si c'était le cas, qu'elle trouve le moyen de se faire pardonner. D'une manière ou d'une autre.

Bryce fut surpris de voir Cassie à la porte de son logement. Elle venait lui proposer d'aller boire un café dans le réfectoire. Il fut encore plus surpris de s'entendre répondre oui.

Travailler avec elle s'était révélé plus facile qu'il ne l'avait imaginé. Il n'avait pas mis longtemps à retrouver ses marques et tout ce qui lui avait manqué d'elle pendant toutes ces années. Les blagues sur les patients et la facilité avec laquelle l'un anticipait les décisions de l'autre étaient enthousiasmantes après ces années de séparation. Il devait bien avouer aussi que sa curiosité avait été piquée lors de la conversation qu'ils avaient eue dans la pharmacie. Il ignorait totalement que Cassie était née avec un problème cardiaque. Jamais elle n'y avait fait la moindre allusion.

Avant l'accident, il n'aurait probablement pas compris sa volonté de ne pas en parler. Mais à présent, cela lui paraissait plus que justifié. Pendant des années, sa famille n'avait vu en lui que le chirurgien surdoué. Ils étaient tellement obnubilés que cet aspect de sa personne occultait tous les autres. Et, quand sa vie avait volé en éclats, il n'avait vu que ce qu'il avait perdu. Le reste n'existait pas. Et, encore aujourd'hui, il avait parfois du mal à admettre que sa valeur ne tenait pas tant au fait d'avoir été un grand chirurgien qu'à tout ce qu'il avait réussi à construire depuis en dépit des obstacles et des difficultés.

Cassie avait gardé sa maladie secrète pour les mêmes raisons qu'il ne tenait pas à parler de l'accident et de son ancienne carrière. Quand les gens apprenaient des informations aussi graves, certains ne vous regardaient plus qu'à travers ce prisme-là. Or, il avait déployé des efforts surhumains pour être autre chose que la victime d'un accident de la route et autre chose qu'un homme au passé prestigieux.

De toute évidence, Cassie avait, elle aussi, bataillé pour qu'on la considère comme une personne à part entière et pas seulement comme une malade. Entendre les autres enfants l'appeler « la malade » avait dû être atroce.

Y avait-il d'autres choses qu'elle ne lui avait pas dites d'elle ?

Quand ils entrèrent dans le réfectoire, il alla chercher les cafés.

— Tu t'en es souvenu, dit-elle après avoir porté le café à ses lèvres.

— Noir, avec deux sucres. Il y a des choses qu'on n'oublie pas. Comme la manière dont Cassie Andover aime son café.

Elle sourit.

— Que de souvenirs nous avons !

— C'est vrai, dit-il en souriant à son tour. Et j'irais même jusqu'à dire que la plupart d'entre eux sont de bons souvenirs.

Elle demeura pensive un moment puis le regarda par-dessus sa tasse.

— Tu as raison. Mais je ne t'ai pas demandé de venir boire un café pour parler de nos bons souvenirs. En fait, j'ai un mystère à lever.

Il attendit en se demandant ce qu'elle voulait dire par là.

— J'adore les mystères, comme tu dois certainement t'en souvenir.

Elle reposa sa tasse.

— Justement, Bryce. Je m'en souviens, comme tu t'es souvenu de mes goûts en matière de café. Ce qui signifie que tout n'a pas complètement changé en cinq ans. Tu es toujours le Bryce que j'ai connu.

— Qui veux-tu que je sois d'autre ?

— C'est justement l'énigme que je cherche à résoudre. Le Bryce de mon souvenir se faisait supplier pour monter sur ma moto. Et il n'aurait jamais conduit comme tu l'as fait quand tu es venu me chercher le premier jour. Le Bryce de mon souvenir avait une passion pour la chirurgie et pour rien au monde il n'aurait envisagé de changer de métier. Il ne prenait pas l'hélicoptère pour aller négocier avec des chefs de gangs. Et il n'affrontait pas les crocodiles ni les jaguars.

— Je vois que Manny t'a raconté ma vie... dit-il en souriant.

Il se demanda si Cassie avait enquêté auprès de Manny ou des autres personnes du camp.

— Manny t'adore. Mais là n'est pas la question. La question est : qui es-tu et qu'est-il arrivé au Bryce que j'ai connu ?

Bryce remua doucement son café en se demandant ce qu'il allait répondre. Certes, sa vie avait changé depuis l'accident et depuis qu'il avait abandonné le métier de chirurgien. Cassie avait raison sur un point : à l'époque où ils sortaient ensemble, il avait effectivement beaucoup de mal à prendre des risques. D'ailleurs, c'est cette qualité qui l'avait attiré chez elle et qui lui avait permis de la mettre au jour chez lui.

C'était aussi l'une des raisons pour lesquelles il avait été aussi bouleversé par son départ.

— C'est une grande question. Cinq ans se sont écoulés, Cassie, dit-il comme s'il cherchait à gagner du temps pour mieux réfléchir à la réponse.

— Dans ce cas, commence par le commencement. Ou plutôt, commence par ce que j'ai vraiment envie de savoir : comment as-tu pu te payer une moto pareille avec un salaire de Médecine Internationale ?

Cassie dans toute sa splendeur. Qui, sans s'en rendre compte, mettait toujours les pieds dans le plat.

Il avait été ravi qu'ils se retrouvent et qu'ils se redécouvrent mutuellement au cours des semaines qui venaient de s'écouler, mais il ne se sentait pas vraiment armé pour affronter cette conversation. Justement, c'était peut-être parce qu'il avait apprécié leurs retrouvailles et leur reconnexion qu'il n'avait pas envie de révéler comment il avait pu payer sa moto, pas envie de lui dire de but en blanc qu'il avait vendu une bague qu'il comptait lui offrir.

Le problème était qu'il n'avait jamais su mentir. Et, depuis l'accident, c'était pire. Ses mains se mettaient à trembler à la moindre émotion forte. Si elle le remarquait, elle lui poserait d'autres questions, auxquelles il n'était pas sûr non plus d'avoir envie de répondre.

Il décida de lâcher une demi-vérité.

— Il y a quelque temps, je sortais avec une femme et j'avais acheté une bague de fiançailles. Mais nous avons rompu. J'ai vendu la bague et me suis acheté la moto. Voilà.

Il haussa les épaules en s'efforçant d'avoir l'air détendu. Tout ce qu'il venait de dire c'était vrai. Il avait simplement omis de dire que la bague lui était destinée. Mais c'était un détail qu'elle n'avait pas besoin de savoir.

Elle s'étouffa avec une gorgée de café.

— Tu voulais te fiancer ? Ça devait être sérieux entre vous.

— Pour moi, oui, ça l'était. Mais probablement pas pour elle.

— C'était quel genre de femmes ?

Il réfléchit. Loin de lui l'idée de mentir effrontément à Cassie. Ce qu'il voulait, c'était passer à autre chose le plus rapidement possible, quitte à omettre certains faits.

Par chance, Cassie ne lui laissa pas le temps de répondre.

— Oublie, enchaîna-t-elle. Je ne vois pas en quoi cela me regarde. Et, quoi qu'il se soit passé avec elle, je me doute que ce n'est pas à moi que tu as envie de le raconter. En fait, en te proposant un café, je voulais simplement que nous parlions un peu de nous, de notre...

Elle hésita.

— De notre amitié ? suggéra-t-il.

— Oui. De notre amitié. Le camp n'est pas très grand et nous nous voyons tous les jours. Cela m'a fait un choc de te voir ici le premier jour mais, depuis, j'ai trouvé mes marques et j'adore cet endroit. La seule chose qui pourrait améliorer la situation serait que nous soyons amis. Pour cela, il faut que nous refassions connaissance, non ?

Elle avait raison. Ils avaient changé tous les deux. Il était probablement un peu plus détendu qu'auparavant, d'autant qu'il n'était plus obsédé par le fait de protéger ses mains à tout prix. Quant à elle, qui lui avait toujours paru fonceuse et casse-cou, il venait de comprendre qu'elle avait appris à l'être et s'était battue pour y parvenir. Il se demanda si elle était restée aussi intrépide pendant toutes ces années.

— Tu as raison. D'autant que moi aussi, j'ai des questions à te poser.

— J'y répondrai si tu réponds aux miennes.

— Très bien. Je commence. Qu'est-ce que la meilleure gynécologue obstétricienne de New York fait au Salvador ?

Pour toute réponse, elle éclata de rire.

— Qu'est-ce que j'ai dit de drôle ?

— Je ris parce que la réponse est dans la question. C'est à cause de mon travail à New York que je suis ici aujourd'hui. Et j'ignorais que j'étais la meilleure gynécologue obstétricienne de New York.

— Quelle fausse modestie ! La femme de mon ami Marcus m'a dit qu'il n'y avait pas moyen d'obtenir un rendez-vous avec toi. Il paraît qu'il fallait connaître quelqu'un qui connaissait quelqu'un si on voulait avoir une petite chance d'avoir rendez-vous avec Cassie Andover.

Elle leva les yeux au ciel.

— C'est précisément pour cette raison que je suis partie. Je n'ai jamais cherché à ce que la situation évolue dans ce sens.

— Mais ce doit être vrai, au moins en partie, sans quoi tu n'aurais pas cette réputation.

— Peut-être. Mais je me disais parfois que ma réputation était un coup de chance extraordinaire. Que je me suis trouvée au bon endroit, dans un moment important de la vie de quelqu'un.

— Comment ça ?

— Il y a quelques années, lors d'un accident grave sur l'autoroute, une femme enceinte s'est mise à avoir des contractions. Le travail commençait, avec des semaines d'avance. Il se trouve qu'il s'agissait d'une chanteuse très célèbre. J'ai fait naître le bébé, la rumeur a circulé et, du jour au lendemain, je me suis mise à accoucher les femmes les plus riches et les plus célèbres de la planète. Qui se trouvent être aussi les patientes les plus pénibles. Et, plus elles ont d'argent, plus elles sont exigeantes. Elles nous traitaient, mes infirmières et moi, comme des domestiques.

— C'est pour cela que tu es partie ?

— Oui.

Elle fronça soudain les sourcils.

— Tu as dit que la femme de Marcus voulait un rendez-vous avec moi ? Tu parles de Marcus, de l'hôpital de l'époque ? C'est dingue, je n'ai pas vu Marcus depuis... depuis son dernier jour de stage, quand tu lui as demandé de boire dans un tube de prélèvement.

— J'ai parié cinquante dollars qu'il n'était pas capable de boire le liquide.

— Qui se trouvait être jaune pâle.

— Si mes souvenirs sont bons, c'est toi qui es repartie avec mes cinquante dollars.

Cassie pouffa de rire.

— Cela se voyait à des kilomètres que c'était du jus de pommes.

— Comment pouvais-tu en être aussi sûre ?

— J'avais confiance en toi. Je suis étonnée que Marcus ne t'ait pas fait plus confiance.

— Je me rappelle la tête qu'il a faite quand tu as sifflé le tube. Rien que cela valait bien cinquante dollars.

— Pauvre Marcus ! Nous étions impitoyables avec nos blagues idiotes.

— Oui, Marcus avait enduit les embouts de mon stéthoscope de lubrifiant chirurgical. J'en ai eu plein les oreilles. Je me souviens aussi de l'époque où il ne faisait pas bon dormir dans la salle de repos. On risquait toujours de se réveiller avec un bras ou une jambe dans le plâtre.

Ils avaient vraiment passé de bons moments. Bryce avait toujours abordé son métier avec beaucoup de gravité. Avec

Cassie, il avait appris à rester sérieux sans se prendre au sérieux. Avec elle, le travail à l'hôpital était plaisant.

— J'ai un peu la nostalgie de cette époque, où tout était détendu, dit-elle. L'ambiance n'était pas la même au Brooklyn General. On ne tolérait pas les blagues. On nous demandait de satisfaire les désirs de nos patientes, un point c'est tout. Nous n'avions même plus l'énergie de plaisanter.

— À ce point ?

Elle secoua la tête.

— En réalité, j'étais tellement débordée que je ne distinguais plus les journées les unes des autres. Je n'en pouvais plus. J'avais envie de paix et de recouvrer le goût des choses que j'aimais, de me reconnecter à ce qui était important pour moi.

— D'où le choix de ce pays qui ne compte pas moins de vingt-trois volcans en activité. Parfait pour recouvrer la paix !

— Je me suis calmée, tu sais.

— Je ne demande qu'à voir... dit-il, un sourire en coin sur les lèvres.

— Parle-moi plutôt du Bryce qui saute des hélicoptères en pleine jungle.

— Ce n'est pas si fréquent. J'ai dû le faire quatre fois cette année.

— Même si tu ne le faisais qu'une fois par an, ce serait déjà bien loin de l'image que j'avais gardée de toi. Mais ce n'est pas la seule chose qui me surprend de toi... Comment se fait-il que tu sois devenu obstétricien ? Que tu aies abandonné la chirurgie ? Changer de spécialité n'est pas une décision qu'on prend à la légère. D'autant que tu étais brillant.

Il eut un mouvement de recul involontaire en l'entendant prononcer ces mots : tu *étais* brillant. C'était exactement pour ne plus les entendre qu'il était venu vivre au Salvador.

Il se souvint soudain que Cassie ignorait tout de l'accident qu'il avait eu. Elle ne pouvait pas savoir à quel point le passé était un sujet douloureux pour lui.

L'espace d'un instant, l'idée de tout lui raconter lui traversa l'esprit. La collision, ses mains blessées, les tremblements qui s'étaient ensuivis. Mais quelque chose le retint.

Cassie était au courant de certains aspects de sa vie au Salvador. Les plus aventureux. Or, il n'était pas devenu une sorte d'Indiana Jones. Ce qu'elle ne savait pas, c'est qu'il ne se lançait pas dans des activités périlleuses par goût pour les montées d'adrénaline. Il le faisait simplement parce qu'il n'avait plus besoin de se protéger à l'extrême, et qu'il se fichait bien de se faire mal. Ce n'était pas du courage. Simplement, le fait de se blesser n'était plus un problème dans sa vie.

Mais même si les années étaient passées, même s'il se fichait de ce que Cassie pouvait penser de lui, il n'avait pas envie de la décevoir. Il ne voulait pas lui ôter ses illusions sur le fait qu'il était devenu quelqu'un d'un peu plus valeureux qu'avant.

C'était ridicule. Le regard de Cassie ne devrait pas avoir d'importance. Il avait fait sans pendant toutes ces années. Il avait appris à vivre sans se demander ce qu'elle pouvait penser de lui.

Il n'avait donc aucune raison de ne pas lui dire la vérité.

Il ouvrit la bouche mais n'eut pas le temps de dire un mot. Les portes s'ouvrirent en grand et Anna entra précipitamment dans le réfectoire.

— Nous avons un accouchement avec des complications dans la tente n° 3, annonça-t-elle en haletant.

Elle avait dû traverser le camp au pas de course.

— Il faut que vous veniez tous les deux.

Bryce et Cassie se levèrent promptement. Il n'avait pas eu le temps d'expliquer pourquoi et comment sa vie avait changé en cinq ans. Mais ce n'était que partie remise. Il trouverait bien l'occasion de le faire.

Bryce, Anna et Cassie coururent jusqu'à la tente abritant la maternité. En entrant, Cassie reconnut la patiente. C'était Elena Hernandez, qui avait déjà fait plusieurs fausses couches mais n'avait jamais perdu l'espoir de mener une grossesse à terme.

Ce qui ne se produirait pas cette fois encore. Elle avait à peine atteint le huitième mois.

— Où en est-elle ?

— Le col est totalement dilaté, dit Anna. Mais elle est en travail depuis trois heures et rien n'avance. Au début, j'ai pensé que le bébé avait l'épaule coincée mais je pense qu'il y a autre chose. C'est trop long.

Cassie avait commencé à s'habituer à l'absence de moniteur fœtal. Elle passa la main sur le ventre d'Elena. Dans certains cas, il n'était pas nécessaire d'avoir recours à du matériel de pointe pour comprendre ce qui se passait.

— Je pense qu'ils sont deux, là-dedans, dit-elle.

Elena n'était pas épaisse et, entre la malnutrition et le travail prématuré, il n'était pas étonnant qu'elle ait l'air de ne porter qu'un bébé. Tout ce que Cassie espérait, c'était qu'il n'y en ait pas *plus* de deux.

— Nous allons bientôt le savoir, dit Bryce. Pour l'instant, il faut se préparer à faire une césarienne. Il faut l'emmener au bloc.

L'absence de moniteur cardiaque n'était pas le seul problème matériel auquel Cassie devait s'adapter. La moitié des lits d'hôpital disponibles au camp ne possédaient pas de roues. Au lieu de transférer les patients, comme partout ailleurs, sur un brancard ou une chaise roulante, luxe auquel ils n'avaient pas accès ici, ils devaient faire preuve de créativité.

Bryce et Anna se mirent à dérouler une grande bande de toile. Bryce lui tendit une extrémité et recula, de manière à tendre la toile dans laquelle Anna aida Elena à s'installer. Ils la transportèrent à petits pas dans cette civière improvisée, jusqu'à la tente communément désignée comme « le bloc », et la déposèrent sur la table d'opération.

Mais en quelques minutes qu'avait duré le trajet, la situation avait radicalement changé. Le ventre de la patiente s'était déformé jusqu'à ressembler à un sablier, signe que la filière génitale était obstruée. S'ils n'intervenaient pas rapidement, elle risquait de subir une rupture utérine qui pouvait entraîner sa mort.

— Anesthésiez-la du mieux que vous pouvez, dit Cassie à l'infirmière de bloc. Il faut commencer maintenant. De quel matériel de réanimation néonatale disposons-nous ?

— De nos pouces et notre souffle, répondit Bryce.

— D'accord, dit-elle entre ses dents.

C'était une question de vie ou de mort. Si le bébé naissait en souffrance, ils ne disposaient d'aucun matériel et elle devrait procéder à une RCP. Mais ils n'en étaient pas là.

Bryce commença à inciser le ventre. Mais s'arrêta presque aussitôt. Que lui prenait-il ?

— Qu'est-ce que tu fais ? demanda-t-elle. Bryce, nous n'avons pas une minute à perdre.

Il lui tendit le scalpel.

— Fais-le, toi.

— Mais tu as commencé.

— Peu importe. C'est une procédure compliquée et tu es la meilleure obstétricienne de New York. C'est à toi de le faire.

Elle se tut et prit le scalpel en essayant de dominer son agacement. Bryce avait commencé la césarienne. Elle ne comprenait pas pourquoi il ne continuait pas. Peu importait que ce soit lui ou elle, ils étaient aussi compétents l'un que l'autre et, surtout, le temps était compté.

Il lui revint, comme un flash, que Bryce lui avait paru nerveux avant d'inciser le ventre d'Elena. Mais elle devait faire erreur. Elle l'avait vu à l'œuvre depuis qu'elle était arrivée au camp, et avait trouvé qu'il connaissait parfaitement son métier. Certes, elle l'avait vu procéder à des accouchements par voie basse, pas par césarienne mais, étant donné sa formation de chirurgien, il devait être encore plus à l'aise avec un scalpel dans la main.

Elle se concentra sur ses gestes.

Comme chez beaucoup de patientes souffrant de malnutrition, l'utérus d'Elena n'était protégé que par une fine couche de peau, sans graisse. Elle fit une seconde incision. Il fallait que le bébé sorte au plus vite. Elle parvint à comprendre ce qui ralentissait le travail : la tête était un peu trop grosse. Et déjà un peu trop engagée pour qu'elle puisse sortir le bébé.

Bryce vit aussitôt le problème et vint l'assister. En quelques gestes précis, elle parvint à attraper les pieds du bébé, qu'elle fit naître par le siège. Elle entendit le cri de la fillette avec un grand soulagement.

Le personnel applaudit quand elle tendit le nouveau-né à la sage-femme pour qu'elle lui fasse sa toilette.

— Ne nous relâchons pas trop, dit Bryce en indiquant la patiente d'un signe de tête. Tu avais raison, il n'y en a pas qu'un.

Cassie se rapprocha d'Elena et scruta son abdomen, dans lequel elle perçut un mouvement infime et, en se rapprochant, une main minuscule.

Des jumeaux.

— Je ne l'aurais pas vu s'il n'avait pas bougé, dit Bryce. À toi l'honneur.

Cassie plongea la main dans l'abdomen de la patiente et sortit un corps minuscule de garçon, qu'elle tendit à la sage-femme.

Ensuite, c'est Bryce qui recousit le ventre, pendant que les pleurs des petits jumeaux emplissaient la tente. Pour Cassie, ces cris étaient le son de la victoire. Aucune réanimation cardio-pulmonaire néonatale n'avait été nécessaire ce jour-là.

Elle retira ses gants, épuisée. Bryce lui décocha un grand sourire et hocha la tête. Il était impressionné ?

Pour sa part, elle était toujours sous le choc de ce qui s'était passé. Comment, dans une situation où chaque seconde comptait, avait-il pu interrompre une procédure d'urgence pour lui tendre le scalpel ? Qu'est-ce qui l'avait fait hésiter à un moment aussi crucial ?

Une seule hypothèse lui venait à l'esprit : en dépit de tout ce que les gens disaient de ses exploits, il était toujours d'une extrême prudence. Mais cela n'expliquait pas son geste.

Si c'était elle qui avait commencé l'opération, jamais elle ne se serait arrêtée au milieu en se demandant qui, de lui ou d'elle, était le mieux placé pour continuer.

Mais il fallait voir le positif de la situation : aujourd'hui, ils avaient sauvé trois vies. Elle sourit en pensant au bonheur que devait éprouver Elena. Elle qui voulait tant avoir des enfants !

Lorsqu'elle sortit de la tente, elle n'eut pas le temps de poser à Bryce quelque question que ce soit. Il passa devant elle et s'éloigna promptement.

Quelque chose clochait pour que Bryce hésite à poursuivre une opération chirurgicale et pour qu'il lui donne l'impression de ne pas vouloir revenir sur le sujet.

5

Bryce alla s'asseoir sous son balsa, épuisé. Il avait besoin de calme après la journée qu'il venait de passer. La naissance des jumeaux d'Elena par césarienne avait été le premier cas compliqué d'une série qui l'avait obligé à travailler douze heures d'affilée. Il avait l'impression que des années s'étaient écoulées depuis qu'il avait bu un café dans le réfectoire avec Cassie.

La nuit tombait. Il pouvait enfin souffler. Il s'adossa au tronc du balsa et essaya de relâcher les tensions de son corps. Le camp était pratiquement encerclé par la forêt, mais à l'ouest, les arbres étaient plus espacés et laissaient entrevoir les collines et, derrière elles, les montagnes dont les sommets étaient encore baignés de la lumière dorée du soleil couchant. Quelques lucioles commençaient à danser sous ses yeux.

Son estomac se mit à gronder. Il n'avait pas eu le temps de manger depuis le petit déjeuner. Mais il avait apprécié d'être occupé toute la journée, en dépit du stress. Les accouchements s'étaient enchaînés, ce qui lui avait évité de se retrouver de nouveau seul avec Cassie et surtout, de devoir poursuivre la discussion commencée au réfectoire. Il avait le sentiment qu'elle lui demanderait en outre des explications sur ce qui s'était passé au bloc, quand il lui avait passé le relais, et il ne se sentait pas prêt à y répondre.

Il savait que ses tremblements n'étaient pas graves au point de l'empêcher de procéder à des césariennes. Cela dit, il était toujours anxieux quand elles s'avéraient nécessaires. Savoir qu'il pouvait opérer ne signifiait pas qu'il était à l'aise pour le faire. C'était un peu comme si on lui demandait de réapprendre à faire du vélo. En théorie, il comprenait qu'il fallait s'asseoir sur la selle et pédaler pour avancer mais le savoir ne lui garantissait pas de pouvoir rester en équilibre sur la bicyclette.

En général, quand ses mains commençaient à s'agiter, quelques inspirations profondes suffisaient à les calmer et lui permettaient de continuer ce qu'il était en train de faire. Cette fois, le tremblement ne s'était pas atténué. Il avait l'impression que la présence de Cassie y était pour quelque chose.

Cela pouvait paraître idiot mais Cassie était la seule personne rencontrée au Salvador qui connaissait sa vie d'avant, à New York. Quand il était arrivé, il avait apprécié d'être enfin libéré des attentes de ses proches. Ici, les gens se fichaient pas mal qu'il ait été un brillant chirurgien dans un autre chapitre de sa vie, désormais révolu. Ils s'intéressaient à la personne qu'il était *maintenant*. Tout ce qu'il avait à faire, c'était d'être le meilleur médecin possible.

Cassie, elle, s'attendait certainement à voir le grand Bryce Hamlin en action. Elle s'imaginait que tout allait bien quand il avait un scalpel entre les mains et ne comprendrait certainement pas qu'il se mette à stresser, qu'il ait besoin de plus de temps que prévu au cours d'une intervention ou que ses points de suture ne soient pas réalisés à la perfection.

Leur relation s'était inversée. Cinq ans auparavant, il était un chirurgien montant, dont la réputation grimpait en flèche. Qui excellait dans certains gestes requérant une dextérité et une précision exceptionnelles. Il était habitué à ce qu'on l'admire.

À présent, c'était lui qui admirait Cassie pour sa réactivité en salle d'accouchement, sa façon de rassurer sa patiente tout en accomplissant tous les gestes techniques nécessaires au bon déroulement d'une naissance compliquée. Ce n'était plus une étudiante douée et prometteuse, mais un médecin compétent et dévoué.

Elle n'avait pas caché son étonnement quand il lui avait

tendu le scalpel, même si elle n'avait rien dit. Il était évident qu'elle lui demanderait des explications.

Il entendit les arbres bruisser et vit Cassie apparaître, un sac en papier à la main.

— Tu as envie de compagnie ? demanda-t-elle.

Il se cala contre le balsa.

— Je ne suis pas sûr d'avoir envie de faire la conversation. La journée a été longue.

— Je sais. C'est pour ça que j'ai apporté à manger.

Elle ouvrit le sac.

— Des *pupusas* ! s'exclama-t-il en voyant les crêpes farcies, un grand sourire aux lèvres.

Il en prit une et mordit à pleines dents.

— Hum ! Chili-fromage, ma préférée ! dit-il, sans pouvoir se retenir de parler la bouche pleine.

— Je suis contente que cela te fasse plaisir. Je ne suis pas là depuis longtemps et je ne connais pas encore bien les coutumes locales, mais je ne suis pas sûre que les *pupusas* se mangent en une seule bouchée. Je te conseille de respirer un peu.

Il se mit à mâcher plus lentement et lui passa le sac. Elle s'assit par terre, à côté de lui, et ils mangèrent leurs *pupusas* en regardant le ciel s'assombrir peu à peu.

Il ne voyait plus que l'ombre de son visage. En fin de compte, il était content qu'elle soit là, adossée avec lui contre le balsa, et qu'ils partagent ce repas simple et délicieux.

En général, il préférait rester seul, le soir, surtout après une journée comme celle-là. Mais la présence de Cassie ne le dérangeait pas. Elle n'exigeait pas de lui qu'il parle à tout prix et semblait se détendre, elle aussi, en regardant les lucioles dans l'obscurité et le silence.

— C'est un endroit magnifique, dit-elle au bout d'un moment.

— C'est l'endroit du camp que je préfère. Je viens ici pour souffler après un accouchement ou une journée difficile.

— C'est vrai qu'aujourd'hui, la journée a été rude.

— Ce matin, en particulier, j'ai eu peur qu'Elena ne s'en sorte pas.

— Mais elle s'en est sortie. Ils s'en sont sortis, en dépit des complications. J'ai retenu mon souffle pendant tout l'accouchement mais nous avons sauvé trois vies. Je n'en reviens pas.

— C'est surtout toi qui les as sauvées.

— Tu sais bien que c'est un travail d'équipe.

Cassie semblait apprécier l'intensité de sa nouvelle vie. Rien d'étonnant, cela dit. Elle avait changé, certes, mais elle aimait toujours les défis, auxquels elle réagissait avec autant de sensibilité que d'efficacité.

Combien de temps allait-elle rester au camp ? Certaines personnes étaient là à vie, et revenaient d'une année sur l'autre. Ils considéraient Médecine Internationale comme leur employeur attitré. D'autres venaient effectuer des missions ponctuelles. Bryce était là depuis trois ans et se voyait volontiers rester encore un peu. Il voyait bien Cassie rester aussi. Curieusement, l'idée que Cassie s'engage à long terme lui parut séduisante.

— Cela fait presque un mois que tu es ici, dit-il. Tu as l'intention de rester longtemps ?

— Tu es en train de te demander combien de temps tu vas devoir encore me supporter avant de pouvoir te débarrasser de moi ?

Au contraire, pensa-t-il. Il devait avouer qu'il était content de la voir tous les jours. Mais il ne risquait pas de le lui dire. Il préférait éviter tout ce qui était susceptible de compliquer leur relation.

— Non, répondit-il. Les gens s'adaptent plus ou moins vite. Je présume que les conditions du camp sont vraiment très éloignées de celles dans lesquelles tu travaillais à New York.

— Justement ! C'est exactement pour cela que je suis contente d'être là. C'est vrai que les conditions de travail sont parfois dures. La césarienne de ce matin a été un moment stressant. Mais aussi magnifique. Incroyable. Merveilleux.

— Les difficultés ne t'ont jamais fait peur.

Il faisait nuit mais il sentit qu'elle souriait.

— Avant de prendre la décision de changer de vie, je commençais à me demander si ma vie professionnelle allait vraiment consister à faire en sorte que mes patientes fortunées aient leurs céréales biologiques préférées au petit déjeuner ou à aménager leur chambre pour qu'une équipe puisse filmer la naissance de leur enfant en direct. Alors oui, cette matinée a été on ne peut plus éloignée du travail que je faisais avant. Mais c'est aussi la matinée la plus gratifiante de ma vie. Et, pour répondre à ta question, je pense que je vais rester ici longtemps.

— Je suis heureux de savoir que tu es bien ici. Et je suis heureux, aussi, que tu restes.

Un silence étrange tomba entre eux.

— Je veux dire que j'aime bien travailler avec toi. Comme au bon vieux temps.

— Le bon vieux temps mais avec quelques nouveautés.

— Exactement.

Elle pencha la tête et il se demanda quel effet cela ferait de passer la main dans ses cheveux. Il se surprenait de plus en plus souvent à chasser ce genre de pensées de son esprit.

— Je suis soulagée que tu apprécies notre collaboration, dit-elle. Ça a été un tel choc de te voir, le premier jour. Je trouve que nous nous en sortons bien, non ?

Son corps était suffisamment proche pour qu'il sente la chaleur émaner de lui.

— En effet, répondit-il après avoir rassemblé tout son professionnalisme.

— Et je crois avoir compris quelque chose, ce matin.

Il se raidit. Avait-elle remarqué le tremblement de ses mains au début de la césarienne ?

— J'ai fini par comprendre ce qui t'avait attiré ici. Jusqu'à ce matin, je me demandais comment tu avais atterri au Salvador. Mais en découvrant les difficultés, l'excitation, les montées d'adrénaline de la matinée, j'ai compris. Comment ne pas avoir envie de travailler ici ?

Il se détendit, soulagé qu'elle n'ait pas fait allusion à ses mains.

— Ce n'est pas tous les jours comme ça. Il y a des journées plus tranquilles.

— J'attends de voir... Depuis que je suis là, chaque cas a apporté son lot de défis.

— Tu adores ça !

Il vit ses yeux briller dans l'obscurité.

— Tu me connais.

— Je n'en attendais pas moins de toi.

— Par contre, tu ne m'as toujours pas expliqué pourquoi tu avais changé de spécialité. La dernière fois que nous avions travaillé ensemble, tu étais chirurgien.

— C'est vrai. C'est l'une des nouveautés dont je parlais.

— Que s'est-il passé pour que tu abandonnes un métier qui te passionnait ? Et pour que tu te mettes à lutter contre les crocodiles, à négocier avec les chefs de gangs...

— Au risque de te décevoir, ces histoires de crocodiles sortent tout droit de l'imagination de Manny.

— Il n'empêche que tu as changé. Et que tu n'es plus chirurgien. Et toi qui passais ton temps à protéger tes mains, maintenant tu roules à moto et tu sautes des hélicoptères. D'ailleurs, qu'est-ce qui t'a pris de me passer le relais en pleine césarienne, ce matin ? Il y a quelque chose que tu ne m'as pas dit. Crache le morceau.

Il aurait été tellement plus simple de lui parler de l'accident. Pourtant, il en était incapable. Il n'avait pas envie de s'étendre sur ce drame qui l'avait privé de l'usage de ses mains et fait voler sa vie en éclats. Mais surtout, il n'avait pas envie qu'elle cesse de le regarder comme elle était en train de le faire.

Elle avait l'air de penser qu'il était plus courageux et plus aventureux qu'avant. Si elle apprenait le calvaire qu'il avait vécu après l'accident, elle ne poserait plus le même regard sur lui. Elle risquerait même d'avoir pitié de lui. Il ne voulait la pitié de personne, et encore moins la sienne.

— C'est vrai que j'ai changé de spécialité. Et que je vis ici depuis trois ans. Mais est-il important de savoir pourquoi ? J'avais sans doute besoin de changer d'air, comme toi.

— C'est important que je sache si je suis responsable de ce changement.

— Responsable ? Qu'est-ce que tu racontes ?

— C'est à cause de moi que tu as perdu la bourse.

Il se souvenait que cette nouvelle l'avait profondément déçu. Mais ce n'était rien à côté de ce qu'il avait vécu quelques semaines plus tard, quand il s'était fait renverser par un conducteur en état d'ivresse.

Mais Cassie, qui n'était pas au courant de l'accident, se sentait coupable de son changement de vie professionnelle.

— Pour commencer, j'ai perdu la bourse parce que j'étais mis à l'épreuve. Et j'étais mis à l'épreuve à cause de la décision que j'avais prise. Et, même si les administrateurs de l'hôpital ne l'ont pas acceptée, je continue à penser que c'était une bonne décision.

— Mais c'est moi qui ai eu l'idée de commencer l'intervention. Si je ne t'avais pas incité à le faire, tu n'aurais jamais eu tous ces problèmes.

— Ce n'est pas si simple. J'étais prudent et mesuré mais doué d'intelligence. Et, en dépit de ce que tu crois, il est possible de s'opposer à Cassie Andover. C'est moi qui ai pris la décision finale et je prendrais la même aujourd'hui. Tu n'as pas à te sentir coupable.

— Je m'en suis tirée sans une égratignure et c'est toi qui as dû assumer toutes les conséquences désastreuses. Ils auraient dû au moins me renvoyer. Au lieu de ça, ils m'ont fait un sermon et, en deux temps, trois mouvements, tout était redevenu normal. Ensuite, je me suis mise à travailler d'arrache-pied pour me refaire une réputation. Au point de renoncer à une partie de moi, dont je pensais qu'elle m'avait fait faire n'importe quoi et dont je pensais pouvoir me débarrasser. J'étais convaincue de ne pas mériter qu'on me considère comme la meilleure obstétricienne de New York. Tout comme j'étais convaincue, il y a cinq ans, qu'il fallait que je te quitte parce que je ne te méritais pas.

Il vit les larmes couler sur ses joues. Il la prit par le cou et la serra contre lui. Jamais il ne s'était douté que la culpabilité l'avait rongée pendant toutes ces années, et continuait à le faire.

Il se demanda si les choses auraient pu se passer différemment. Quand elle était partie, il s'était persuadé que la colère et la douleur qu'il éprouvait l'avaient empêché de la rappeler mais il commençait à penser que c'était l'orgueil qui l'en avait retenu.

C'est elle qui est partie, ressassait la colère. Colère à laquelle il s'était accroché en réalité pendant des années, en endossant le rôle de la victime. Car la colère était plus facile à gérer que la douleur.

C'était facile de l'accuser de loin. Mais maintenant que la nuit était tombée sous le balsa et que Cassie pleurait tranquillement dans ses bras, il ne lui paraissait plus aussi important de savoir *qui* avait provoqué la rupture. Tout ce qui comptait, c'était qu'elle faisait partie du passé, elle aussi. Ici, maintenant, la seule chose importante était que Cassie ne souffre plus.

— Je ne savais pas que tu ressentais tout cela, dit-il. Sache en tout cas que ce n'est pas à cause de toi que j'ai mis fin à ma carrière de chirurgien. De plus, arrêter la chirurgie a été libérateur pour moi. Cela a ouvert des portes que je n'aurais jamais envisagé de franchir un jour.

— Ah bon ? s'exclama-t-elle en se redressant.

Elle se sécha les yeux.

Il hésita. Il venait d'édulcorer un peu la réalité pour que Cassie se sente mieux. Après l'accident, rien n'avait été libérateur. On venait de lui briser le cœur et il prenait conscience, de surcroît, qu'il ne recouvrerait jamais l'usage total de ses mains, quelles que soient la durée et la qualité de la rééducation. Ce qui signifiait qu'il ne pourrait plus exercer la chirurgie.

Mais était-il nécessaire de parler de l'accident maintenant ? Cela ne ferait que renforcer la culpabilité que Cassie éprouvait déjà.

— Tu te rappelles quand tu as dit que tes parents étaient surprotecteurs ? reprit-il. Les miens l'étaient tout autant.

Elle pouffa de rire.

— Je ne suis pas sûre que ce soit possible.

— D'accord. Peut-être pas autant, parce qu'ils ne m'ont jamais empêché de faire du vélo ou d'aller jouer avec les autres enfants. Mais ils étaient chirurgiens tous les deux et il ne passait pas une semaine sans qu'ils nous racontent, à ma sœur et à moi, comment leurs patients avaient fini sur une table d'opération pour avoir fait des activités dangereuses ou commis des imprudences. Ils pensaient certainement le faire pour notre bien. Ils voulaient nous inculquer la prudence et le discernement. Mais en réalité, ils nous ont élevés dans la peur.

— Nos parents se seraient bien entendus ! Il faudrait organiser une rencontre, pour qu'ils échangent leur vision de l'éducation.

Elle frissonna.

— Non, en fait, cela me paraît être une très mauvaise idée.

Il ne put s'empêcher de sourire.

— Nous ferons plutôt en sorte qu'ils ne se rencontrent jamais, dit-il. Ils auraient pu se calmer une fois que j'ai eu mon diplôme mais leur attitude s'est aggravée, au contraire. Ils passaient leur temps à me dire de protéger mes mains. Mes mains étaient mon gagne-pain, répétaient-ils en boucle.

— Je comprends maintenant pourquoi tu faisais si attention.

— Je n'ai pas eu de phase de rébellion, comme toi. Probablement parce que la chirurgie était ma seule passion. J'en acceptais les règles du jeu.

— Mais alors, pourquoi as-tu arrêté ?

Il hésita.

— Après notre rupture, je me suis posé beaucoup de questions, notamment sur la personne que j'étais. J'avais le sentiment que toute ma vie avait été orchestrée par les autres. J'étais chirurgien parce que nous étions une famille de chirurgiens. Jamais je ne m'étais posé la question de savoir si je pourrais faire autre chose.

Il déglutit en réfléchissant à ce qu'il allait dire ensuite.

— Bref. J'ai compris que mon existence se fondait sur les espoirs et les rêves que les autres entretenaient à mon égard. Et sur leurs angoisses aussi. Toutes ces histoires d'accidents, les sermons de mon père sur mes mains et l'interdiction formelle de me faire le moindre bobo parce que je risquais de ne pas pouvoir opérer la semaine suivante... Tout cela m'a rendu précautionneux à l'extrême. Et, dans une certaine mesure, m'a empêché de vivre ma vie.

Elle hocha lentement la tête.

— Tu as eu besoin de te détacher des attentes des autres pour te retrouver. Ou te trouver tout court.

Cassie n'était pas au courant de tout mais ses mots reflétaient exactement ce qu'il avait ressenti. Il n'avait jamais vraiment *décidé* d'arrêter la chirurgie mais il devait reconnaître que la vie avait été plus enthousiasmante depuis qu'il n'était plus chirurgien. Avant l'accident, son métier était suffisamment gratifiant pour qu'il n'éprouve pas le besoin d'aller chercher d'autres satisfactions ailleurs. Quand il n'avait plus eu d'autre choix que d'arrêter la chirurgie, il avait pu s'ouvrir à d'autres choses nouvelles, inconnues et parfois risquées. C'est ce qui avait été libérateur, en fin de compte. Il s'était libéré de la chirurgie et de toute la pression qu'elle inoculait dans sa vie. Et, au Salvador, il avait pu découvrir de nouvelles facettes de sa personnalité.

— Dire que, pendant cinq ans, je m'en suis voulu d'avoir mis ta carrière en danger.

— J'espère que tu ne te sens plus coupable de quoi que ce soit, dit-il.

De son côté, il eut le sentiment de ne plus éprouver de colère. C'était curieux de constater qu'une colère qu'il avait entretenue pendant des années pouvait s'évanouir aussi rapidement. Il suffisait sans doute de ne plus s'y accrocher, de lâcher prise. Il ne voulait plus éprouver de colère comme il ne voulait plus que Cassie éprouve de la culpabilité.

En scrutant son visage à peine visible dans l'obscurité, il éprouva toutes sortes d'autres émotions et se demanda ce qu'elle ressentait à présent. Il serait plus raisonnable de retirer son bras de ses épaules, mais il ne parvint pas à s'y résoudre.

Cassie essuya ses larmes avec sa manche.

— Tu imagines, dit-il, si j'étais toujours chirurgien, je n'aurais pas eu la chance de voir la meilleure obstétricienne de New York aider une paysanne du Salvador à mettre au monde ses jumeaux.

— Merci, dit-elle. Je suis contente que nous n'ayons pas perdu notre entente dans le travail. Et je suis contente aussi que nous soyons ici tous les deux.

— Je me réjouis que tu ne sois plus horrifiée à l'idée de travailler avec moi.

— Je n'étais pas horrifiée, juste surprise. C'est drôle… Je suis venue ici en pensant qu'il fallait que je tourne le dos à ma vie d'avant mais je n'ai jamais pensé cela.

— Pensé quoi ?

— Que je ne voulais plus te voir.

Elle leva les yeux vers lui. Ses yeux étaient encore mouillés par les larmes qu'elle avait versées et que la lumière de la lune faisait briller. Avant de se rendre compte de ce qu'il était en train de faire, il passa doucement la main sur sa joue.

C'était la première fois qu'ils se touchaient depuis l'arrivée de Cassie au camp. Du moins depuis la nuit qu'ils avaient passée sous la tente.

Sa main s'attarda sur son visage certainement plus longtemps que nécessaire. Il éprouva l'envie irrépressible de repousser la mèche de cheveux qui lui barrait le front.

Son regard était plongé dans le sien et leurs visages se touchaient presque. Il fallait qu'il s'éloigne mais il n'en avait aucune envie. Il rassembla le peu d'énergie qui lui restait et recula en ouvrant la bouche.

— Cassie, je suis déso…

Mais Cassie ne lui laissa pas le temps de finir sa phrase et posa les lèvres sur les siennes. Il se rapprocha d'elle et la serra dans ses bras. Leurs lèvres s'unirent de nouveau, avec plus d'intensité, cette fois. Il se rendit compte qu'il attendait ce moment depuis plus de cinq ans. Elle entrouvrit la bouche, l'invitant à revisiter un terrain familier et à explorer de nouveaux territoires. Elle avait un goût inédit de fruits rouges sous lequel il reconnaissait la saveur de ses lèvres. Puis il cessa de se demander ce qui était familier et ce qui était nouveau et se perdit dans la chaleur de son corps.

Il intensifia son baiser mais elle poussa un petit cri étranglé qui le fit sursauter.

— Désolée, c'est l'écorce de l'arbre qui me rentre dans le dos.

La magie du moment se dissipa aussi vite qu'elle était apparue. Le goût de fruits rouges demeurait sur ses lèvres.

Il eut soudain honte de s'être laissé emporter aussi facilement. Il jouait avec le feu. Cassie l'avait fait souffrir, dans une autre vie. À l'époque, il pensait qu'elle était aussi attachée à lui que lui à elle et il s'était trompé. Leur relation n'était pour elle qu'un défi de plus dans sa vie pleine d'adrénaline. Il n'avait pas envie de revivre cela aujourd'hui, même s'il ne désirait rien tant que de continuer à la serrer dans ses bras.

Il s'écarta d'elle et se leva en frottant son pantalon. Elle se leva à son tour et lui fit face.

— Je suis désolé...

— Je suis désolée...

Ils prononcèrent les mêmes mots en même temps, manifestement aussi gênés l'un que l'autre de ce qui venait de se passer.

— Ce n'est pas grave. Je sais que tu tiens à ce que les choses restent professionnelles entre nous.

— Oui. C'est peut-être le fait d'avoir reparlé du passé. Et la journée a été longue et éprouvante pour nous deux. Nous sommes crevés et sûrement un peu troublés par tout ce qui nous arrive.

— Tu as raison. Je suis sûre qu'une fois que nous serons reposés, nous repartirons sur de bonnes bases.

— Je ne demande pas mieux.

— Bien, nous sommes d'accord. Tu veux le dernier *pupusa* ?

— Non, prends-le.

Il lui tendit le sac et la regarda s'enfoncer dans l'obscurité.

Il était content d'avoir mis fin au baiser. Mais il restait à se convaincre qu'il aurait mieux valu ne pas l'embrasser du tout.

Il ne fallait pas que cela se reproduise. Il n'avait pas envie de se lancer dans une relation qui ne serait qu'une aventure sans importance pour elle. Il n'avait plus de temps à perdre dans des chagrins d'amour. S'il avait une histoire avec quelqu'un, ce serait avec une personne envisageant l'avenir avec lui plus sérieusement.

Il n'avait aucune idée de ce que Cassie avait en tête. Les cinq dernières années de sa vie lui avaient au moins appris à s'occuper de lui et à aller de l'avant, même quand les circonstances n'étaient pas idéales. Même s'il avait des sentiments pour une femme qui n'éprouvait pas la même chose pour lui.

Cassie rentra se coucher mais ne parvint pas à trouver le sommeil. Elle scruta la moustiquaire qui entourait son lit en repassant en boucle dans son esprit les événements qui avaient précédé le baiser.

Elle sentait encore la chaleur du corps de Bryce sur le sien. Il y avait longtemps qu'elle ne s'était pas sentie aussi bien que quand il l'avait serrée contre lui.

Elle ne s'attendait pas à ce qu'ils s'embrassent. C'est pourtant ce qui s'était passé – à son initiative.

Elle avait été soulagée d'apprendre que Bryce n'avait pas changé de métier *à cause d'elle*. Et, comme elle l'avait espéré pendant cinq ans, elle était contente de le revoir. Même si elle s'était persuadé qu'il valait mieux rester éloignée de lui. Maintenant qu'elle savait que son changement de carrière n'était pas de son fait, et qu'en changeant de voie, il s'était libéré des attentes et des angoisses de ses parents, elle voyait les choses autrement.

Elle regretta de ne pas avoir pu en parler avant avec lui. À l'époque, elle avait décidé de partir et de ne pas se retourner. Il ne servait à rien de vouloir revenir sur ce qui était fait. Cinq ans auparavant, Bryce était toujours chirurgien et elle se croyait responsable de ses problèmes. Or, Bryce ne l'avait jamais tenue pour responsable.

Et ils venaient de s'embrasser.

Mais s'il l'avait pardonnée, pourquoi avait-il été aussi distant après le baiser ?

Ce n'était pas parce qu'il l'avait pardonnée qu'il avait envie de renouer avec elle. Il s'était peut-être laissé emporter par la nostalgie, les souvenirs.

C'est d'ailleurs, en substance, ce qu'il lui avait dit.

« C'est peut-être le fait d'avoir reparlé du passé. Et la journée a été longue et éprouvante pour nous deux. Nous sommes crevés et sûrement un peu troublés par tout ce qui nous arrive. »

Le baiser l'avait donc *troublé*. Elle frissonna en repensant à ses bras qu'ils l'étreignaient, à la chaleur de ses lèvres sur les siennes. Il n'avait pas l'air d'être troublé, à ce moment-là, mais de savoir, au contraire, exactement ce qu'il voulait.

Jusqu'à ce que cette maudite écorce lui rentre dans le dos et mette brusquement fin à leur étreinte. Bryce s'était alors écarté d'elle comme s'il s'était soudain souvenu de leur promesse de rester professionnels. Promesse qu'il avait oubliée pendant quelques minutes.

Elle n'en revenait pas : ils s'étaient embrassés comme si c'était la chose la plus naturelle du monde. C'est ensuite que la situation avait été embarrassante. Elle aurait voulu savoir ce que Bryce en avait pensé. S'était-il simplement laissé emporter par la douceur du moment, sous le grand arbre, au clair de lune ? Pour lui, ce baiser avait-il été une erreur ?

Elle était pratiquement partie en courant, de peur qu'il dise quelque chose qui gâcherait la magie de ce moment au clair de lune. Elle avait interrompu le baiser bien malgré elle. Bryce l'aurait-il fait si l'arbre ne lui avait pas fait mal au dos ?

Il ne savait pas à quel point elle s'était sentie coupable et avait dû penser, après avoir trouvé son mot sur la table de nuit, qu'il avait été simple pour elle de le quitter. N'ayant plus de ses nouvelles, il avait dû s'imaginer que leur relation n'était pas importante à ses yeux.

Il ne savait pas à quel point elle avait compté dans sa vie. Ni à quel point elle comptait encore.

Comment pouvait-elle le lui faire comprendre ?

Tant de choses avaient changé depuis leur histoire à New York. Elle avait failli s'enfermer dans un travail qui perdait son sens un peu plus chaque jour. Lui avait failli se fiancer. Il avait fait ce que font les gens après une rupture amoureuse : il avait tourné la page. Elle aurait au moins voulu qu'il sache que leur histoire d'amour n'avait pas été qu'une aventure de plus pour elle.

Et, après tout ce qui s'était passé entre eux, les chances qu'ils soient autre chose que des collègues et amis étaient minces. Pourtant, une partie d'elle refusait d'accepter que ce baiser sous le balsa soit le dernier.

Il fallait qu'elle lui fasse comprendre que leur relation n'était pas qu'une toquade à ses yeux, qu'elle ne l'avait jamais été.

6

Les jours qui suivirent, l'activité du camp fut encore plus intense que les autres jours. Des glissements de terrain dans les montagnes alentour avaient déplacé les habitants de plusieurs villages et les familles affluaient, de plus en plus nombreuses chaque jour.

Avec ce surcroît de travail, elle n'avait pas une minute à elle, et encore moins pour parler avec Bryce. Elle était impatiente de mettre les choses au clair, quoique inquiète d'entendre ce que Bryce risquait de lui dire.

Sous le balsa, après leur baiser, ils avaient réitéré leur intention commune de rester amis. Elle se réjouissait que le baiser n'ait pas abîmé leur relation mais, plus les jours passaient, plus elle se rendait compte que l'amitié avec Bryce ne lui suffisait pas. Elle avait envie d'autre chose.

Et il lui était impossible de comprendre si Bryce éprouvait la même chose qu'elle.

Ce qui s'était passé sous le balsa tournait en boucle dans son esprit. Elle dormait mal. Une sage-femme avait remarqué ses cernes sous les yeux. Cassie les avait maladroitement mis sur le compte du surplus de travail, sans expliquer qu'elle passait des nuits d'insomnie à penser à la douceur des lèvres de Bryce sur les siennes. Et à brûler du désir qu'ils recommencent.

Elle s'efforçait de se rappeler les innombrables bonnes raisons qu'elle avait de laisser le passé derrière elle. Leur décision commune de faire en sorte que leur relation reste professionnelle et uniquement professionnelle. Le fait que Bryce l'avait certainement embrassée sous le coup de la fatigue et de la nostalgie. Et qu'après la manière dont elle l'avait quitté, cinq ans auparavant, il devait être échaudé et ne pas avoir envie de prendre le moindre risque avec elle.

Comment lui faire comprendre qu'il pouvait le faire sans crainte ? Que ce qu'elle éprouvait envers lui était plus fort que ce qu'il pouvait imaginer ? Elle était honorée d'être son amie mais rêvait d'autre chose que d'amitié avec lui.

Mais elle ignorait ce que Bryce éprouvait pour elle. Alors, mieux valait ignorer ses propres sentiments en espérant qu'ils s'atténueraient et finiraient par disparaître d'eux-mêmes. Elle se jeta à corps perdu dans le travail, comme elle l'avait fait à New York après l'avoir quitté, en essayant d'oublier son existence.

Au Salvador, elle travaillait à ses côtés tous les jours. Tout ce qu'elle cherchait à oublier, c'était le baiser et les sensations qu'il avait fait naître en elle. La chaleur et les frissons quand leurs bras s'effleuraient. Les papillons dans le ventre quand elle le surprenait en train de la regarder.

Sa stratégie était aussi peu efficace au Salvador qu'elle l'avait été à New York.

Car non seulement elle le voyait toute la journée mais elle passait aussi ses nuits à rêver de lui.

Il fallait qu'elle lui parle, en dépit de tout ce que cette perspective avait d'effrayant. Qu'elle sache où il en était et ce qu'il ressentait.

Ce qui la troublait, c'était tous ces moments où elle aurait juré qu'il était en train de la regarder. Des coups d'œil discrets, certes, mais bien présents et suffisamment intenses pour lui donner l'impression qu'il pensait au baiser sous le balsa autant qu'elle. Et que, peut-être, lui aussi avait envie d'aller plus loin.

Mais elle n'en saurait rien tant qu'ils n'auraient pas eu une discussion sérieuse sur le sujet. Et, vu la vitesse avec laquelle le camp se remplissait, cette occasion risquait de ne pas se présenter de sitôt.

À moins que…

Elle était en train de consulter les dossiers de certains patients en écoutant le petit Manny raconter à qui voulait l'entendre les exploits de Bryce au cours d'une mission.

Voilà la solution : il fallait qu'elle parte en mission avec Bryce, comme cela arrivait régulièrement aux médecins du camp qui partaient distribuer des vaccins, accompagner des réfugiés dans des zones plus sûres ou faire accoucher des femmes qui ne pouvaient pas se déplacer jusqu'au camp.

Depuis son arrivée, elle espérait pouvoir effectuer une mission de ce type mais l'occasion ne s'était pas encore présentée.

Ce serait le moyen idéal de passer du temps avec Bryce. D'après Enrique, Bryce effectuait seul la plupart des missions à l'extérieur du camp. Enrique aurait préféré qu'une autre personne l'accompagne mais le camp était souvent à court de personnel.

Si Bryce tenait absolument à ce qu'ils restent collègues et amis, il fallait qu'elle le sache. Ne pas savoir si elle aurait la chance de l'embrasser de nouveau un jour la torturait.

Comme elle s'en doutait, Enrique se félicita qu'elle se porte volontaire pour partir en mission et promit de penser à elle quand la prochaine se présenterait.

Plusieurs jours passèrent sans que rien qui sorte de l'ordinaire ne survienne, à part la chute de la porte de sa douche au moment précis où elle se rinçait les cheveux.

En général, elle prenait sa douche le matin, tôt, à la fois pour être tranquille et être sûre d'avoir de l'eau chaude. Elle était impressionnée par la gestion du camp et sa capacité à protéger les gens alors qu'il était situé en pleine nature sauvage. Les structures en parpaings et les tentes n'étaient pas ce qui se faisait de plus beau en matière d'architecture mais elles étaient sûres. Seules les douches laissaient à désirer. C'étaient des reliques d'une autre époque, les seules constructions en bois du camp. On avait accroché des tuyaux d'arrosage aux murs de sorte que l'eau tombe d'en haut. Les portes étaient à moitié dégondées et il fallait être très précautionneux pour qu'elles ne se décrochent pas quand on ouvrait ou quand on fermait la porte.

Je ne pensais pas que j'allais risquer ma vie chaque fois que je prenais une douche, maugréa-t-elle en retournant dans sa chambre. Elle marmonnait encore quelques minutes plus tard quand, après avoir enfilé une chemise de l'armée kaki, elle prit la direction du réfectoire. Enrique et Bryce étaient déjà attablés devant leur café du matin. Sa frustration se dissipa dès qu'elle fut suffisamment proche pour entendre leur conversation.

— Ce ne devrait pas prendre plus de deux jours, dit Enrique. Je sais que vous avez du travail ici. La ville la plus éloignée est à deux jours de route du camp. Vous devriez être rentrés à la fin de la semaine.

Il se tourna en la voyant arriver.

— Ah, Cassie ! Justement, je voulais vous parler de ça.

— En quel honneur ?

Une fois de plus, Cassie et Bryce avaient parlé en même temps. Mais le ton de Bryce lui parut plus méfiant que curieux.

— J'ai besoin de vous pour apporter des vaccins à Juayua et dans quelques autres petites villes.

— Attends, dit Bryce. Je ne comprends pas, Enrique. Je pensais que nous y allions ensemble.

— C'est ce qui était prévu, en effet, répondit Enrique en se mordant la lèvre. Mais j'ai l'opportunité de partir en congé demain. Cela me permettrait de passer deux jours de plus avec ma femme à San Salvador. C'est pour ça que je voulais vous voir, Cassie.

— Vous pouvez compter sur moi, Enrique.

Bryce fronça les sourcils.

— Cassie vient à peine d'arriver. Je ne suis pas sûr qu'elle soit prête pour une mission sur le terrain.

Cassie ouvrit la bouche pour protester, mais Enrique intervint.

— Ne l'écoutez pas, dit-il sur un ton rassurant. Cela fait presque deux mois que vous êtes là, comme toi, Bryce, la première fois que tu m'as accompagné sur le terrain. Il va de soi que je ne vous demanderais pas d'y aller si vous exprimiez quelque réticence que ce soit.

— Je suis ravie, dit-elle, ignorant le regard noir de Bryce.

— Parfait. Il s'agit d'apporter les médicaments et d'expliquer aux populations comment et quand les administrer, ainsi que leurs effets. Il faudra aussi préciser avec beaucoup de clarté quels vaccins peuvent être administrés aux femmes enceintes et lesquels sont contre-indiqués en cas de grossesse.

Cassie hocha la tête.

— Je pense qu'il vaudrait mieux que Cassie prenne ses marques encore pendant quelques mois avant d'être envoyée dans la jungle.

— Voyons, Bryce. Aller à Juayua, ce n'est pas non plus aller dans les montagnes que se disputent les gangs. Je pense même que c'est une bonne entrée en matière pour découvrir le Salvador.

Il se tourna vers elle.

— Vous verrez, c'est très beau. La route que vous allez emprunter est très connue. On l'appelle « *la Ruta de las flores* » parce qu'elle traverse des paysages et des petites villes colorées. Vous pourrez vous arrêter partout pour boire le meilleur café du monde. Et la campagne autour de Juayua est magnifique et pleine de cascades. Étant donné que vous n'aurez pas de congés avant longtemps et que le trajet dure au moins deux jours, je vous suggère d'en profiter.

— Cassie serait plus en sécurité au camp, insista Bryce.

Elle savait que le Salvador était un pays réputé dangereux, mais la réticence de Bryce lui donnait précisément envie de prendre des risques. D'autant qu'il lui semblait comprendre ce qui contrariait Bryce dans le fait qu'elle parte en mission avec lui. Ils s'apprêtaient à passer deux jours ensemble sur les routes du Salvador, alors que pas une seule fois depuis le baiser sous le balsa ils ne s'étaient retrouvés seuls.

Elle se tourna vers lui.

— Je peux te parler une seconde ? dit-elle calmement.

Elle le conduisit un peu à l'écart.

— Sois honnête avec moi et dis-moi pour quelles raisons tu ne tiens pas à ce que je vienne en mission avec toi.

— Je l'ai dit. Tu as encore besoin de temps pour t'acclimater à la vie d'ici.

— Serais-tu aussi réticent si c'était un autre collègue qui t'accompagnait ?

— Non, admit-il. Mais je voulais te donner une porte de sortie, au cas où tu n'aies pas envie de te retrouver seule avec moi, après ce qui s'est passé l'autre jour.

Sa franchise la soulagea. Ce qui s'était passé entre eux n'était pas un sujet tabou. En lui donnant des prétextes pour ne pas venir, Bryce semblait simplement vouloir lui éviter d'être mal à l'aise.

— Je me réjouis de partir avec toi, dit-elle. Nous avons décidé que notre relation devait rester professionnelle. Partir ensemble en mission s'inscrit parfaitement dans ce cadre.

Il acquiesça d'un signe de tête, avant de rejoindre Enrique.

— Cassie et moi partirons demain, à la première heure, dit-il.

— Super ! Cela signifie que je vais pouvoir rejoindre ma femme à San Salvador. Elle va être contente que nous puissions passer quelques jours de plus ensemble. Vous n'imaginez pas à quel point j'apprécie votre geste, Cassie. Et, comme je vais avoir besoin du camion, tu vas pouvoir prendre ta fichue moto. Cela devrait te faire plaisir.

Bryce eut un mouvement de recul. Puis il se tourna vers elle.

— Sois prête demain, à l'aube. Il faut que nous soyons partis avant 6 heures.

Bryce donna un coup de pied dans le gros rocher à l'entrée de la tente dans laquelle se trouvait la partie administrative du camp. Il le regretta aussitôt. Son pied se mit à le lancer. Le rocher, lui, ne parut pas affecté par son geste.

Ce n'était pas le fait que Cassie vienne avec lui à Juayua qui le contrariait, mais plutôt celui de ne pas savoir comment il allait pouvoir passer deux jours complets en déplacement avec Cassie et garder une certaine distance. Il avait déjà eu du mal à se contrôler et l'avait embrassée, quelques jours auparavant. Comment allait-il pouvoir résister pendant deux jours de promiscuité ?

Il s'efforçait de considérer cette attraction comme une pure impulsion physique. Pourtant, il ne cessait de penser à ce baiser et, pire, de nourrir l'espoir qu'il se reproduise. Avec ce genre d'idées en tête, mieux valait qu'il garde ses distances vis-à-vis d'elle.

Pour quelle raison Enrique avait-t-il demandé spécifiquement à Cassie de le remplacer sur cette mission ? Il entra dans son bureau.

— Qu'est-ce qui t'a pris ? dit-il en se postant devant lui.

Enrique leva vers lui des yeux innocents.

— Je ne suis pas sûr de comprendre de quoi tu parles.

— Je te parle de tout ce cinéma avec Cassie. Pourquoi avoir insisté pour qu'elle m'accompagne alors qu'elle vient d'arriver au camp et qu'elle a encore des choses à apprendre ici avant de pouvoir partir en mission ?

— Insisté ? Sache que c'est elle qui m'a demandé de partir en mission dès que ce serait possible. Comme elle paraissait motivée, je me suis dit qu'elle était prête. Voilà pourquoi j'ai fait appel à elle.

Bryce n'avait pas imaginé que la proposition vienne de Cassie. Il se demanda si elle savait qu'il effectuait la plupart des missions à l'extérieur, et si ce n'était pas le moyen qu'elle avait trouvé pour se retrouver seule avec lui. Il chassa cette idée de son esprit. Cassie était une aventurière. C'était le danger qui l'attirait. Elle serait partie en mission, avec ou sans lui.

— Elle a l'air plutôt contente de partir. Et toi, pourquoi as-tu insisté aussi lourdement pour qu'elle reste au camp ? Crois-tu vraiment qu'elle va risquer sa vie sur la *Ruta de las flores* ? Avec toi, en plus ? Tout ira bien, ne t'inquiète pas. Je pensais même que l'envoyer dans cette région tranquille était un bon moyen de lui faire connaître notre pays.

— Vraiment ? *Des paysages et des petites villes colorées… Vous pourrez vous arrêter partout pour boire le meilleur café du monde !* On aurait dit une brochure touristique. Nous ne partons pas en lune de miel !

Enrique le regarda d'un air étonné.

— Je cherchais seulement à lui présenter la situation le plus précisément possible.

Bryce pouffa.

— Tu parles !

— Je n'y peux rien, moi, si la route est belle, dit Enrique avec un haussement d'épaules.

— Et c'est quoi, cette histoire avec la moto ? En quel honneur as-tu besoin du camion ?

— J'ai quelques courses à faire sur la route. Je dois dire que ta réaction me surprend. Je pensais que tu serais content, que tu me remercierais de t'envoyer en mission dans l'un des coins les plus beaux du pays avec l'un des médecins les plus compétents du camp. Alors que tu m'as plutôt l'air contrarié.

Il s'interrompit, l'air pensif.

— Pour être honnête, je n'ai pas l'impression que ce soit la mission en elle-même qui t'inquiète. Mais peut-être plutôt le fait d'y aller avec *elle*. Je me trompe ou il y a quelque chose entre vous ?

Bryce soupira.

— Nous sommes sortis ensemble, à la fac.

— Je le savais ! s'exclama Enrique comme si c'était la meilleure nouvelle de la journée. Le Dr Andover est une femme intelligente, adorable, belle… Mais cela s'est mal terminé ? Tu lui en as fait voir de toutes les couleurs ? Veux-tu que je vous sépare dans les plannings ? Attends… Maintenant qu'elle est là, tu n'as pas l'intention de quitter le camp, j'espère ! On a trop besoin de toi, ici, Bryce.

— Non, non. Je n'ai aucune intention de partir. Et Cassie et moi ne sommes pas fâchés. C'est elle qui est partie, si tu veux le savoir. Mais je n'ai pas envie de m'étendre là-dessus. C'est du passé et c'est... compliqué.

— Tout est compliqué, avec toi !

— Je veux dire que... ça ne me dérange pas de travailler avec Cassie. Mais peut-être pas de partir deux jours avec elle.

— Parce que... ?

Enrique hésita puis son visage s'éclaira.

— J'ai compris : tu as toujours des sentiments pour elle !

— Pas du tout. Je te l'ai dit, c'est du passé. Et, quand bien même : elle préfère qu'on reste amis.

— Je vois. Et ton *amie* sait-elle que tu es toujours amoureux d'elle ?

— Enrique ! C'était il y a cinq ans !

— Justement. Vous avez eu le temps de changer tous les deux. Elle a l'air ravie de venir avec toi, non ?

— Je ne vois pas le rapport. Cassie a toujours aimé les nouvelles expériences, surtout si elles procurent des sensations fortes. Si ça se trouve, elle s'ennuie déjà au camp et elle a juste besoin d'un peu d'aventure.

— C'est l'occasion de la lui apporter sur un plateau.

— J'ai déjà donné. En fait, je pense même que c'est pour ça qu'elle est sortie avec moi, à l'époque. J'étais chirurgien et plutôt doué, disait-on. J'étais interne et elle, encore étudiante, et il ne nous était officiellement pas permis d'avoir une relation. Je pense que c'est ce qui l'a attirée, dans l'histoire. Je ne m'en suis rendu compte qu'après, quand elle m'a quitté : ce qu'elle aimait, dans notre relation, ce n'était pas moi mais le frisson de la transgression.

— Hum..., dit Enrique, dubitatif. Il ne t'a jamais traversé l'esprit qu'elle ait été attirée par *toi* plutôt que par le chirurgien brillant ? Il y a bien des moments où tu ne portais pas ta blouse, non ? Où tu étais toi-même ?

Bryce réfléchit.

— Je ne sais pas. Même après l'accident, tout le monde

semblait plus intéressé par le souvenir de ma personne que par l'homme que j'étais réellement. En fait, je crois que je n'ai jamais été vraiment moi-même avant d'atterrir ici.

— En général, on doit travailler pour recevoir la reconnaissance. Toi, tu as eu la reconnaissance des tiens très tôt et il a fallu que tu travailles, au contraire, pour trouver et accepter la personne qui se cachait sous cette blouse blanche. Ici, c'est de cette personne que nous avons besoin, pas de grandes stars de la médecine. Simplement de bons médecins qui font du bon boulot. Et qui ont envie de dompter des jaguars de temps à autre.

Bryce pouffa.

— Grâce à Manny, je suis un héros ici aussi.

— Il raconte que tu as un bébé jaguar dans une grotte, dans la forêt.

— C'est un prétexte pour avoir plus de goûter. Il me fait croire qu'il va le partager avec le bébé jaguar.

Enrique sourit puis se remit à réfléchir.

— Cassie m'a demandé pourquoi tu n'étais plus chirurgien. Elle n'est pas au courant, pour l'accident ? Pour les tremblements de tes mains ?

Bryce se passa la main sur la nuque.

— J'ai eu l'accident juste après notre rupture. Je n'étais pas en état de lui parler. Et surtout, je ne voulais pas qu'elle ait pitié de moi.

— Je comprends. Mais tu pourrais le lui dire maintenant, non ?

— Je ne sais pas, répondit-il en secouant la tête. Je n'ai plus envie de rouvrir cette parenthèse qui a changé ma vie. Aujourd'hui, elle me voit comme un humanitaire qui fait toutes sortes de missions. Elle voit que j'ai changé, que je ne suis plus le chirurgien un peu timoré qui redoutait toujours de se faire mal aux mains. J'ai envie qu'elle pense que je suis quelqu'un de courageux.

— Mais tu *es* quelqu'un de courageux. Je pense qu'elle te voit tel que tu es.

— Je n'ai pas envie qu'elle me voie maintenant comme la

victime d'un accident qui a changé de vie parce qu'il n'a pas eu le choix.

Enrique émit un long sifflement.

— Je vois que tu n'éprouves plus rien pour elle, en effet, dit-il avec ironie.

— Et si j'éprouvais encore quelque chose, cela ne ferait que compliquer encore davantage la situation. Mieux vaut laisser les choses telles qu'elles sont.

— Bonne idée. Tu me diras comment tu t'en sors. En attendant, il faut que j'appelle ma femme. En t'entendant parler, je ne suis que plus reconnaissant pour tout l'amour que je reçois d'elle tous les jours.

Le lendemain, Cassie se réveilla juste avant le lever du soleil, ravie à l'idée de découvrir une autre partie du Salvador. Elle se rappela l'envie de Bryce de partir le plus tôt possible et s'habilla en vitesse. Elle jeta quelques vêtements dans un sac à dos. Soudain, elle prit conscience qu'elle allait passer deux jours avec un homme dont elle pensait, jusqu'à quelques semaines auparavant, ne plus avoir de nouvelles de sa vie. Si on lui avait dit, à ce moment-là, qu'elle s'apprêtait à retravailler avec Bryce Hamlin, elle ne l'aurait pas cru.

C'était incroyable comme les situations pouvaient se retourner en peu de temps.

Cette mission commune était peut-être une opportunité de lui montrer qu'elle accordait une grande importance à leur relation. Que Bryce avait compté, dans sa vie, bien plus qu'il ne le pensait.

À présent, il n'était pas évident que leur relation évolue autrement qu'en une belle amitié. Cela dit, il fallait qu'il sache qu'elle n'avait jamais eu l'intention de lui faire du mal.

Elle sortit de sa chambre. Bryce était déjà dehors et installait un coffre à l'arrière de la moto. Manny faisait des allers-retours pour lui apporter les différents objets à y ranger.

— On prend vraiment la moto ? dit-elle en peinant à dissimuler son enthousiasme.

— Ne t'inquiète pas, répondit-il, prenant son excitation pour de l'appréhension. Je l'ai entièrement révisée, depuis la dernière fois. Elle ne tombera pas en panne. Et la route que nous emprunterons est une route très fréquentée, sans pierres ni racines qui dépassent.

Elle exultait intérieurement. Depuis le premier jour, elle rêvait d'avoir l'occasion de remonter un jour sur cet engin.

— Je peux venir ? s'écria Manny.

— Pas cette fois, dit Bryce. C'est un voyage trop long pour un enfant.

Manny eut l'air déçu. Elle repensa à sa propre enfance, où les adultes passaient leur temps à lui rappeler que tout ce qu'elle avait envie de faire était dangereux.

Bryce démarra la moto et elle s'installa sur le siège, le cœur battant. Il lui tendit son blouson, qu'elle enfila, puis passa ses bras autour de son torse, appréciant au passage sa fermeté.

Rappelle-toi qu'il s'agit d'une mission professionnelle. Essaie de garder ton sang-froid.

Elle hocha la tête quand il lui demanda si elle était prête et huma les notes épicées qui se dégageaient du blouson. Il n'allait pas être facile de garder son sang-froid. Mais elle ne reculait devant aucun défi. Bryce l'avait dit lui-même l'autre soir. Juste avant de l'embrasser.

La moto démarra dans un rugissement. Elle s'accrocha à lui, des papillons dans le ventre.

7

Chevaucher une moto lui procurait toujours un sentiment de liberté incroyable.

Le trajet qu'elle avait fait le premier jour et qui s'était soldé par une panne lui avait rappelé à quel point ce sentiment lui manquait.

La route était aussi belle que l'avait annoncé Enrique. Elle portait bien son nom. Elle était bordée de grandes étendues de fleurs mauves, roses et jaunes. Au loin, une chaîne de volcans dessinait la ligne de l'horizon. Elle savait que nombre de volcans du Salvador étaient en activité mais, à cet instant précis, ils n'étaient que des montagnes à la végétation luxuriante d'un vert profond qui contrastait avec le bleu du ciel sans nuages. Elle avait l'impression de voler.

S'il était incroyable de rouler à moto, plus incroyable encore était de le faire en compagnie de Bryce. Assise derrière lui, les bras autour de son torse, immergée dans l'odeur du cuir et les effluves de son after-shave, il était difficile de ne pas se laisser emporter par les émotions qui tourbillonnaient en elle.

Elle sentit des larmes jaillir au coin de ses yeux, qui n'avaient rien à avoir avec la vitesse ou le vent. Depuis combien de temps n'avait-elle pas éprouvé une sensation de joie pure ? Pendant toutes ces années, elle s'était laissé submerger par le travail, et avait simplement oublié que la vie pouvait être aussi plaisir. Pour la première fois depuis longtemps, elle redécouvrait celui de se connecter à l'instant présent. Et elle n'avait pas l'intention de le laisser filer.

Elle poussa un cri de joie, incapable de le réprimer, sans se demander comment Bryce réagirait. Il accéléra, ce qui eut pour effet de lui faire pousser un autre cri. Voilà la vie telle qu'elle voulait la vivre !

Ils roulèrent toute la matinée au milieu des plantations de café et firent des pauses dans plusieurs villes aux maisons colorées. Ils devaient distribuer des médicaments et faire des présentations dans trois d'entre elles, passer la nuit à Juayua et rentrer le lendemain.

Ils s'arrêtèrent pour boire un café dans une échoppe, au bord de la route, dont l'un des murs était peint de fleurs et de papillons. Elle adorait le café et en huma longuement l'arôme qui s'échappait de la tasse. Bryce, lui, l'avala d'un trait et jeta un coup d'œil sur sa montre.

— Tu es bien pressé, fit-elle remarquer.

— Tous les week-ends, ils organisent un festival, la *Feria gastronomica* à Juayua. J'aimerais bien qu'on en profite un peu.

Elle se réjouit à l'idée que le voyage n'ait pas pour seul objectif le transport de vaccins et de brochures.

— Si nous arrivons à tout livrer à Salcoatitan en une heure, nous pourrons être à Juayua en début d'après-midi. Et là, nous pourrons goûter à toutes les bonnes choses que le Salvador peut nous offrir en matière de cuisine de rue.

— Si tu me prends par les sentiments, dit-elle avec un regard en coin. C'est quel type de cuisine ?

— Il y en a vraiment de toutes sortes et, crois-moi, tout est délicieux. Ce festival est d'ailleurs l'une des raisons pour lesquelles je rêvais de retourner à Juayua.

— Ah bon ? Ce n'est pas pour l'amour de la médecine ou pour renforcer tes liens avec les populations locales ?

— Si, justement, la cuisine fait partie de la culture.

— Tu m'as convaincue, dit-elle avant de boire la dernière gorgée de son café et de se lever.

— Je te reconnais bien là. Toujours prête à découvrir de nouvelles choses.

Elle sourit devant son enthousiasme. Où se cachait cette version insouciante de Bryce Hamlin, quand ils sortaient ensemble ? S'ils avaient fait ce voyage à l'époque, il aurait certainement tenu à respecter leur emploi du temps à la minute près. Et aurait conduit un véhicule bien plus sûr qu'une moto. À présent, il semblait détendu. Il avait même l'air de s'amuser. Jamais elle n'aurait imaginé cela.

Il fallait croire qu'elle ne le connaissait pas aussi bien qu'elle le pensait.

Ils arrivèrent à Juayua en milieu d'après-midi. Une femme au visage doux et aux cheveux gris les accueillit à bras ouverts. C'était Gina Lopez, l'une des sages-femmes les plus expérimentées de la ville, qui servait aussi d'intermédiaire entre le corps médical local et eux.

— Mme Lopez est l'une des meilleures sages-femmes du pays, dit Bryce. Et jamais nous ne nous en serions sortis sans elle à Juayua.

Elle chassa le compliment d'un geste tout en lui adressant un grand sourire.

— C'est moi qui ai fait naître la plupart des enfants, ici. Mais sans Médecine Internationale, beaucoup de mères et de bébés ne seraient pas là aujourd'hui.

Ils parlèrent des vaccins puis elle les invita à dîner chez elle.

— Aujourd'hui, je décline l'invitation. C'est la première fois que Cassie vient à Juayua et elle rêve d'aller à la *Feria gastronomica*.

Cassie écarquilla les yeux.

— *Moi*, je rêve d'aller à la *Feria gastronomica* ? murmura-t-elle dans le dos de Mme Lopez qui les raccompagnait.

— Attends de goûter les brochettes de crevettes, murmura-t-il en retour.

Dehors, trois adolescents discutaient avec enthousiasme devant la moto de Bryce.

— Je peux l'essayer ? demanda l'un d'entre eux, que Mme Lopez présenta comme son fils. Je ferai attention, je vous promets.

— Pas aujourd'hui, Fernando, répondit Bryce. Mais nous devrions repasser demain. Je pourrais t'emmener faire un tour.

Fernando eut l'air déçu. Il avait sans doute envie d'impressionner ses amis en conduisant lui-même la moto.

— Et on apprend déjà beaucoup quand on est passager, dit Cassie, compatissante.

— Allez, arrête de les embêter, dit Mme Lopez à son fils avant de se tourner vers Bryce. Vous pouvez laisser la moto ici, si vous voulez. Les garçons vont retourner travailler. Ils ont mieux à faire que de reluquer une moto.

Cassie et Bryce marchèrent donc jusqu'au centre de la ville bondé de promeneurs. Devant les stands de cuisine de rue, on avait disposé des tables et des bancs de toutes les couleurs. Bryce se réjouissait de lui faire connaître les spécialités locales et elle, de les goûter.

— Commence par ça, dit-il en lui tendant un épi de maïs recouvert de fromage et de sauce au bout d'une brochette. Cela nous permettra de marcher pour repérer ce qu'on a envie de manger ensuite.

Après avoir déambulé un moment et s'être arrêtés à plusieurs autres stands, ils finirent par s'asseoir avec une grande assiette de viandes grillées accompagnées de riz, de salade et de tortillas.

Cassie garnit une tortilla de viande et de salades et mordit dedans sans dissimuler son plaisir.

— Tu avais raison. Nous avons bien fait de venir.

— C'est meilleur qu'à la cantine du camp.

Elle sourit.

— La cantine du camp n'est pas mauvaise, mais c'est vrai qu'après avoir goûté les *pupusas* d'ici… Il ne faut pas le dire à nos cuisiniers qui font tant d'efforts pour nous.

— Je ne dirai rien, promis.

— Je savais que je pouvais te faire confiance.

Ils se regardèrent un moment dans les yeux. Elle avait oublié à quel point son regard pouvait être chaleureux.

Quand ils eurent fini leur dégustation, Bryce lui proposa de l'emmener voir des cascades, un peu à l'extérieur de la ville. Ils empruntèrent un chemin que la végétation touffue menaçait de faire disparaître.

— Nous avons bien fait de venir en fin d'après-midi. Les touristes qui sont passés avant nous ont dégagé le chemin. Sans quoi nous aurions dû emprunter une machette à Mme Lopez.

Elle imagina Bryce, une machette à la main, et le contraste avec le Bryce de ses souvenirs la fit sourire.

Il marchait devant elle, ce qui lui laissa tout le loisir de contempler les muscles de son dos et de ses bras sous son T-shirt. Au bout d'un moment, il le retira et s'en coiffa pour éviter que la sueur ne lui coule dans les yeux. Comme si sa résolution n'avait pas été suffisamment mise à l'épreuve dans cette journée...

Pitié ! s'écria-t-elle mentalement.

Son corps était parfaitement hâlé et des gouttes de sueurs perlaient sur son torse. Cette image de Bryce, – torse nu dans la jungle, repoussant les hautes herbes et les fougères, son jean lui tombant sur les hanches – lui resterait longtemps en mémoire.

— C'est encore loin ? demanda-t-elle en priant pour que la torture ne dure pas des heures.

— Encore une dizaine de minutes.

Elle tenta de se convaincre que dix minutes seraient vite passées.

Ils arrivèrent, épuisés et en nage.

— Nous y sommes. Voici *Los chorros de la Calera*.

L'eau empruntait plusieurs trajets sur les rochers couverts de mousse et de plantes grimpantes, pour se jeter dans un grand bassin dont la surface était mouchetée par le soleil. Les odeurs de la forêt embaumaient l'air. Elle se réjouit de la chance de pouvoir profiter d'une nature aussi généreuse et de la fraîcheur bienvenue que procurait la cascade.

— C'est somptueux ! dit-elle dans un souffle.

Ils demeurèrent un moment silencieux, écoutant le bruit de l'eau. Elle se tourna vers lui et sentit l'émotion s'emparer d'elle.

De la nostalgie, sans doute.

Puis, brusquement, l'émotion se transforma en un éclat de rire.

— Qu'y a-t-il de si drôle ?

— C'est juste que cet endroit est tellement beau…

— Et la beauté te fait rire ?

— Non, la beauté de cet endroit me coupe le souffle. Ce qui me fait rire, c'est toi, avec ton T-shirt enroulé autour de la tête. J'ai l'impression de me promener avec Rambo.

— C'est donc moi qui te fais rire. Tu n'as pas envie de prendre une photo de Rambo pour l'envoyer à tout le camp ?

— J'ai laissé mon portable chez Mme Lopez.

— Tu as bien fait. Dans ce cas, je peux…

Il s'approcha d'elle et la poussa dans le bassin. Elle poussa un cri.

— Comment as-tu pu me faire une chose pareille ? dit-elle sur un ton faussement mélodramatique en sortant la tête de l'eau.

Au fond d'elle, elle était ravie. Jamais on ne l'avait jetée à l'eau. Personne n'aurait jamais osé commettre un acte aussi risqué. D'ailleurs, en les rares occasions qu'elle avait eues d'être invitée à un anniversaire au bord d'une piscine, elle avait dû se contenter de regarder, de la terrasse, les autres enfants s'éclabousser et se pousser en hurlant tout l'après-midi.

Elle éprouva une immense gratitude envers Bryce de ne pas l'avoir épargnée et de ne pas la traiter comme si elle risquait de se briser à chaque instant. Avec lui, elle était une personne comme une autre.

— Tu étais en nage. C'était pour te rafraîchir, dit-il en riant.

— Mais on vient juste de manger. Et si je fais un malaise ? poursuivit-elle en feignant d'être outrée.

— Dans ce cas, je plongerais pour m'occuper de toi, dit-il en se jetant à son tour dans le bassin.

Il remonta à la surface pour reprendre son souffle en s'agrippant à elle. Elle sentit sa tête tourner, sans savoir si c'était d'excitation ou de confusion. Bryce était un homme drôle et détendu, et cela la remplissait de joie.

Sans s'en rendre tout à fait compte, elle pencha à peine la tête et sentit soudain la bouche de Bryce se poser sur la sienne.

C'était comme dans son souvenir. Ou, plutôt, *mieux* que dans son souvenir. Et même mieux que sous le balsa car, cette fois, leurs corps étaient déployés l'un contre l'autre. De plus, cette fois, il ne pouvait s'agir d'une maladresse ni d'un accident. Bryce l'embrassait avec une détermination sans équivoque. Ses lèvres étaient chaudes et salées et il la tenait fermement contre lui. Elle lui fit comprendre qu'elle était aussi déterminée que lui.

Ils entendirent des voix et un groupe de touristes surgit de derrière les arbres.

Elle s'écarta brusquement de lui, haletante, et le regarda sans chercher à dissimuler son émotion.

— Viens, je vais t'aider à sortir de l'eau, dit-il d'une voix qui lui parut chevrotante.

Il sortit du bassin et l'aida à se hisser à son tour.

— Mme Lopez doit se demander ce qu'on fabrique.

Il avait gardé sa main dans la sienne. Elle ne fit rien pour qu'il la lâche. Ils se regardèrent. Elle ne sut que dire. Par chance, il reprit la parole.

— Je sais que j'ai beaucoup insisté sur le fait que notre histoire appartenait au passé. Et, si tu ne veux plus que ce genre de choses se reproduise, je le comprendrai très bien. Je veillerai, à l'avenir, à ne pas t'importuner. Mais je n'ai pas pu m'empêcher de tenter ma chance. Je ne voulais pas quitter cet endroit magnifique avec des regrets.

Elle se rapprocha de lui.

— Tu as bien fait.

— De t'embrasser ?

Elle hocha la tête.

— Oui, de tenter ta chance.

Ils reprirent le chemin en sens inverse. Bryce avait les lèvres en feu. Il repensa à l'instant précis où il avait su qu'il allait l'embrasser. C'était quand elle était sortie de l'eau en riant. Il avait poussé Cassie sans réfléchir, incapable de résister et, quand son visage était réapparu, des étincelles plein les yeux, il avait compris que rien ne pourrait le retenir non plus de l'embrasser.

Elle ne l'avait pas repoussé. Manifestement, elle en avait eu envie autant que lui.

Il n'en demeurait pas moins qu'ils travaillaient ensemble. Qu'allait-il se passer, une fois qu'ils rentreraient au camp et reprendraient le cours de leur vie au quotidien ? Il était très tentant de s'embrasser au pied d'une cascade, mais Cassie et lui ne recherchaient peut-être pas la même chose. Il s'était déjà laissé prendre une fois, il n'avait pas envie de commettre la même erreur.

Il avait aimé la manière dont Cassie l'avait embrassée, de tout cœur, sans retenue. Mais il ne voulait pas d'une relation éphémère. Il ne regrettait pas un instant de l'avoir embrassée. Le problème était de savoir où tout cela allait les mener.

« Tu as bien fait de tenter ta chance » avait-elle dit. Mais cela ne lui disait rien sur la façon dont elle envisageait la suite.

De toute évidence, leur volonté de maintenir leur relation à un niveau professionnel s'effritait, et à grande vitesse. Pouvaient-ils vraiment n'être que des collègues de travail ?

Lui aussi était content d'avoir tenté sa chance. Mais le baiser était un moment précis, une parenthèse dans leur vie de tous les jours au camp. Cassie aurait-elle envie d'une histoire sérieuse avec lui une fois qu'ils seraient rentrés ? L'idée familière qu'elle ne cherche qu'une aventure sans lendemain s'immisça dans son esprit.

Pour sa part, il avait besoin de temps. De voir comment les choses allaient se dérouler, ce qu'ils ressentaient l'un vis-à-vis de l'autre. Sans mettre de pression ni sur eux ni sur la relation.

Il aurait aimé ne pas avoir à rentrer au camp aussi rapidement et prendre le temps de réfléchir sur ce qui se passait entre eux, sans forcer les choses. Et de comprendre ce que Cassie voulait, ressentait. Avait-elle envie d'un flirt ou d'une histoire d'amour ?

Mieux valait peut-être, au contraire, retourner au camp le plus rapidement possible. Et s'ils rentraient le soir même ?

Ces questions tournèrent en boucle dans son esprit jusqu'à ce qu'ils arrivent chez Mme Lopez, qui les accueillit avec une tête d'enterrement. Quelque chose de grave s'était produit. De fait, les trois garçons avaient le regard fuyant. Et la moto ne ressemblait plus qu'à un tas de ferraille.

Ils apprirent que les garçons avaient chevauché la moto dont ils avaient perdu le contrôle. La moto avait fini dans un ravin. Par chance, aucun d'entre eux n'avait été blessé. Ils avaient récupéré l'épave et l'avaient déposée sur la pelouse.

Bryce examina les pièces éparpillées en essayant de comprendre ce qu'il avait sous les yeux.

Cassie posa la main sur son épaule.

— On peut peut-être sauver le moteur et reconstruire une nouvelle moto autour, suggéra-t-elle sur un ton encourageant. Même si je pense qu'il reviendrait sûrement moins cher d'en acheter une neuve.

La pensée lui donna un haut-le-cœur. Ce que disait Cassie était sensé : la moto était irréparable mais l'idée de s'en débarrasser lui était insupportable. Il avait fait toutes ses missions avec elle. Parcourir la campagne avait été sa plus grande source de liberté et de joie, en dehors du travail. Il avait l'impression d'abandonner un frère d'armes blessé dans une tranchée.

— Je ne peux pas la laisser là. Prends le bus, si tu veux rentrer au camp. Moi, je reste, dit-il, conscient de l'absurdité de ses paroles mais incapable d'en trouver de plus pertinentes.

— Je sais que cette moto représente beaucoup pour toi. D'autant que tu l'avais achetée avec cette bague. Mais c'est du passé. Si la femme à qui tu voulais l'offrir n'a pas été capable de voir la belle personne que tu es, c'est qu'elle ne te méritait pas. Il faut que tu lâches prise, que tu fasses le deuil de ta moto et de ce pan de ta vie.

— C'est à toi que je voulais offrir cette bague, s'entendit-il dire sans réfléchir.

Il retint son souffle en attendant sa réaction.

Cassie écarquilla les yeux. Puis elle parut se ressaisir. Elle le regarda d'un air résolu. Il avait déjà vu ce regard. C'était le regard qu'elle avait quand on essayait de la convaincre qu'un patient était condamné ou que le traitement qu'elle proposait ne fonctionnerait pas.

— On va sauver la moto, dit-elle. On va trouver un bon mécanicien.

Ce fut son tour d'être surpris. Il secoua la tête.

— Non, Cassie. Tu as raison de dire qu'elle est fichue. La seule chose à faire, c'est de lâcher prise.

— Bryce, on peut la sauver.

Elle se baissa et prit des morceaux de la moto.

— Cassie, dit-il en posant la main sur son bras pour l'arrêter. La vie m'a appris qu'on ne pouvait pas vivre dans le passé et qu'il valait mieux se concentrer sur l'avenir.

Elle reposa les pièces de ferraille à contrecœur.

Jamais il n'aurait pu imaginer qu'elle réagisse de cette manière en apprenant que la bague lui était destinée. Il était désolé à l'idée de devoir abandonner sa moto, mais Cassie avait l'air tout aussi navrée. Sa réaction, loin de lui paraître déplacée, lui mit du baume au cœur.

— Je ferai venir un ferrailleur, dit-il à Mme Lopez, qui s'excusa pour la centième fois.

— Je ne sais pas pourquoi les garçons ne m'ont pas écoutée, dit-elle.

— Je n'aurais pas dû laisser les clés, dit Bryce. C'était trop tentant. L'important reste que personne n'ait été blessé.

— Comment allons-nous rentrer ? demanda Cassie.

— Nous trouverons un bus. Rentrons à l'hôtel. Demain est un autre jour.

Il fit quelques pas puis revint vers la moto, s'agenouilla et fouilla parmi les débris.

— Qu'est-ce que tu cherches ? demanda Cassie.

— Ça, dit-il en montrant l'anneau de l'interrupteur d'allumage. En souvenir.

Après les conditions de vie spartiates du camp, le luxe de l'hôtel lui parut presque exagéré. Bryce avait trouvé une chambre un peu à l'écart des rues animées du centre-ville. Le bâtiment était entouré de palmiers et d'une pelouse impeccable qui contrastait avec toute la végétation qu'elle avait pu voir depuis son arrivée au Salvador. Le silence régnait sur le jardin, interrompu seulement par le gargouillis de l'eau des fontaines aux statues couvertes de mousse. Sur la terrasse, deux fauteuils à bascule semblaient leur tendre les bras.

Elle repensa aux cinq dernières années de sa vie qui auraient pu être très différentes si elle avait su qu'il avait l'intention de lui offrir une bague. Jamais elle ne se serait doutée qu'il envisageait de s'engager aussi sérieusement.

S'il lui avait demandé sa main, à l'époque, aurait-elle accepté ? Elle n'en savait rien. Mais, pour la première fois de sa vie, elle se rendait compte de ce à côté de quoi elle était passée. En le quittant, elle savait qu'elle renonçait à la plus belle relation qu'elle ait jamais eue. Mais jamais elle n'avait vraiment réfléchi à l'avenir avec lui.

Des flashs de la vie qu'elle aurait pu mener jaillirent sous ses yeux. Bryce et elle auraient pu se marier et, qui sait, avoir déjà des enfants. Elle chassa de son esprit des images de petits chérubins aux yeux bruns comme leur papa.

Si cela ne s'était pas produit, c'était pour une bonne raison. Bryce et elle avaient tous deux des choses à vivre, à apprendre. Il fallait qu'ils découvrent l'un et l'autre qui ils étaient dans le fond : Bryce, en dehors des attentes de sa famille et elle, en dehors de la bulle surprotectrice de la sienne.

Une autre pensée lui traversa l'esprit : Bryce avait acheté sa moto avec l'argent de la bague.

C'est un peu comme si j'avais été auprès de lui pendant toutes ces années.

Il avait l'air tellement triste devant l'épave ! L'idée que la moto puisse symboliser leur relation et soit complètement détruite l'attrista un peu. Elle était prête à tout pour la faire remettre en état mais il fallait se rendre à l'évidence : même avec toute la bonne volonté du monde, elle était irréparable. En était-il de même pour leur relation sentimentale ?

Autant, la veille, elle avait du mal à imaginer qu'ils puissent être autre chose qu'amis, autant le baiser au pied de la cascade changeait la donne. Elle eut l'impression d'entendre le bruit de l'eau, de sentir la chaleur du corps de Bryce contre le sien. Elle poussa un profond soupir.

Le concierge de l'hôtel mit un temps incroyablement long à enregistrer leur entrée dans les lieux. Cassie admirait le hall de la maison. Ils n'auraient pas pu trouver un endroit plus romantique, après la route bordée de fleurs et les magnifiques chutes d'eau.

Il ne manquerait plus qu'il nous dise qu'il ne reste plus qu'une chambre et que je doive dormir avec lui !

À son grand soulagement, le concierge finit par poser deux trousseaux sur le comptoir.

— Je suis désolé, ce sont les dernières chambres qu'il nous reste. Et elles sont éloignées l'une de l'autre.

— C'est très bien, dit Cassie, soulagée à l'idée de se coucher loin de Bryce.

— Elles ne sont pas au même étage, poursuivit le concierge.

— C'est parfait, dit Bryce en s'emparant des clés.

Il tendit un trousseau à Cassie.

— Premier étage pour toi, moi je suis au troisième.

Ils se saluèrent d'un geste de la main qui lui parut incongru après tout ce qui s'était passé au cours de la journée.

La chambre de Cassie était claire et douillette. Elle se doucha en appréciant le luxe d'avoir de l'eau chaude, sans coupure.

Elle ne pouvait s'empêcher de penser à la bague.

Pourquoi ne m'a-t-il rien dit, à l'époque ? se demanda-t-elle en s'enveloppant dans le drap de bain.

Redoutait-il qu'elle refuse ? Avait-il eu peur de prendre ce risque ?

Elle entendit frapper. Elle resserra le drap de bain autour d'elle et se frotta les cheveux avant de jeter la serviette sur le porte-serviettes. Elle jeta un coup d'œil dans le judas.

C'était Bryce.

Que voulait-il ?

Elle repensa au baiser échangé dans l'eau. Elle n'était sûre de rien mais elle se demanda, le cœur battant, s'il venait prendre un autre risque. Si tel était le cas, elle était bien décidée à ne pas laisser passer cette chance.

Elle ouvrit la porte. Bryce entra. Une seconde plus tard, elle était dans ses bras. Le drap de bain glissa sur le sol sans un bruit.

8

Bryce la serra dans ses bras et referma la porte derrière lui du bout du pied. Le drap de bain glissa le long de son dos et elle sentit le contact de ses vêtements contre sa peau nue. Une décharge d'électricité crépita entre eux quand il se pencha pour l'embrasser.

Depuis des semaines, son cerveau se demandait en boucle si… Si Bryce pensait qu'elle ne cherchait que des aventures éphémères. Si c'était la nostalgie du bon vieux temps qui l'avait incité à l'embrasser sous le balsa. Si la passion entre eux ne se réveillait que parce qu'ils étaient sortis de leur environnement habituel et se trouvaient provisoirement dans un cadre romantique à souhait.

Mais, en cet instant précis, la motivation de Bryce ne faisait plus aucun doute. Il l'embrassa fougueusement tout en la faisant reculer jusqu'au mur où elle s'adossa. Elle l'embrassa avec la même ardeur dans l'espoir qu'il comprenne ses intentions. Cela faisait des jours qu'elle attendait l'occasion de lui montrer ce qu'elle ressentait pour lui. Maintenant que cette occasion se présentait, elle ne risquait pas de la laisser filer.

Il déposa des baisers mouillés dans son cou, dans le creux de son épaule puis à la naissance de ses seins. Elle se cambra en gémissant au contact de sa bouche chaude sur sa peau fraîche.

Cela faisait des semaines que le désir montait en elle. Enfin elle pouvait l'exprimer sans aucune retenue.

Bryce se remit à l'embrasser avec fougue tandis que ses mains glissèrent jusqu'à ses seins. Les effluves de cèdre et d'épices qui la titillaient depuis son arrivée au Salvador l'enveloppèrent. Le contact de sa chemise sur sa peau nue était à la fois rêche et excitant. Elle défit les boutons de ses mains tremblantes et l'aida à retirer sa chemise pour pouvoir *enfin* toucher le torse contre lequel elle rêvait plaquer son corps depuis des semaines.

La chambre était silencieuse. Cassie n'entendait que le son de leurs corps enlacés et la petite voix qui en elle hurlait *Continue, je t'en prie, ne t'arrête pas !*

Pour une fois, elle était totalement d'accord avec cette voix. Elle n'avait envie d'arrêter sous aucun prétexte.

Si, un.

Elle s'écarta légèrement de Bryce.

— Il faut que je te dise quelque chose, dit-elle.

— Quoi ?

Sa voix était rauque et haletante.

— Ça fait longtemps que... cela ne m'est pas arrivé.

— C'est-à-dire ?

Elle hésita.

Cinq ans, quatre mois et vingt-deux jours, murmura la petite voix. C'est le moment de lui montrer ce que tu ressens.

— Combien de temps, Cassie ?

— Cinq ans, à peu près.

Quelque chose changea dans l'expression de son visage. Elle eut l'impression que ses paroles décuplaient son envie d'elle.

Ils étaient toujours contre le mur. Il glissa sa main dans le creux de ses reins et l'attira vers le lit. Il retira ses chaussures et sortit un petit paquet de sa poche. Un préservatif. Elle se félicita que, sur ce point, Bryce n'ait pas changé. Il veillait toujours sur eux deux.

Il retira son jean et se posta devant elle. Elle contempla tout ce dont elle rêvait depuis son arrivée au camp. Son corps était à la fois familier et différent de ce à quoi elle s'attendait. Ses cuisses étaient souples et musclées, son torse sculptural. Et le désir qu'il éprouvait pour elle ne faisait aucun doute.

Il retira son caleçon.

— Cela m'a manqué, dit-elle.

— À moi aussi, répondit-il avant de s'allonger près d'elle sur le lit.

— Et ce n'est pas la seule chose qui m'a manqué.

— Ça aussi ? dit-il avant de se pencher au-dessus d'elle pour l'embrasser avec volupté.

Elle gémit un oui.

— Et ça ?

Il caressa sa poitrine et posa la langue sur le bout d'un sein.

Elle se remit à gémir.

— Et ça, ça t'a manqué aussi ?

Sa main délaissa son sein, caressa son ventre puis vint se poser sur le haut de sa cuisse. Ses jambes s'écartèrent naturellement quand elle sentit sa main s'y glisser et se mettre à caresser son sexe chaud et déjà humide. Elle sentit le plaisir monter jusqu'à la submerger.

Puis Bryce se coucha sur elle, le sexe dressé et impatient contre elle.

— Viens, murmura-t-elle.

Il la pénétra lentement, une main empoignant doucement ses cheveux. Elle releva les jambes pour le sentir plus profondément en elle et leurs hanches se mirent à bouger en cadence. Les sensations étaient à la fois connues et totalement nouvelles. Elle sentait son corps réagir à celui de Bryce et la chaleur monter en elle, jusqu'à ce que, incapable de résister plus longtemps à la vague qui était sur le point de la submerger, elle se laissa aller et accueillit en elle le comble du plaisir. Bryce continua à bouger encore en elle puis tressaillit avant de se laisser tomber sur le lit.

Ils demeurèrent un moment immobiles, le souffle court, le corps las et repu, bras et jambes entrecroisées. Elle était incapable de faire le moindre mouvement mais sentit sa main caresser son épaule un moment. Puis elle se laissa gagner par le sommeil. Bryce la serra contre lui.

Elle eut juste le temps de se dire que jamais elle n'au

monter deux étages pour aller frapper à la porte de sa chambre. Mais elle était heureuse qu'il ait pris le risque de venir frapper à la sienne.

Bryce se réveilla le premier, le lendemain. Il avait toujours été lève-tôt. C'était une bonne qualité pour un chirurgien. Pendant l'internat, il lui arrivait de se lever à 5 heures du matin, voire plus tôt. Depuis, il avait gardé l'habitude de se lever juste avant le lever du soleil, même si sa profession ne le requérait plus. À présent, sauf cas exceptionnel, il avait la chance de pouvoir faire des nuits complètes et de prendre son temps le matin avant d'aller travailler.

Il était content de pouvoir prendre son temps, ce matin, avec Cassie. Il n'y avait pas d'urgence à ce qu'ils rentrent au camp, et un peu de temps pour digérer ce qui s'était passé la veille ne serait pas superflu. Tout était arrivé si vite !

Après le baiser sous la cascade, il avait compris qu'il ne pourrait plus ignorer son attraction croissante pour Cassie. Mais il ne s'attendait pas à passer à l'acte aussi rapidement !

Il avait vu sa réaction quand il lui avait parlé de la bague de fiançailles. Elle avait regardé la moto et compris exactement ce qu'il ressentait à ce moment-là.

Il avait du mal à admettre que, pendant cinq ans, il avait continué à vivre avec le souvenir de Cassie et de leur relation. Tout d'abord, en gardant longtemps la bague de fiançailles dans sa poche, puis en s'achetant cette moto avec. Mais aussi en s'accrochant à la colère et au ressentiment qu'il avait éprouvés après le départ de Cassie. C'était tout ce qu'il lui restait d'elle, après t[illegible] n'avait pas envie de s'en séparer. Jusqu'à ce qu'elle [illegible]ans sa vie et qu'il lâche enfin prise.

[illegible]s s'être installé dans sa chambre du troisième [illegible]t pas fallu longtemps avant de décider d'aller [illegible]le Cassie. Il n'était pas sûr qu'elle ait envie d'aller plus loin avec lui, en dépit de la manière dont elle s'était abandonnée à ce baiser. Il fallait qu'il en ait le cœur net.

Sur le moment, il se fichait pas mal de se retrouver de nouveau en position de vulnérabilité vis-à-vis d'elle. Faire l'amour était une chose, c'en était une autre de prendre le risque d'exprimer ses sentiments. Ou de lui demander ce qu'elle-même ressentait. Certes, elle ne l'avait pas repoussé… mais le fait qu'elle ait couché avec lui ne prouvait rien. Ou plutôt, pouvait être interprété de multiples manières.

Elle lui avait dit qu'elle n'avait pas couché avec quelqu'un depuis cinq ans. Ce qui voulait dire : après lui. Il ne s'était jamais vraiment posé clairement la question mais s'était imaginé que Cassie avait eu d'autres histoires sentimentales. Ce n'était pas le cas.

Depuis que Cassie avait fait son apparition au Salvador, nombre de ses idées sur les choses se révélaient erronées. Comme la prétendue témérité de Cassie, par exemple, dont il avait découvert que ce n'était qu'une facette de sa personnalité.

Contrairement à lui, Cassie était plutôt une lève-tard. Il la regarda dormir un moment. Le soleil qui filtrait à travers les persiennes dessinait des jeux d'ombre et de lumière sur son visage. Il passa la main dans ses cheveux courts, tout doucement, pour ne pas la réveiller. Il avait encore envie d'elle. Pendant des semaines, il avait contenu son désir car il ignorait ce qu'elle éprouvait de son côté. Mais, la veille, la digue avait rompu.

Cela dit, ce qui s'était passé entre eux ne signifiait pas que Cassie et lui aient envie des mêmes choses concernant la suite. Lui cherchait une histoire d'amour. Il était las des aventures sans lendemain, comme il était las des ruptures. Il souhaitait rencontrer une femme avec laquelle il puisse construire quelque chose à long terme, se poser enfin et, qui sait, peut-être avoir des enfants.

Que recherchait Cassie ? Pour le peu qu'ils avaient parlé, il croyait comprendre qu'elle avait quitté New York pour échapper à une routine sclérosante. Elle était peut-être moins casse-cou que cinq ans auparavant, mais il était certain qu'elle aimait toujours l'aventure et le frisson.

Et si ce qui s'était passé la veille n'était pas autre chose qu'une envie de remettre un peu de piquant dans sa vie, sans plus ?

Quand bien même, il ne regrettait pas une seconde d'avoir fait l'amour avec elle. Mais il ne voulait plus souffrir. Il s'était mépris sur les sentiments de Cassie, cinq ans plus tôt, il fallait à présent qu'il protège son cœur.

Ce qui impliquait de lui dire, dès que possible, qu'il attendait autre chose d'une histoire que de simples relations sexuelles. Il fallait qu'ils s'entendent sur la suite. Plus tôt ils auraient cette discussion, mieux ce serait.

Le vibreur de leurs deux téléphones le fit sursauter. Cassie entrouvrit les yeux.

— C'est qui ? murmura-t-elle d'une voix ensommeillée.

— C'est un texto du camp.

La nouvelle la réveilla tout à fait, et elle s'assit brusquement.

— Une urgence. Il y a eu encore des glissements de terrain dans la montagne et les blessés affluent. Tous les médecins sont réquisitionnés. Il faut rentrer le plus vite possible.

Elle le regarda d'un air dépité.

— Moi qui m'étais fait à l'idée de passer cette matinée avec toi. Pour parler de... différentes choses.

— Moi aussi. Nous pourrons parler dans le bus. D'ailleurs, il faut qu'on se dépêche d'en trouver un.

Il se leva et s'étira.

— Je descends tes bagages et vais me renseigner à la réception. Rejoins-moi quand tu seras prête.

Elle hocha la tête. Il eut envie de se pencher pour l'embrasser et se ravisa. Ils n'avaient pas encore parlé.

Il déposa un baiser maladroit sur son front et sortit de la chambre.

Cassie se brossa les dents à la hâte. Le camp était à plusieurs heures de bus. Plus tôt ils partiraient, plus vite ils arriveraient.

Malheureusement, cela ne lui laissait pas le temps de parler sérieusement avec Bryce de ce qui s'était passé.

Ce qui s'est passé, c'est que vous avez couché ensemble. Que cela ne t'était pas arrivé depuis cinq ans, quatre mois et – oh, on s'en fiche ! Maintenant, les compteurs ont été remis à zéro.

Elle s'était sentie vulnérable en évoquant sa longue période de chasteté mais elle tenait à ce qu'il le sache. Surtout depuis qu'elle était au courant que la bague de fiançailles lui était destinée. Cela avait changé beaucoup de choses en elle.

Elle espérait que Bryce comprendrait ce qu'elle éprouvait pour lui. Elle ne savait trop que penser de ce baiser sur le front. Pas très tendre, un peu brusque.

Il se faisait probablement du souci au sujet de la suite. Sur le fait qu'ils soient ou non en couple, et qu'ils travaillent ensemble. Dans un sens, les choses étaient plus claires la première fois, dans la mesure où leur relation était secrète. À l'époque, ils se comportaient comme des collègues, point. À présent, il serait plus difficile de faire semblant.

Mais ils n'avaient pas pu parler de ce qu'allait devenir leur histoire. Il ignorait même s'il s'agissait d'une histoire plutôt que d'un dérapage.

Elle rejoignit Bryce à la réception. Il était au téléphone avec Enrique, qui allait mettre prématurément fin à son séjour à San Salvador et viendrait les récupérer à l'arrêt de bus de Miraflores.

Le fait qu'une autre personne se joigne à eux pour finir le trajet la stressa. Tout concordait pour qu'ils se disent ce qu'ils avaient à dire dans le bus. Si tant est que ce soit possible.

Les bus du Salvador n'étaient pas modernes mais ils étaient pratiques. C'était un moyen de transport très répandu au Salvador. On les appelait les *chicken buses*, les bus à poules, parce que les gens qui les empruntaient transportaient souvent de la volaille ou d'autres animaux. Même si elle aurait préféré faire le trajet à moto, c'était une nouvelle expérience qu'elle était contente de vivre.

— Le chauffeur dit que nous en avons pour deux heures, à peu près, dit Bryce quand ils s'installèrent à bord. Par chance, les bus du matin sont moins bondés que ceux de l'après-midi.

Elle hocha la tête.

— Cela nous laisse du temps pour parler, dit-elle.

Il s'assit à côté d'elle tandis que le bus démarrait.

— Justement, dit-il. Ce qui s'est passé hier soir…

Il s'interrompit et elle sentit son ventre se contracter à l'idée qu'il dise que ce qui s'était passé la veille était une erreur. Cette fois, elle était déterminée à ne pas laisser passer sa chance avec Bryce mais, s'il n'éprouvait pas les mêmes sentiments qu'elle, elle n'aurait pas d'autre choix que de l'accepter et de passer à autre chose.

— Tu n'as pas envie d'en parler ? demanda-t-elle, du plomb dans l'estomac. Je pense pourtant qu'il le faut. Ce ne serait pas nécessaire si nous ne travaillions pas ensemble. Il faut parler de ce qui se passe entre nous.

— Je ne suis pas sûr de le comprendre moi-même, dit-il.

Elle éprouvait la même chose mais ce n'était pas rassurant pour autant.

— Cassie… dit-il sur un ton qu'elle trouva un peu trop solennel pour annoncer quelque chose d'agréable. Ce qui s'est passé hier soir était super. Mais je comprendrais très bien que tu ne veuilles pas que cela se reproduise.

Elle le regarda, interloquée.

— Tu n'arrêtes pas de dire ça. Hier, quand on s'est embrassés au pied de la cascade, aujourd'hui après avoir fait l'amour. Qu'est-ce qui te fait dire que je n'ai pas envie que cela se reproduise ?

— En fait, je ne sais pas ce que tu veux.

— Il me semble pourtant que c'était assez clair, hier soir.

— Hier soir, oui, mais cela ne me dit rien sur la façon dont tu envisages la suite.

Apparemment, le fait qu'elle ait fait l'amour avec lui n'était pas une preuve suffisamment tangible de ses sentiments pour lui.

Ils se fixèrent un moment. Elle prit conscience qu'ils se trouvaient à la croisée des chemins. Il fallait que l'un d'eux prenne le risque de parler et de dire ce qu'il avait sur le cœur. Elle ouvrit la bouche mais il la devança.

— C'était bien, pour toi ?

« Bien » ? Ce n'était pas le terme qu'elle aurait choisi. « Génial », « bouleversant » étaient plus proches de ce qu'elle avait ressenti.

— Non, ce n'était pas *bien*.

Il la regarda d'un air blessé.

— C'était plus que bien. C'était ce dont je rêvais depuis que je suis arrivée au Salvador.

L'expression de son visage se métamorphosa.

— Je crois que moi aussi, dit-il avec un soulagement non dissimulé.

— Cela fait tellement longtemps que je n'ai pas vécu quelque chose de vraiment excitant ! Pendant des années, je n'ai fait que travailler et faire en sorte que les autres aient ce qu'ils désirent. Des gens qui ont déjà tout mais qui continuent à vouloir plus. Hier, je me suis sentie à ma place pour la première fois depuis longtemps. J'ai pu être de nouveau moi-même, après avoir essayé d'être quelqu'un d'autre pendant des années. J'ai eu la sensation de retrouver la Cassie aventurière que j'étais et qui était tapie au fond de moi, attendant que je la libère. Tu m'as aidée à la libérer, Bryce.

Il la regarda comme si elle venait de le gifler.

— Je vois, dit-il. Donc, si je comprends bien, ce qui s'est passé hier soir a servi à te reconnecter avec la personne que tu es vraiment ?

Elle se demandait comment elle avait pu se faire mal comprendre. Elle essaya de le rassurer.

— Je dis juste que je n'aurais pas pu faire cela sans toi. J'essaie de t'expliquer que ce qui s'est passé hier soir signifie pour moi. Et j'ai très envie de comprendre ce que cela a signifié pour toi.

Il demeura silencieux un moment.

— C'est exactement ce que je redoutais. Que, comme la Cassie que j'ai connue pendant mon internat, tu cherches l'aventure, le frisson. C'est ce que tu es venue chercher ici. Et tu l'as trouvé en recommençant une nouvelle vie au Salvador. Et en couchant avec moi hier soir.

Elle déglutit. Après tout ce qu'ils avaient vécu au cours des dernières vingt-quatre heures, après tout ce qu'elle avait donné pour lui exprimer à quel point il comptait pour elle, elle n'en revenait pas qu'il continue à penser cela d'elle. Il était toujours persuadé qu'elle se servait de lui juste pour assouvir son besoin d'aventure et de sensations fortes.

— Bryce, tu n'as pas l'impression que ce qui s'est passé hier soir a changé quelque chose entre nous ? Tu n'as pas senti que quelque chose de nouveau était là ?

— Je suis content que cela ait permis que tu te retrouves, dit-il sur un ton qui la glaça. Mais, pour ma part, j'ai besoin d'autre chose.

— Bryce, écoute-moi. Je me suis peut-être mal exprimée. Est-ce que tu veux bien m'écouter ?

Il se cala dans son siège.

— Je ne vois pas ce que je pourrais faire d'autre. Nous avons deux heures de route.

— Depuis ma naissance, ma maladie a régenté ma vie. Les gens passaient leur temps à me dire tout ce que je ne pouvais pas faire. Une fois guérie, j'ai été bien décidée à faire tout ce qui m'avait été interdit auparavant. Je t'ai rencontré quand j'étais en pleine crise de rébellion. J'avais besoin de me prouver que j'étais forte, de repousser mes limites. Et tu as peut-être cru que notre relation n'était pas importante à mes yeux, qu'elle n'était qu'une aventure parmi d'autres. Or, pour moi, être aventureuse signifie vivre ma vie à fond, me confirmer que je suis vivante, et en pleine forme. Parce que, pendant des années, je n'ai pas vraiment vécu. Plutôt survécu.

Il hocha la tête pensivement.

— Hier soir, il s'agissait aussi d'une façon de te prouver que tu étais vivante et en pleine forme ?

— Oui. Mais pas seulement. C'était magique. Parce que j'étais avec toi.

Il parut se détendre, c'était bon signe.

— Tu sais, Bryce, je pense qu'il ne faut pas nous imposer trop de pression ou d'attentes mais plutôt voir simplement où les choses nous mènent.

— Qu'est-ce qu'on va dire, au camp ?

Elle réfléchit.

— Faut-il vraiment que nous disions quelque chose ? On peut peut-être garder cela pour nous encore un peu. Pour comprendre ce qui se passe entre nous avant d'en parler aux gens.

Il hocha la tête mais elle ne perçut pas clairement son expression. La veille, Bryce l'avait surprise par son envie de prendre des risques. En cet instant précis, il lui sembla être redevenu plus circonspect que jamais.

Le *chicken bus* roulait en cahotant. Cassie s'était endormie et sa tête avait glissé sur l'épaule de Bryce. Cela ne le dérangeait pas. Moins que la conversation qu'ils avaient eue.

Il n'avait pas l'impression d'avoir mieux compris la nature de leur relation. Il était d'accord pour laisser les choses venir et voir où elles les conduiraient mais l'idée de ne rien dire à leurs collègues du camp lui plaisait moins. Ils avaient déjà vécu leur relation dans le secret, et il n'en gardait pas un bon souvenir.

Elle veut juste s'amuser, rabâchait une petite voix dans son esprit.

Mais il avait été touché par la manière dont Cassie lui avait expliqué les raisons de son besoin d'aventure. Par le fait qu'elle ait survécu plutôt que vécu une bonne partie de sa vie. Comment un enfant pouvait-il passer des mois cloîtré dans une chambre d'hôpital ? Être privé du plaisir d'explorer le monde ? Il était bien placé pour savoir la frustration que généraient une convalescence longue et lente et la contrainte de ne pas pouvoir faire ce qu'on veut…

Sa main trembla au souvenir de son séjour à l'hôpital. Tout le monde lui répétait de se ménager alors qu'il n'avait qu'une envie, c'était de recouvrer ses capacités le plus vite possible et de reprendre le cours de sa vie au lieu de s'apitoyer sur son sort. Faire preuve de patience avait été l'un des défis les plus difficiles à relever.

Il venait de manquer une belle occasion de parler de l'accident à Cassie. Mais que penserait-elle de lui si elle apprenait qu'il était venu au Salvador pour fuir une partie de sa vie au lieu de la *vivre à fond*, comme elle ?

Là, il était à l'abri des regards compatissants de ses anciens amis qui passaient leur temps à évaluer tout ce qu'il avait perdu. Il était loin de tous ceux qui voulaient le comparer au chirurgien brillant qu'il était – et qui étaient forcément déçus. Il était loin, aussi, des réunions de famille où tout le monde était chirurgien et partageait une profession dont il était désormais exclu.

Cassie lui avait dit qu'il l'avait aidée à se reconnecter avec la personne qu'elle était dans le fond. Que penserait-elle si elle apprenait qu'il n'était qu'un imposteur ? Pour rien au monde, il ne retournerait à New York. Pour rien au monde, il ne se confronterait aux attentes que tous avaient là-bas.

Si Cassie voulait renouer avec son ancienne personnalité, lui cherchait au contraire à s'en éloigner.

Il était content qu'elle n'ait pas considéré ce qui s'était passé la veille comme un simple jeu de séduction. Pour elle, l'aventure avait un sens plus profond que pour la majorité des gens. Mais cela ne lui disait pas ce que leur relation représentait pour elle.

Cinq ans plus tôt, il s'était trompé. Et, aujourd'hui, il ne pouvait pas avoir une relation à long terme avec quelqu'un qui n'était pas sur la même longueur d'onde que lui. Il devait protéger son cœur tant qu'il ignorait ce qui intéressait Cassie dans cette relation : le frisson ou *lui* ?

Peut-être Cassie l'ignorait-elle elle-même.

9

Ils arrivèrent au camp en fin d'après-midi et se mirent aussitôt au travail. Le camp grouillait de monde et d'activité. Bryce laissa leurs affaires à l'entrée, surpris que Manny ne se précipite pas pour les accueillir ou porter leurs sacs dans les chambres.

Il croisa Anna, l'une des sages-femmes, qui fonçait vers une tente, des bandages à la main, et demanda en quoi ils pouvaient se rendre utiles.

— C'est plus calme depuis une heure, à peu près. Nous pensons que tous les blessés se trouvent ici, au camp, maintenant. Nous essayons de les trier et de nous occuper d'eux, un par un.

Bryce traversa le camp et aida à séparer les blessés graves des autres. À plusieurs reprises, l'absence de son petit acolyte le perturba. En général, Manny était le premier à venir le saluer quand il rentrait au camp et l'assaillait de questions, y compris pendant les urgences. Il se rendait utile, aussi, en transmettant les messages entre les médecins. Son appréhension se confirma quand il aperçut Mme Martinez en pleurs devant une tente, la petite Rosibel dans les bras.

Il la prit par le bras et entra dans la tente, où Manny était allongé sur un lit de camp, une vilaine entaille sur le front. Bryce l'examina. Vu son état général, ce qui l'inquiétait n'était pas l'entaille mais plutôt les lésions éventuelles, celles qui ne se voyaient pas.

Le petit garçon fit un effort pour se relever. Il posa la main sur lui pour l'en empêcher.

— Tu me reconnais, Manny ?

Il paraissait avoir du mal à rester éveillé.

— On m'a dit d'attendre ici. Mais je ne peux pas attendre. Il faut que je m'occupe de Rosibel.

Bryce continua l'examen. Manny demandait sa mère mais n'avait pas l'air de l'entendre quand elle cherchait à le rassurer. Quelques instants plus tard, il cessa tout à fait de réagir aux stimuli de Bryce.

— Hémorragie sous-durale, murmura Cassie qui était entrée dans la tente.

— Difficile d'en avoir la confirmation sans scanner.

— La perte de conscience et la confusion évoquent une hémorragie sous-durale. Nous n'avons pas de scanner ici. Et nous n'avons pas le temps de l'emmener à San Salvador. Il faut atténuer la pression dans le cerveau au plus vite, dit-elle.

Cassie avait raison. Tous les symptômes indiquaient qu'il avait subi un choc à la tête, voire plusieurs, qui provoquaient une accumulation de sang entre le cerveau et le crâne.

— Il ne va pas mourir ? demanda Mme Martinez.

— Nous allons faire notre possible, répondit Cassie. Il a une hémorragie interne. Nous allons introduire un petit tube dans son crâne pour le drainer. Je sais que c'est impressionnant mais nous devons le faire, c'est le seul moyen de le sauver.

Mme Martinez hocha la tête.

— Faites ce qu'il faut. J'ai confiance en vous, docteur.

— La bonne nouvelle, c'est qu'il est entre de bonnes mains, reprit Cassie. Avant d'être gynécologue obstétricien ici, Bryce était l'un des meilleurs chirurgiens de New York. Manny a de la chance, dans son malheur.

Bryce sentit son estomac se contracter. Manny risquait de mourir s'ils n'intervenaient pas rapidement. Or, la perspective d'une telle procédure, sans moyens technologiques modernes et sans équipe de bloc complète, était intimidante. Mais ce dont ils avaient le plus besoin, c'était de deux mains sans tremblements.

— Cassie, je peux te parler ?

Cassie s'éloigna de Mme Martinez.

— Je ne peux pas.

Elle posa la main sur son bras.

— Je sais que tu n'as pas pratiqué depuis longtemps mais personne n'a ton expérience dans ce genre de procédures.

— Ce n'est pas ça qui me fait peur. Je ne vais pas pouvoir perforer le crâne de Manny.

— Je comprends que ce soit difficile. Tu es très attaché à lui. Mais il faut laisser de côté les sentiments que tu as pour lui. Je sais que c'est un geste dangereux, mais il mourra si tu ne l'opères pas.

Il eut l'impression qu'ils rejouaient la même scène que cinq ans auparavant, devant un dilemme qui lui avait coûté cher.

Mais les circonstances n'étaient plus les mêmes, et l'idée de ne pas tout faire pour sauver la vie de son petit protégé lui était insupportable.

— D'accord, dit-il. Il faut le préparer pour l'anesthésie.

Peut-être que ses mains resteraient stables, après tout. Tant qu'il restait calme, le risque de tremblement était minime. Et la procédure serait brève. Il fallait qu'il reste concentré et détendu, et tout irait bien.

Le temps que les infirmières préparent le petit garçon, Bryce eut l'impression d'être redevenu l'ancienne version de lui-même. Comme au temps de l'internat. Il s'apprêtait à procéder à une opération délicate et périlleuse. Et le regard de Cassie semblait lui dire qu'elle comptait sur lui. Et qu'elle avait confiance en lui.

C'est précisément ce qui l'arrêta net.

Cassie avait confiance en lui. Ce qui signifiait qu'elle n'attendait pas nécessairement qu'il opère Manny, mais plutôt qu'il prenne la décision la plus juste. Il ne pouvait pas opérer Manny simplement pour le plaisir d'endosser une blouse de chirurgien. Même s'il était minime, le risque que ses mains tremblent demeurait. Il ne pouvait pas mettre la vie d'un humain en danger.

— Je ne peux pas le faire, dit-il.

Par-dessus son masque, les yeux de Cassie exprimèrent la surprise. Il fallait qu'il lui donne une explication et le plus vite possible. Chaque seconde comptait. Il décida d'aller droit au but.

— J'ai des tremblements dans les mains, dit-il. Pas systématiquement, mais de manière imprévisible. Le risque est trop grand pour que je le prenne.

Il déposa le foret dans la main de Cassie qui n'hésita pas un instant, en dépit du choc qu'elle dut encaisser. Sans se décontenancer, elle prit la place de Bryce. Courageuse, comme toujours.

— Montre-moi exactement où il faut percer et combien de temps, dit-elle.

Il se félicita qu'elle ne lui pose pas de questions et fasse passer la santé du patient avant sa curiosité, comme elle l'avait toujours fait. Mais il savait qu'elle exigerait des explications dès l'opération terminée.

Il lui montra comment manipuler le foret. Avec un peu de chance, ils pourraient drainer le sang directement par cette perforation.

Cassie se mit à forer d'une main sûre et s'arrêta dès qu'il le lui ordonna. À son grand soulagement, le sang se mit aussitôt à couler. Il ne serait pas nécessaire de poser un shunt. Cassie avait réalisé l'opération brillamment. Elle put recoudre dès la fin de l'épanchement de sang.

— Tu t'en es très bien sortie, dit-il.

Elle était blanche comme un linge.

— Contente de te l'entendre dire, répondit-elle dans un souffle.

— Je vais voir sa maman.

Il s'étira et sortit.

— Tout s'est bien passé, dit-il à Mme Martinez qui attendait devant la tente. Il devrait aller mieux d'ici quelques heures. Nous allons le garder en observation pendant au moins trois jours, mais l'opération s'est bien déroulée.

— Oh ! merci docteur ! Je peux aller le voir ?

Elle se précipita dans la tente. La pluie commençait à tomber, doucement d'abord puis plus fort. Bryce n'éprouva pas l'envie de se mettre à l'abri. Il avait surtout besoin de respirer, de souffler, maintenant que la trépanation de Manny était derrière eux.

Mais son soulagement fut de courte durée.

Mme Martinez était à peine entrée dans la tente que Cassie en sortit en le mitraillant du regard.

— Qu'est-ce qui vient de se passer, Bryce ?

— Tu as sauvé la vie d'un enfant.

— Ne me prends pas pour une idiote ! Tu sais très bien de quoi je veux parler. Tu as fait comme l'autre jour, pendant la césarienne. Tu as hésité alors que nous n'avions pas une seconde à perdre, et tu m'as tendu les rênes. Que se passe-t-il, Bryce ? Pourquoi est-ce que tu n'opères plus ?

— Je te l'ai dit. Mes mains tremblent, regarde.

Il leva les mains. Le tremblement était faible mais visible.

— Mais depuis quand ? demanda-t-elle, sous le choc.

— Cela s'est passé quelques semaines après ton départ, il y a cinq ans. J'ai eu un accident de voiture. Un type en état d'ivresse qui m'est rentré dedans. J'ai fait des mois de rééducation mais je n'ai jamais pu récupérer l'usage total de mes mains.

— C'est pour ça que tu as arrêté la chirurgie…, dit-elle.

Elle demeura pensive quelques secondes.

— Et moi qui me disais que cela pouvait avoir un rapport avec moi.

Elle secoua la tête d'un air incrédule.

— Je n'ose imaginer la rééducation que tu as dû subir.

— Je peux faire encore beaucoup de choses, dit-il. Au début, j'ai cru que je devrais renoncer à la médecine. Mais l'un de mes professeurs m'a suggéré l'obstétrique.

— Mais pourquoi ne me l'as-tu jamais dit ?

— Tu étais partie. C'est loin. Cela n'a plus d'importance.

— Ça en a pour moi ! Pourquoi ne m'as-tu pas appelée ? J'aurais été là pour toi.

— Je ne voulais pas que tu aies pitié de moi.

— Je n'aurais pas eu pitié. Je t'aurais soutenu pendant la rééducation.

— Dans ton mot, tu m'avais demandé de ne pas chercher à te joindre.

— Je suis désolée, c'était idiot. Tu aurais dû m'appeler quand même. Je ne savais pas que tu avais eu un accident. Toi qui aimais tant la chirurgie. Et qui étais si doué !

C'est alors qu'il vit dans son regard ce qu'il redoutait d'y voir, à savoir la pitié. Exactement ce dont il ne voulait pas de sa part.

Il était venu au Salvador pour échapper au fantôme de Bryce Hamlin, chirurgien de génie. Il avait essayé de repartir de zéro à New York, en vain. Tous ceux vers qui il s'était tourné, qu'il s'agisse de sa famille, de collègues ou d'amis, ne lui parlaient que du médecin qu'il avait été. Du personnage qu'il avait été. Personne ne semblait pouvoir lui adresser la parole sans faire référence à son passé, à l'époque d'avant l'accident.

Mais ce personnage, que tout le monde semblait regretter, y compris Cassie qui se tenait devant lui et le regardait d'un air de pitié, ce personnage, ce n'était plus lui.

Aujourd'hui comme à l'époque, Cassie l'avait incité à prendre des risques. Elle le motivait, le poussait à repousser les limites. Telle était sa nature et il l'acceptait. Du moins tant que cela concernait le travail.

Il n'avait pas envie de risquer de nouveau de souffrir. Il ne pouvait pas prendre le risque de la laisser jouer avec ses sentiments et lui briser le cœur.

Il avait survécu à ce chagrin d'amour mais doutait de pouvoir s'en sortir indemne si elle le quittait comme elle l'avait déjà fait une fois.

— Cassie, dit-il. Il vaut mieux arrêter.

— De quoi parles-tu ?

— De nous. Il faut qu'on arrête. Ça ne peut pas marcher.

Les larmes se mêlèrent aux gouttes de pluie qui ruisselaient sur son visage.

— Je ne comprends pas.

— Je ne suis plus le grand chirurgien que j'étais à New York. D'ailleurs, je ne suis plus la même personne. Je n'attends plus les mêmes choses de la vie, ni d'une relation. En entendant tout ce que tu as dit, tout à l'heure, dans le bus, j'ai pris conscience que tu avais envie d'aventure. Et je ne te le reproche pas. C'est ce que je recherche moi-même très souvent dans ma vie quotidienne. Mais ce n'est pas ce que je recherche dans une relation.

— Tu penses que c'est ce que moi, je recherche dans une relation ?

Il l'ignorait justement. Mais il n'avait pas envie d'être déçu par la réponse.

— Nous nous sommes laissés aller à la nostalgie. Plus vite nous cesserons de nous accrocher au passé et à ce que nous étions à l'époque, plus nous pourrons nous concentrer l'un et l'autre sur notre avenir.

Son menton trembla et il perçut l'effort qu'elle faisait pour que sa voix reste égale.

— Je ne m'accroche pas au passé ni à ce que tu étais à l'époque. En fait, je crois que je ne te connaissais même pas. Pas plus que je te connais aujourd'hui.

Elle tourna les talons et le laissa seul sous la pluie.

Il déglutit. Après le départ de Cassie, cinq ans auparavant, il s'était souvent demandé ce qu'il aurait ressenti s'il avait été à l'initiative de la rupture. Il s'était longtemps accroché à sa douleur et à sa colère et aurait parfois souhaité lui infliger la même chose. Mais en la regardant s'éloigner dans l'obscurité, il se dit qu'inverser les rôles n'avait aucun intérêt.

Cassie prit son oreiller et en fit une boule. Elle avait essayé de lui donner différentes formes, et avait changé cent fois de position dans son lit, sans trouver la bonne. Le voyage et les rescapés du glissement de terrain l'avaient épuisée mais elle ne parvenait pas à trouver le sommeil.

La pluie frappait le toit de sa chambre. Elle regarda l'heure sur son portable. Trois heures du matin. Elle devrait se lever quatre heures plus tard. Il fallait qu'elle dorme. Mais comment y parvenir quand on était à la fois triste et en colère contre quelqu'un ?

Elle se retourna et mit l'oreiller sur son oreille pour s'isoler du bruit de la pluie tambourinant sur le toit.

Comme si c'était la pluie qui t'empêchait de dormir ! Son insomnie n'avait rien à voir avec la météo mais plutôt avec la conversation qu'elle avait eue la veille avec Bryce. Elle pensait qu'il aurait envie de donner une chance à leur relation. Au lieu de cela, il y avait mis fin brusquement, dans le bus. Vingt-quatre heures plus tôt, ils étaient en train de faire l'amour. Et là, elle avait l'impression qu'il n'avait même plus envie de lui adresser la parole.

Que croyais-tu ? Il t'a fait confiance une fois et tu lui as brisé le cœur. Comment veux-tu qu'il ait envie de retenter l'expérience ?

Il semblait convaincu qu'elle ne cherchait qu'une aventure. Ce qui confirmait tout ce qu'elle redoutait. Elle pensait lui avoir donné des preuves des sentiments qu'elle éprouvait pour lui mais elle avait échoué. Il était blessé. Elle l'avait blessé.

Et maintenant, tout était fini entre eux, alors que cela venait à peine de commencer.

Elle se demanda pour la centième fois pour quelle raison il ne l'avait pas prévenue quand il avait eu son accident. Son départ avait dû le choquer au point qu'il ne lui faisait plus confiance. Et, s'il était persuadé que leur histoire était sans importance pour elle, il était logique qu'il ne la rappelle pas.

Cela dit, il aurait pu lui parler de ses tremblements quand elle était arrivée au camp. Il lui avait dit qu'arrêter la chirurgie avait été libérateur. Ce n'était pas l'impression que la situation lui donnait. Elle avait plutôt le sentiment que la douleur de leur rupture s'était mélangée à la douleur de l'accident.

Il disait qu'il ne voulait pas qu'elle ait pitié de lui. Le souvenir du jour où il lui avait fait son bandage à la cheville lui revint en mémoire. Ce jour-là, elle s'était confiée à lui. Elle lui avait parlé de sa cardiopathie, de son enfance et de sa colère de ne pas être considérée comme autre chose qu'une malade. Bryce avait sans doute eu cette même peur de n'être considéré que comme une victime, comme un chirurgien *contraint* d'abandonner une carrière plus que prometteuse.

Loin d'elle l'idée de le traiter comme une victime. Elle lui aurait offert son soutien, pas sa pitié. Mais quand elle le lui avait dit, Bryce n'avait peut-être entendu que ce qu'il redoutait d'entendre.

S'il l'avait appelée, à ce moment-là, seraient-ils toujours ensemble à présent ?

La question interrompit le tourbillon de ses pensées. Là était peut-être la question. Elle s'était sentie tellement coupable de ce qui s'était passé qu'apprendre qu'il avait eu un accident n'aurait fait qu'accentuer sa culpabilité. Elle avait quitté Bryce par culpabilité. Elle aurait pu aussi revenir vers lui par culpabilité.

Cela lui coûtait de l'admettre, mais Bryce avait sans doute bien fait de ne pas chercher à la contacter. Il la connaissait, après tout. Il devait se douter qu'elle accourrait s'il lui annonçait qu'il avait eu un accident. Sa présence aurait peut-être été un poids plus qu'un soulagement, alors qu'il avait eu besoin de toute son énergie pendant la rééducation. Et elle aurait dû gérer ses sentiments tout en lui apportant son soutien. Ç'aurait été difficile pour eux deux.

Si Bryce l'avait appelée à ce moment-là, ils seraient peut-être encore ensemble. Mais pour de mauvaises raisons.

Pendant cinq ans, chacun avait eu le temps de régler ses problèmes, d'avancer sur son chemin, de se retrouver. Ils avaient tous deux besoin de ce temps-là. Certes, il n'avait pas été tout à fait honnête avec elle sur tout mais il avait changé, et pour le mieux, sans aucun doute. Il était plus tranquille, moins soucieux que quand ils s'étaient connus. Elle aussi avait changé et s'était rapprochée de la personne qu'elle était vraiment, dans le fond.

Qui serait-elle aujourd'hui si elle n'avait pas vécu loin de lui pendant cinq ans ? La rupture avait été terriblement douloureuse, mais tout ce qu'elle avait vécu depuis, sans lui, lui avait permis de comprendre ce qu'elle voulait vraiment faire de sa vie. Elle n'était plus ni l'enfant cloîtrée ni la gynécologue guindée qui passait sa vie à travailler sans faire autre chose de ses soirées que de manger à la hâte et s'écrouler de fatigue et de frustration.

Elle repensa à ce que Bryce avait dit dans le bus. Elle lui avait expliqué à quel point prendre des risques et se lancer des défis était une manière de croquer la vie à pleines dents et de se découvrir elle-même. D'ailleurs, elle en avait pris conscience en le lui disant. En somme c'était cette conversation qui l'avait fait réfléchir sur le sujet. Y aurait-elle réfléchi si elle n'avait pas été confrontée à la possibilité de le perdre une deuxième fois ?

Rien que pour cette raison, et même si elle devait effectivement perdre Bryce, elle avait bien fait de venir au Salvador. Pendant des années, à New York, elle pensait s'être éloignée d'elle-même à cause de ce qui s'était passé avec Bryce. Elle venait de comprendre que cela lui avait aussi permis de se retrouver.

Elle était venue au Salvador pour reprendre contact avec le côté aventurier de sa personnalité. Elle aurait aimé pouvoir le faire sans blesser quiconque, cette fois.

Mais l'histoire semblait vouloir se répéter.

Cette fois, au moins, elle avait une idée sur la manière de rebondir.

Bryce se demanda comment il allait pouvoir travailler avec Cassie après ce qui s'était passé à Juayua. Il lui avait clairement dit que leur relation n'était pas viable sur le plan sentimental. À présent, il craignait que leur malaise n'interfère avec leur travail.

Or, ces craintes se révélèrent infondées pour la bonne raison que, dans les jours qui suivirent, Cassie disparut pratiquement de son champ de vision. Et, lorsqu'il leur arrivait malgré tout de se croiser, elle était excessivement courtoise. Il sentait qu'elle s'efforçait de parler sur un ton professionnel et d'abréger la conversation. Quand il leur arrivait malgré tout de travailler ensemble, leur collaboration n'avait plus la même saveur. Leur complicité lui manquait. Mais il ne voyait pas comment revenir en arrière.

Il eut envie de demander à Enrique de leur faire des plannings distincts. Jusqu'à ce qu'il entende Anna dire à quel point elle regrettait de ne plus voir Cassie.

— Comment ça ? s'exclama-t-il, le cœur battant brusquement plus fort.

— Cela fait deux semaines qu'elle a demandé à faire les nuits, expliqua Anna. Cela signifie qu'on ne travaille plus ensemble, et ça, c'est vraiment dommage. Elle s'y prend tellement bien avec les patientes !

Il n'avait plus besoin d'aller voir Enrique pour modifier les plannings, Cassie s'en était chargée. Il se demanda s'il devait se réjouir de ne pas avoir à faire les nuits ou s'agacer que Cassie soit intervenue avant lui. Peu importait. Ce qui comptait, c'était qu'il ne la voie plus à longueur de journée.

Certes, elle lui manquait beaucoup. Il regrettait son sens de l'humour, son rire, sa gaieté. Elle lui manquait mais il aurait été plus douloureux encore de la voir.

L'état de Manny s'améliorait de jour en jour. Le plus difficile, pour l'équipe médicale, était de faire en sorte qu'il reste tranquille. Il était aussi vif qu'un écureuil et il fallait lui rappeler constamment de ne pas bouger. Difficile pour un petit garçon qui suivait les médecins partout pour les aider ou les regarder travailler en les bombardant de questions. Bryce lui rendait visite souvent, c'était un bon antidote à sa propre agitation.

Le camp reçut une cargaison de livres et de jouets de San Salvador. Il en prit quelques-uns et se dirigea vers la tente dans laquelle Manny était en convalescence. Sa visite ne suscita pas l'enthousiasme habituel. Il regarda les cadeaux d'un air morose.

— Que se passe-t-il ? demanda Bryce.

— Je veux voir Dr Cassie, répondit-il sans joie.

Bryce sentit son cœur se serrer à l'évocation de Cassie.

— Je comprends. On ne la voit plus beaucoup dans la journée

parce qu'elle travaille la nuit, maintenant, expliqua-t-il sur un ton rassurant.

— Ben non. Elle est partie.

Bryce se figea.

— Comment ça, elle est partie ?

— Elle est *partie*, répéta le petit garçon. Elle est venue me dire au revoir mais elle m'a dit qu'elle ne reviendrait peut-être plus jamais.

Une grosse larme roula sur sa joue rebondie.

— Mais elle va revenir, hein ?

— J'espère, s'entendit-il dire, en accusant le coup.

Il était parvenu, tant bien que mal, à se remettre de son départ, cinq ans plus tôt, et à vivre sans elle pendant toutes ces années. Les dernières journées avaient été dures mais les mots de Manny lui firent prendre conscience que rien ne pouvait être plus douloureux que la possibilité qu'elle soit définitivement sortie de sa vie.

Il fallait qu'il sache si elle était vraiment partie. Et, si tel était le cas, il ferait tout pour qu'elle revienne.

10

L'incertitude était insupportable. Il ne pouvait pas attendre une minute de plus sans savoir si Manny avait dit juste. Il fonça vers la tente d'Enrique.

— C'est une blague ? dit-il en entrant, dans tous ses états.

— Une minute, dit Enrique qui était au téléphone.

Il raccrocha et se tourna vers Bryce.

— Je pourrais faire comme si je ne comprenais pas, mais il me semble que je sais de quoi tu me parles. Ou plutôt, de *qui*.

— Elle est partie ? C'est vrai ?

— Si tu parles effectivement de la meilleure gynécologue que nous ayons eue dans ce camp, la réponse est oui. Le Dr Andover est parti. Elle est retournée à New York. Elle a parlé d'un poste qui s'est libéré dans son ancien hôpital.

— Mais quand est-ce qu'elle est partie ?

— Il y a deux jours. Elle m'a demandé de rester discret sur le sujet.

Son cœur fit un bond dans sa poitrine. Comment avait-il pu ne pas s'apercevoir de l'absence de Cassie pendant deux jours ?

— Je vais même être plus clair : elle m'a demandé expressément de ne pas te dire qu'elle partait. Mais elle t'a laissé un mot.

Il lui tendit une enveloppe.

Un mot. Pour changer.

Il scruta l'enveloppe et reconnut l'écriture de Cassie par transparence. Elle semblait avoir plus de choses à dire que la première fois. Il l'ouvrit.

Cher Bryce,

Cette fois, je souhaite t'écrire une vraie lettre, pas un simple mot. Une lettre dans laquelle je veux dire tout ce que notre relation mérite, même s'il ne m'est pas facile de coucher les mots sur le papier. J'ai toujours pensé qu'il fallait vivre sans peur, mais grâce à toi, je sais maintenant qu'il est tout aussi important de vivre sans regrets. Or, je regretterais beaucoup de quitter le Salvador sans t'avoir expliqué à quel point notre relation a compté pour moi.

Nous avons tous deux grandi dans des familles qui nous ont surprotégés, chacune à sa manière. Nous savons, l'un comme l'autre, qu'il est parfois nécessaire de s'éloigner des personnes que l'on aime pour grandir et trouver ses propres marques. Si je pars, aujourd'hui, c'est aussi pour mettre de la distance entre nous, dans l'espoir que cela nous aide à devenir des personnes meilleures et plus fortes.

Nous avions décidé de laisser le passé derrière nous et d'aller de l'avant, mais après ce que nous avons vécu à Juayua il semble que nous ne puissions pas le faire ensemble. Je dois avouer que j'ai parfois du mal à lâcher le passé pour avancer.

Il est pourtant nécessaire que nous avancions vers notre avenir, qui sera radieux, j'en suis sûre. Toi, Bryce, tu mérites le meilleur. Et je ne supporte pas l'idée que je puisse t'empêcher d'y accéder.

Cassie.

Il cligna des paupières, pour retenir ses larmes.

Il avait fait n'importe quoi.

Il avait tellement voulu protéger son cœur qu'il était devenu aveugle au trésor qu'il avait sous les yeux. Il était vraiment le fils de ses parents. Il était devenu aussi anxieux, aussi obsédé qu'eux, à la différence près que lui protégeait surtout ses émotions. À quel prix ? Au prix de tout perdre. Définitivement, cette fois.

Comment avait-il pu s'imaginer qu'elle ne cherchait en leur relation qu'un prétexte pour s'amuser ? Certes, elle n'avait jamais caché qu'elle avait besoin d'aventure, de nouveauté. Pour être honnête, c'était ce qu'il cherchait, lui aussi. Et qu'il avait trouvé en venant au Salvador, comme elle.

Il plia la lettre et la mit dans son portefeuille.

— Il faut que je la retrouve.

Enrique soupira.

— J'ai l'impression que je vais perdre encore un autre de mes meilleurs médecins, dit-il.

— Je vais peut-être m'absenter un moment mais je reviens, je te le promets.

— Si cela peut t'aider à t'épanouir dans ta vie sentimentale... De toute façon, tu as plein de jours de congé que tu n'as pas encore pris. Mais reviens, nous avons besoin de toi, ici. Et, si tu arrives à ramener Cassie avec toi, ce sera encore mieux !

Il faudrait qu'il ait une chance inouïe s'il revenait avec elle. Mais cela valait la peine d'essayer. Même s'il n'était pas certain de la retrouver à New York. Et encore moins qu'elle ait envie de le voir.

C'était un risque qu'il était prêt à prendre.

Quelle drôle d'impression d'être de nouveau au Brooklyn General Hospital ! Les salles équipées en matériel de pointe et les couloirs étaient immaculés. Ici, on était en mesure de procurer aux patientes tout ce dont elles avaient besoin – et même ce dont elles n'avaient pas besoin – tant qu'elles payaient.

En plus du luxe, elle fut choquée par le caractère impersonnel de l'hôpital. En observant les médecins et les infirmières aller et venir dans les couloirs, elle dut faire un effort de mémoire pour les reconnaître. Tout le temps qu'elle avait passé dans cet hôpital, elle travaillait tellement qu'elle n'avait jamais pris le temps de nouer des liens, pas même avec les membres de son équipe, à part Vanessa, peut-être.

À Miraflores, tout le monde se connaissait de vue. Le camp n'était pas immense, si bien qu'on savait qui en faisait partie et qui venait de l'extérieur. Au Brooklyn General Hospital, elle avait beau connaître le bâtiment comme sa poche, les personnes qui y travaillaient étaient des étrangers. Elle avait passé plus de temps dans ces locaux que chez elle pendant des années, mais elle ne connaissait pratiquement personne et personne ne la connaissait.

Cela dit, le caractère impersonnel des lieux était un prix minime à payer pour le poste et le salaire qu'elle venait de négocier. Elle était allée voir le conseil avec une proposition, celle d'établir un partenariat entre le Brooklyn General Hospital et Médecine Internationale. Les médecins de New York pourraient partir en mission pour l'ONG et des médecins du monde entier pourraient venir au Brooklyn General pour profiter de ses ressources dans le cadre de leurs recherches. Et Cassie superviserait le tout.

Les administrateurs étaient enthousiasmés par le projet, qui donnerait à l'hôpital une bonne image et permettrait aux médecins d'aller faire des missions en tant que bénévoles sans avoir à quitter leur poste, contrairement à ce que Cassie avait fait. La seule inquiétude était de savoir si Cassie pourrait effectuer les voyages nécessaires entre New York et le Salvador ou les autres pays.

Elle sourit à ses interlocuteurs et expliqua qu'elle s'en sentait tout à fait capable.

Une fois l'entretien terminé, elle sortit de l'hôpital et prit une grande inspiration. En un après-midi, elle avait trouvé un emploi qui lui assurerait la sécurité tout en nourrissant son goût pour l'aventure.

La seule ombre au tableau était que Bryce ne soit pas avec elle pour célébrer cette nouvelle. Elle ne remettait pas en cause le fait d'être partie. Elle demeurait convaincue que cet éloignement était nécessaire, mais cela ne rendait pas leur séparation moins douloureuse.

Va de l'avant ! Elle était partie pour que Bryce et elle puissent passer à autre chose. C'est ce qu'elle faisait depuis quelques jours.

Elle décida d'aller fêter la bonne nouvelle devant un bon café et traversa la rue. Elle entra dans son café préféré et se plaça dans la queue pour passer commande. Au bout de quelques minutes, quelqu'un lui tapota sur l'épaule et lui tendit une tasse.

— Noir, avec deux sucres, dit l'homme qui la tenait.

— Bryce ! s'écria-t-elle. Qu'est-ce que tu fais là ?

— J'ai lu ta lettre.

— Comment m'as-tu retrouvée ?

— J'ai un peu enquêté sur les réseaux sociaux. L'ami d'un ami m'a appris que tu passais un entretien au Brooklyn General Hospital. Et, vu ton goût immodéré pour le café, j'ai pensé que je risquais de te trouver ici à un moment ou à un autre.

Elle le regarda, médusée. Qu'était-il venu faire à New York ? Il n'avait certainement pas fait le voyage pour lui offrir un café.

Café qu'elle accepta volontiers, néanmoins.

Ils sortirent au soleil.

— Tout ce que tu dis dans ta lettre est juste, dit-il. J'ai enfin compris que tu ne partais pas parce que je ne comptais pas pour toi, au contraire. J'ai eu tellement peur que l'histoire se répète que je ne voyais pas l'avenir qui se déroulait devant moi.

Elle sourit.

— Si j'avais su que tu réagirais de cette manière, je t'aurais écrit une lettre, il y a cinq ans, pas un mot.

— Et moi, j'aurais dû t'appeler, quand j'ai eu l'accident.

Elle le regarda, désolée.

— Nous avons commis tous les deux des erreurs, dit-elle.

— J'aurais dû au moins te le dire quand nous nous sommes retrouvés au Salvador. Mais j'avais l'impression que tu me regardais autrement, que tu voyais en moi un autre homme que le Bryce prudent et anxieux que tu avais connu à New York. Je voulais que tu me voies comme un homme courageux, capable de prendre des initiatives parce qu'il avait du courage, pas parce qu'un accident ne lui avait pas laissé le choix.

— Oh ! Bryce ! Tu ne vois pas tout ce que tu as construit ? Pensais-tu vraiment que je serais aveugle à ce point ?

— J'espérais que tu t'apercevrais du changement mais j'avais peur que tu me compares avec l'ancienne version de moi-même.

— Je comprends. Mais j'aurais préféré que tu m'en parles. Ne serait-ce que par honnêteté.

— C'est vrai, l'honnêteté est toujours payante.

— Si je dois être honnête, à mon tour, il faut que je te dise que je suis contente que tu sois là.

— Mais j'arrive trop tard, non ? J'ai l'impression que l'entretien a bien marché. Et que tu vas reprendre le cours de ta vie new-yorkaise, ta vie d'avant.

Elle pouffa de rire.

— Ma vie d'avant ? Tu plaisantes ? Je ne suis pas venue ici pour cela.

Elle lui expliqua le projet qu'elle avait soumis au conseil d'administration du Brooklyn General Hospital en mettant l'accent sur le fait qu'il impliquait de faire un certain nombre d'allers-retours, notamment dans les pays d'Amérique centrale. Et qu'il était possible qu'ils développent des relations particulières avec l'antenne de Médecine Internationale au Salvador.

Il la regarda avec admiration.

— Avec tout cela, je me demande s'il restera de la place dans ta vie pour une personne... ordinaire.

— Je ne connais pas de personne ordinaire.

— Je parle de moi. Il se trouve que j'ai beaucoup travaillé sur moi pour accepter d'être une personne ordinaire.

— Tu n'as jamais été une personne ordinaire et tu ne le seras jamais.

— Je ne suis plus le chirurgien qui fait des miracles sur une table d'opération. J'essaie juste d'être un bon médecin. Il m'a fallu du temps pour accepter d'être moi-même et de ne plus me battre contre l'ancienne version de Bryce Hamlin.

— Cela ne fait pas de toi une personne ordinaire. C'est pour cette raison que tu as quitté New York ?

Il hocha la tête.

— Il fallait que je m'éloigne de ce milieu où tout le monde

me ramenait sans arrêt au chirurgien brillant que j'avais été. Mais que je n'étais plus. On aurait dit que le nouveau Bryce n'intéressait personne.

— Si, moi, s'entendit-elle dire.

Dès qu'elle avait vu Bryce dans le café, il avait été évident qu'elle était amoureuse de lui. Elle l'aimait et, indépendamment de ce que lui éprouvait vis-à-vis d'elle, elle devait le lui dire.

— Je suis amoureuse de toi, ajouta-t-elle dans un même élan.

Elle avait déjà passé trop de temps loin de lui.

Cinq ans, cinq mois et vingt-trois jours, lui susurra la petite voix tapie dans un coin de son cerveau. Trop de temps s'était écoulé depuis qu'elle avait laissé cet affreux petit mot sur la table de chevet.

Mais elle ne pouvait pas passer une minute de plus sans lui. Or, aussi incroyable que cela puisse paraître, Bryce était venu jusqu'à New York pour la retrouver.

— Tu es amoureuse de moi ? dit-il, les yeux humides.

— Oui.

Bryce ne lui avait toujours pas dit ce que lui ressentait. Mais peu importait, après tout. En cet instant, elle voulait simplement être honnête avec lui.

— Tu te rappelles ce que tu m'as dit, reprit-elle, sur le fait que je te regardais autrement, depuis que je suis arrivée au Salvador. C'est en partie juste. Mais ce n'est pas parce que tu pars en mission en hélicoptère, que tu vas négocier avec les gangs ou que tu te bats contre des félins tous plus dangereux les uns que les autres.

Elle marqua une pause.

— Si je te regarde enfin d'un autre œil, c'est parce que je t'aime, Bryce. J'aime ta gentillesse, j'aime ton regard quand tu déposes un nouveau-né dans les bras de sa mère. J'aime ta détermination à protéger tous ceux qui te sont chers. Ce n'est pas le chirurgien new-yorkais que j'aime, c'est le médecin engagé et l'être humain empli de compassion. Voilà le Bryce que j'aime.

— Waouh ! dit Bryce, d'un air mi-incrédule, mi-flatté. Ce type a l'air super.

— Il l'est. Et je ne suis pas la seule à l'apprécier et avoir besoin de lui. Il a des collègues qui l'attendent au Salvador, des patientes qui ont besoin de ses compétences, et un petit garçon de dix ans qui trépigne certainement d'impatience à l'idée qu'il revienne, afin de pouvoir le mitrailler de questions.

— Ce Bryce a vraiment de la chance : un travail génial, des amis et des collègues attentionnés, une femme qui l'aime.

Il l'attira à lui.

— Et qu'il aime en retour, lui murmura-t-il au creux de l'oreille.

Il se pencha et l'embrassa.

Ils s'éloignèrent du café. Elle glissa son bras sous le sien, comme pour s'assurer qu'elle n'était pas en train de rêver et que Bryce était bien là, sur ce trottoir en plein cœur de New York.

Puis elle eut une idée. Elle ignorait comment il réagirait, mais peu importait. Elle l'arrêta et se posta face à lui. Cinq ans auparavant, Bryce avait projeté de demander sa main mais elle ne lui en avait même pas laissé l'occasion. Aujourd'hui, il fallait qu'il sache qu'elle était prête à s'engager sérieusement avec lui.

Elle lui prit la main, le cœur battant à tout rompre.

Et si ce n'était pas le bon moment ? Et s'il dit non ? Je comprends maintenant à quel point c'est difficile pour un homme de demander la main d'une femme qu'il aime !

Mais ce n'était pas le moment de flancher.

— J'ai quelque chose à te demander, dit-elle.

Elle sentit sa main trembler légèrement.

— Cassie...

— Laisse-moi terminer. Il y a cinq ans, tu as souhaité t'engager. Maintenant, c'est à moi de le faire...

— Cassie...

— Je n'ai pas d'alliance mais on peut quand même...

— Cassie ! Regarde ta main.

Elle regarda sa main et reconnut l'anneau de l'interrupteur d'allumage de la moto qu'ils avaient laissée à Juayua. Elle eut l'impression que son cerveau fonctionnait au ralenti. Elle regarda Bryce puis de nouveau l'anneau.

— Depuis quand est-ce qu'il est là ? Je ne me suis aperçue de rien.

— C'est plutôt bon signe, dit-il en souriant. Cela signifie qu'il te va bien.

Il la prit dans ses bras et la serra contre lui.

— Moi aussi, je veux être honnête avec toi, dit-il en plantant son regard dans le sien. Je t'aime, Cassie. J'aime beaucoup de choses chez toi, notamment ton côté aventurier, cette partie de toi qui me pousse à dépasser mes limites. Je ne sais toujours pas comment j'ai fait pour ne pas te voir pendant cinq ans et je ne veux pas passer une minute de plus sans toi. Maintenant que je t'ai retrouvée, je ne te laisserai plus partir.

Il l'embrassa tendrement.

Quand elle se détacha de lui, elle avait les yeux baignés de larmes.

— Ce sont des larmes de joie, j'espère, lui dit-il.

— Tu sais bien que oui.

— Je ne veux pas paraître présomptueux mais, vu ce que tu t'apprêtais à me demander, je suppose que la réponse est oui ?

— Ta supposition est fondée.

Un immense sourire illumina son visage.

— J'ai gardé cet anneau comme porte-bonheur. Mais je rêve de t'offrir une vraie belle bague. Nous irons l'acheter demain.

— Celle-là me plaît. Et, de toute façon, nous n'avons pas le temps de faire des emplettes.

— Tu as raison. Si nous nous marions, nous devons savoir où et quand. Que penses-tu de la mairie de New York ? Veux-tu te marier avant de repartir au Salvador ?

— C'est parfait. Je pense que nous n'avons plus une minute à perdre.

— Tu ne veux pas d'un mariage en grande pompe ?

— Non, je préfère un mariage rapide. Avec cette bague. Elle

est parfaite. Elle raconte notre histoire. À moins que tu veuilles la garder comme porte-bonheur ?

— Elle m'a porté toute la chance dont j'avais besoin.

Ils s'embrassèrent de nouveau.

— Comment as-tu su que je dirai oui ? demanda-t-elle.

— Je ne le savais pas. J'étais conscient de prendre un grand risque mais je ne pouvais pas laisser filer cette occasion, après en avoir manqué tant d'autres. Je me suis souvenu de tes mots, quand tu parlais de vivre plutôt que de survivre. J'ai eu envie de glisser l'anneau à ton doigt et de voir ce qui se passerait. Quelle que soit ta réaction.

— Tu as bien fait, en effet, dit-elle avant de poser de nouveau les lèvres sur les siennes.

— J'ai compris que le courage n'avait rien à voir avec le danger qu'on affronte, mais plutôt avec ce que l'on a dans le cœur.

Elle pensa à son propre cœur, tant de fois endommagé et tant de fois réparé. Elle était née avec un cœur malade mais elle avait guéri. Depuis, elle savait qu'aimer ne consistait pas à protéger son cœur pour lui éviter de se briser. Aimer, c'était ne pas douter que, même brisé, il pouvait guérir.

EMILY FORBES

La princesse et le chirurgien

Traduction française de
CHARLINE McGREGOR

BLANCHE

HARLEQUIN

Titre original :
THE ARMY DOC'S SECRET PRINCESS

Ce roman a déjà été publié en 2021.

Prologue

Deux ans plus tôt

Le casque de Campbell avait beau estomper la majeure partie du bruit du moteur, il entendait néanmoins le léger battement cadencé des pales de l'hélicoptère et sentait les vibrations qui lui traversaient le corps. Après presque six mois, il aurait cru qu'il se serait habitué à cet assaut sur ses sens – l'odeur des échappements et de la poussière, le bruit incessant, les tressautements et les secousses constants – et pourtant, non. Il était toujours sous tension quand il était en vol, même en sachant que c'était l'un des meilleurs pilotes de l'armée australienne qui tenait le manche. Malgré tout, il lui tardait toujours de retrouver la terre ferme.

Les yeux baissés, il se concentrait sur son patient et, bien que le sachant lourdement sédaté, continuait à lui parler. Il lui fit un bilan de la situation… en se cantonnant aux aspects positifs, cependant. Sa perfusion était bien en place ; ses constantes, stabilisées… Il évita en revanche d'entrer dans les détails de ses blessures. Le soldat était gravement touché et n'avait pas besoin qu'on le lui rappelle, mais il survivrait. À ce stade, c'était la seule information importante. Cependant, on allait le renvoyer à la maison un moment. En Australie, où il aurait la possibilité de se remettre physiquement, sinon mentalement.

Cam savait que les soldats gardaient toujours en tête les

souvenirs de leurs expériences sur le terrain d'une guerre à l'autre bout du monde. Certains vivaient le cauchemar mieux que d'autres. Lui aussi, il en garderait des cicatrices. Mentales, pas physiques. Et ce n'était pas ce qu'il avait imaginé.

Gemma l'avait bien mis en garde, mais comment avertir quelqu'un qui avait grandi au fin fond de l'Australie rurale ? Sur une terre de poussière accablée par la chaleur. Déserte, certes, mais c'était une tout autre forme de danger. Hormis les serpents et le risque de tomber de moto ou de cheval, Cam n'avait pas eu grand-chose à craindre. Alors que là, chaque jour était une bataille. Avec toujours le risque de prendre une balle, d'être tué ou blessé par le feu ennemi, voire par un civil en mission suicide. Ici, la vie était un stress permanent.

De par son métier de spécialiste médical dans l'armée australienne, il était responsable de vies dans un pays où la vie n'avait guère de prix. Ici, elle était considérée comme jetable, ce qui allait à l'encontre de tout ce en quoi il croyait et rendait son travail compliqué, parfois impossible. Il avait accès à du matériel de premier ordre, mais souvent il devait intervenir au milieu du désert et s'efforcer de faire au mieux tandis que la guerre faisait rage autour de lui. Et cela, il ne l'avait réalisé qu'en le voyant de ses propres yeux. Tant qu'il n'avait pas eu vécu ces expériences que Gemma lui avait racontées, il ne s'était pas rendu compte.

Il leva les yeux vers le cockpit, où elle était assise sur le siège du pilote. Comme si elle avait senti son regard, sa fiancée se tourna et lui sourit.

Cam avait hâte de rentrer à la base, de dîner avec Gemma, même si c'était juste sous la tente du mess. Pendant un moment, il pourrait faire comme s'ils étaient un couple normal, envisageant leur avenir ensemble et de fonder une famille. Cette perspective, il en avait besoin. C'était ce qui le faisait avancer les jours difficiles. Gemma, c'était le soleil de sa vie. Il adorait son travail, mais il devait admettre qu'il avait préféré l'exercer dans l'environnement stérile d'un cabinet médical en

Australie. La poussière ne le dérangeait pas, lui qui avait des racines campagnardes, mais pratiquer la médecine dans ces conditions constituait un défi souvent désagréable et jamais, jamais plaisant.

Seulement, nul ne s'intéressait à son avis, et s'il avait envie d'être auprès de Gemma, eh bien, il fallait en passer par là.

Il se demandait quand il pourrait avoir la conversation qui le taraudait avec elle. Celle ayant pour but de la convaincre de quitter l'armée pour rentrer en Australie. Elle adorait son poste, mais pourquoi ne pas envisager de travailler pour une entreprise privée et continuer à piloter dans le civil ?

Il lui envoya un baiser, pile au moment où une lumière vive éclata dans son champ de vision. L'hélicoptère plongea, et Gemma tourna vivement la tête. Même malgré le casque, Cam entendit le son de métal déchiré. L'hélicoptère frémit, il vit Gemma et son copilote se battre pour en garder le contrôle tandis que le gros oiseau se mettait à tournoyer.

Ils étaient touchés. Une seconde explosion retentit, si intense que Cam dut fermer les yeux. Il sentit l'hélicoptère tourbillonner. Rouvrant les yeux, il vit le sol qui se précipitait vers eux. Puis une fumée noire emplit la cabine. Il ne voyait plus Gemma. Il ne voyait plus rien.

Il perdit la notion du temps et de l'espace.

Il se jeta sur son patient alors que l'appareil tombait en piqué. Un geste ridicule, sans doute, car il ne parviendrait ni à le sauver ni même à le protéger.

Il n'y avait rien à faire.

Cam cilla, ouvrit les paupières. Sa tête cognait, et il dut refermer les yeux pour combattre un accès de nausée. Ses oreilles sifflaient, et il avait un goût métallique dans la bouche. Du sang. Il se passa la langue sur les lèvres. Elles étaient entaillées et enflées, humides de sang. Il était étourdi, désorienté même, mais comprit qu'il ne s'était pas évanoui longtemps et regarda autour de lui dans la cabine.

Une fumée âcre emplissait l'air, qui lui piquait les yeux et obscurcissait sa vue. Quand il inspira par le nez, une vive douleur lui transperça le côté gauche de la poitrine et lui arracha un hoquet. Sa respiration était courte, laborieuse.

Il leva un bras et appuya délicatement sous son aisselle. Ses côtes protestèrent douloureusement, alors qu'il enregistrait machinalement que son bras gauche fonctionnait. Bonne nouvelle. Manifestement, il avait des côtes cassées, mais a priori pas de dégât majeur au niveau du haut de la colonne vertébrale au moins. Il avait mal aussi à la hanche droite, mais savait que, parfois, la douleur était une bonne chose, car elle signifiait que ses terminaisons nerveuses étaient intactes.

Derrière l'odeur de fumée, il en perçut une autre qui attira son attention. L'essence. Il fallait sortir de l'hélicoptère.

Combien de temps avant qu'il explose ?

Qui avait tiré ce missile sur eux ? Et où étaient ces gens ? N'avaient-ils pas vu la croix rouge distinctive qui désignait les transports médicaux ? Ou alors s'en fichaient-ils ?

À mesure que la fumée se dispersait, il vit que le brancard où reposait son patient avait basculé sur le flanc. Plié. Il regarda à l'avant de la cabine. Un trou béant à la place de Gemma.

— Gemma ! hurla-t-il, déclenchant une nouvelle vrille de douleur dans sa poitrine.

Sa voix était rauque, sa langue épaisse et sa lèvre enflée déformaient ses mots.

— Gemma ! cria-t-il une nouvelle fois.

Il devait bouger, tout en sachant qu'il allait avoir mal. Une main pressée contre les côtes, il s'efforça de les immobiliser tandis qu'il se tenait à la paroi de l'hélicoptère de sa main libre, le coude au maximum collé au flanc. La douleur lui brouillait la vue. Des petits points noirs se mirent soudain à danser devant ses yeux, et il cilla, avant de se hisser sur ses pieds. Il parvint à se mettre presque debout, mais au moment où il appuya son poids sur son pied droit, une autre douleur intense lui déchira le bassin.

Sa jambe droite, qui refusait de supporter son poids, céda, et il s'effondra, le nom de Gemma encore sur les lèvres.

Puis tout redevint noir.

1

Aujourd'hui.

Sa jambe le faisait souffrir, et Campbell dut combattre le besoin de se mettre debout. La réunion avait été longue, et il devenait nerveux. Rester assis trop longtemps n'avait jamais été son fort et, maintenant, c'était quasi impossible. Il avait besoin de se lever, de s'étirer : les périodes statiques en position assise ne lui valaient rien. Ni pour le corps ni pour l'esprit d'ailleurs. Il avait besoin de mouvement, d'action. De s'occuper la tête. Pour éviter de trop penser.

Il étira la jambe sous la table du conseil d'administration dans une tentative pour apaiser sa crampe à la hanche. Il avait besoin de plonger dans la piscine et de nager quelques longueurs. Il aurait préféré l'océan, mais savait d'expérience que l'eau tiède de la piscine lui réussirait mieux, car elle calmerait ses muscles endoloris. L'explosion de l'hélicoptère remontait à deux ans et, au moins, il n'avait plus besoin de bains de glace.

Vingt-quatre mois, et il s'ajustait encore à sa nouvelle vie. Une vie d'homme solitaire.

— D'autres questions ?

Il ramena son attention sur la réunion tandis que Douglas concluait et pria pour que personne n'ait d'autre sujet à aborder. Il balaya des yeux la table autour de laquelle dix autres hommes et femmes étaient assis : apparemment, personne ne souhaitait s'attarder plus longtemps. Et tant mieux.

Il se leva à l'instant où Douglas mit un terme à la réunion et s'étira, sachant que s'il ne soulageait pas ainsi la raideur de son dos et de sa jambe, son boitement serait encore plus prononcé. Or, il préférait ne pas attirer l'attention sur lui. Il était habitué à ce qu'on le remarque, mais ne voulait pas que ce soit pour de mauvaises raisons.

— Tout va bien ? demanda Doug.

C'était l'un de ses plus proches amis, et il lui avait été d'un grand soutien durant sa période de guérison et de rééducation. C'étaient ses amis et sa famille qui l'avaient aidé à surmonter l'année passée. Il leur était redevable, d'autant qu'il n'avait pas toujours été facile, il s'en rendait bien compte. Seul survivant de l'accident qui avait pris la vie de cinq personnes, dont sa fiancée, il avait ressenti une immense colère. Avec le temps, il avait réussi à s'en débarrasser, mais c'était la culpabilité qu'il ne parvenait pas à effacer. Certes, l'accident n'était pas sa faute, mais le fait qu'il n'ait pu sauver personne, surtout Gemma, était dur à vivre, et il continuait à avoir du mal à sourire.

Le travail, aussi, l'avait sauvé. À force, il s'était rendu compte que tant qu'il écoutait les problèmes des autres, il ne pensait plus aux siens. S'occuper, donc, c'était la clé. Alors, il avait entrepris toutes sortes de tâches au cours des douze mois écoulés, depuis qu'il avait repris son poste en tant que médecin de l'armée.

— Oui, ça va, répondit-il. Trop de réunions, c'est tout. Quand j'ai accepté d'être médecin de liaison au comité, je ne m'attendais pas à passer autant de temps en discussions interminables.

La douleur le rendait grognon, il en était conscient. Il devrait prendre des antidouleurs, mais ceux-ci l'auraient empêché de garder la tête claire.

— On a presque fini, dit Doug. Et puis, les Jeux commencent la semaine prochaine.

Le compte à rebours était lancé pour les jeux de la Légion, où des centaines de vétérans blessés venus de vingt pays se retrouveraient à Sydney pour prendre part à des dizaines de compétitions sur dix jours. Ces Jeux étaient nés de l'idée du prince Alfred, capitaine de l'armée lui-même, et le comité des Jeux était responsable de l'événement, mais, leur pays étant l'hôte, les forces de défense australiennes étaient très impliquées. C'était un énorme événement, et la logistique de l'organisation revenait à l'Australie cette année, d'où l'enrôlement de Cam.

— Tes souffrances seront bientôt terminées, ajouta Doug avec un sourire.

Cela, Cam en doutait. Certes, le nombre des réunions diminuerait, mais sa vie actuelle était encore tellement éloignée de ce qu'il avait espéré qu'il lui arrivait de penser que jamais ses souffrances ne prendraient fin.

L'épuisement, voilà la seule façon qu'il avait trouvée pour se garantir une nuit de sommeil correcte. Quelques heures au cours desquelles il pouvait oublier les horreurs de tout ce qu'il avait enduré au Moyen-Orient.

— Qu'est-ce que tu as de prévu pour ce soir ? demanda Doug.

— Je vais aller à la piscine.

— Tu ne revois pas cette fille de l'autre soir ? Comment s'appelait-elle, déjà ?

— Caroline. Non.

Il avait été à quelques rendez-vous, récemment, si l'on pouvait les appeler ainsi. Des rendez-vous organisés par ses amis des forces armées, avec des filles heureuses de passer une soirée dehors. Mais pas une seule fois il n'avait eu envie d'aller au-delà du premier soir. Et pas une fois il n'y avait eu plus qu'un vague baiser échangé. Cam était marqué, physiquement et émotionnellement. Il ne se sentait pas prêt à s'abandonner avec une autre femme, pas prêt à discuter, pas intéressé par une relation, en somme.

Pourtant, il ne manquait pas d'attirer l'attention des femmes. Il savait qu'elles le trouvaient séduisant, et si l'accident lui avait brisé le fémur et le bassin, son visage était resté intact.

À l'exception d'une petite cicatrice qui courait le long de sa lèvre inférieure.

Pourtant, son cœur restait endurci. Il n'avait aucune envie d'apprendre à connaître une femme. Pas envie de répondre à des questions le concernant. Pas envie de s'ouvrir, de partager ses pensées et ses sentiments.

Il n'était pas d'accord avec les psychologues. Selon lui, parler de ce qui s'était passé ne faisait qu'aggraver la douleur. Que renforcer le souvenir. Il n'avait pas besoin de cela.

— Avant que tu t'en ailles, je peux te parler au sujet du planning de demain ? demanda Doug.

— Ne me dis pas qu'il y a encore des réunions. Je consulte demain, et j'ai déjà une journée bien remplie.

— Je sais que tu es au centre demain, c'est pour ça que je voudrais te demander un service. Le *community manager* du prince est arrivé en avance à Sydney et a demandé qu'on lui fasse visiter le complexe.

— Quelle partie du complexe ?

— L'ensemble. Mais je pensais qu'on pourrait commencer par les vieux baraquements.

L'une des bases de l'armée du centre-ville avait été reconvertie en centre de rééducation. Les unités actives avaient été réorganisées dans un bâtiment neuf en banlieue de Sydney, et l'ancienne base avait été rénovée et accueillait désormais un centre médical : médecins, kinésithérapeutes, psychologues, physiothérapeutes, avec une salle de sport spécialisée et une piscine pour les blessés et les soldats revenus du terrain. Sans parler des installations extérieures. La base ainsi rénovée allait d'ailleurs servir de lieu de réception de la majeure partie des événements des jeux de la Légion.

— En gros, tu veux que je baby-sitte le… Comment tu as dit déjà ? Le « *community* manager » du prince ? demanda Cam.

Doug opina du chef.

— Cam, si tu acceptes, je te promets que je ne te traînerai plus dans aucune réunion jusqu'à la fin de la semaine.

Voilà qui pesait dans la balance. Même jouer le guide touristique pour un étranger valait mieux qu'une journée de réunions.

— D'accord, dit-il en passant les doigts dans ses épais cheveux bruns.

— Super ! Je t'envoie les détails, répliqua Doug en tapotant sur son téléphone. Tu peux aller la chercher à son hôtel à 9 heures précises demain matin ?

— *La* chercher ?

Le prince Alfred étant militaire, Cam avait supposé, à tort manifestement, que son *community manager* était un homme.

— Oui, dit Doug avec un large sourire. Essaye de réviser le b.a.-ba du charme. Sois gentil.

Ayant reçu le message de Doug, Cam nota le nom et l'adresse de l'hôtel. Apparemment, Viktoria von Grasburg ne se refusait rien : elle descendait dans l'un des hôtels cinq étoiles de Sydney, avec vue sur le port.

Viktoria se réveilla bien avant le lever du soleil, son corps n'étant pas encore habitué à ce nouveau fuseau horaire. Elle roula sur le lit et saisit son téléphone, certaine de ne pas se rendormir. Il lui restait plein de temps à tuer, alors elle ouvrit sa boîte mail et fut soulagée de ne rien y trouver d'important.

Par habitude, elle tapa son nom dans la barre du moteur de recherche, et le regretta aussitôt. Car à côté de son nom apparut celui de Luca Romano, le beau capitaine de l'équipe nationale de polo italienne, son ex-fiancé. Hélas ! ce nom apparaîtrait toujours lié au sien : en tant que princesse, elle était un sujet de choix pour les médias européens. Rien n'était plus intéressant dans le monde de l'infospectacle que la vie tumultueuse d'un membre de la famille royale.

Elle avait cru que Luca était l'homme de sa vie : fort et beau, avec assez d'assurance pour affronter les attentes du public et du palais. Mais il s'était très vite révélé sous son vrai jour, à savoir une personne plus intéressée par la gloire et la fortune que par une relation monogame. Or, la fidélité et la confiance étaient deux choses à propos desquelles Viktoria n'acceptait pas de compromis.

Luca l'avait trompée et s'était assuré qu'elle le découvre, arguant qu'il préférait lui éviter la honte d'être plaquée en faisant en sorte qu'elle ne puisse lui pardonner. Bref, il voulait qu'elle rompe leurs fiançailles, ce qui n'avait pas rendu la chose moins pénible pour elle. On lui avait appris à toujours garder la tête haute en public, mais cela n'avait pas diminué le chagrin qu'elle avait éprouvé.

Trois mois plus tard, Luca était désormais libre de vivre comme bon lui semblait et, au vu de la femme qu'il arborait à son bras, il en profitait bien. Viktoria savait qu'elle était mieux sans lui, mais en même temps elle regrettait de ne pas jouir de la même liberté.

Avec un soupir, elle reposa l'appareil et jeta les jambes hors du lit. Elle était en Australie pour faire une pause dans ses devoirs royaux, se faire un peu oublier des tabloïds qui la suivaient constamment, et elle était déterminée à profiter de son anonymat et de la liberté afférente.

Sitôt rentrée à Berggrun, c'en serait fini de cette parenthèse. Elle l'acceptait, c'était la promesse qu'elle avait faite à ses parents. Les princes et les princesses de Berggrun devaient se marier à l'âge de trente ans – et s'appliquer à engendrer des héritiers pour le trône. C'était la tradition et la seule manière pour que ne disparaisse pas la minuscule principauté. Or, la date limite approchait dangereusement pour Viktoria qui aurait trente ans l'an prochain. Et si elle ne se mariait pas, grâce à une loi qu'avait fait passer son père, elle devrait néanmoins être fiancée. Elle savait d'ailleurs que ses parents avaient une liste de candidats potentiels. Bref, ces deux semaines à venir étaient la dernière occasion pour elle d'être libre.

Les rideaux ouverts, elle alla se planter devant l'immense baie vitrée du penthouse qu'était sa suite, bien décidée à ne pas laisser les perspectives d'avenir lui gâcher ce qui s'annonçait comme une journée superbe. Le soleil s'était levé, et l'immensité du ciel était bleu vif, seulement parsemée de quelques volutes de nuages blancs. L'eau du port de Sydney scintillait, et le Harbour Bridge semblait tout proche.

Ici, elle n'était pas la princesse de la dynastie von Grasburg, elle n'avait pas à se soucier d'un futur fiancé, c'était l'occasion d'être autre chose qu'une princesse.

En allant sous la douche, elle repensa à la conversation qu'elle avait eue avec son cousin Freddie, huit semaines plus tôt, quand elle était allée à Londres pour assister à la fête donnée pour ses trente ans. S'ils avaient toujours été proches, en cette occasion elle avait senti le fossé qui s'était creusé entre eux. Freddie et ses frères et sœurs avaient grandi en Angleterre, et Viktoria leur avait toujours envié leur protocole moins strict. Freddie devait certes s'engager dans des objectifs respectables – il avait servi dans l'armée britannique et fondé une œuvre de charité qui le passionnait -mais, par exemple, il n'avait aucune obligation de se marier à trente ans, et Viktoria lui enviait cette liberté.

La voyant triste et inquiète de devoir choisir parmi les prétendants désignés par ses parents, Freddie – que les gens connaissaient sous le nom de prince Alfred – lui avait proposé de s'octroyer quelques jours de détente en l'accompagnant à Sydney. Il avait été capitaine dans les forces armées et était le fondateur des jeux de la Légion, sur le point de se dérouler pour la troisième fois, à Sydney. Un événement destiné à financer la guérison et la rééducation des hommes et des femmes blessés en mission, et ce par le biais du sport. C'était le bébé de Freddie, et cela le passionnait. Viktoria était admirative qu'il ait pu créer ce qui resterait comme un héritage durable. Son travail à elle était important pour la petite principauté de Berggrun, mais, honnêtement, on ne pouvait pas dire qu'elle œuvrait à changer le monde.

Elle était passionnée par les chevaux, mais comment pourrait-elle faire de ce goût personnel quelque chose qu'elle puisse partager avec le monde entier ? Mais si on lui laissait donner libre cours à son imagination, elle aimerait bien y réfléchir.

— On doit pouvoir trouver le moyen de mettre à profit ton diplôme de relations publiques et de marketing, avait alors suggéré Freddie. Tu pourrais par exemple t'occuper des réseaux sociaux pour les Jeux et assurer la liaison avec la presse, comme un exercice de marketing, en somme. Tu vendrais les Jeux au public, et on utiliserait ça comme une opportunité pour faire la publicité du sport et de ses aspects bénéfiques sur la santé physique et mentale. Qu'en penses-tu ?

— J'aimerais rester dans l'anonymat. Ne pas faire partie de l'entourage de la famille royale, tu vois ?

— Tu pourrais être une simple employée. Personne n'a besoin de savoir que tu es ma cousine. Crois-moi, la plupart des Australiens n'en ont que faire des familles royales. Je le sais, j'y ai passé une année en pension quand j'avais quinze ans. Tout ce qui les intéressait, c'étaient mes talents sportifs au cricket et au rugby, et pas de savoir si je vivais dans un palais. Ils s'en fichent.

— Mais ils te connaissent.

— Parce qu'ils font toujours partie du Commonwealth, ils ont donc un lien direct avec moi via la Couronne, mais je doute qu'ils soient nombreux à avoir entendu parler de la principauté de Berggrun. Ou de toi…

Viktoria avait ri pour la première fois ce jour-là.

— Toi alors, tu sais parler aux filles, Freddie.

Cependant, elle n'avait pas eu à réfléchir bien longtemps avant d'accepter la proposition de son cousin. De toute façon, elle n'avait pas grand-chose de mieux à faire. Ses parents et ses frères pouvaient assurer les engagements royaux pendant deux semaines. Distribuer des trophées, ce n'était pas bien compliqué.

Voilà comment elle se retrouvait à l'autre bout du monde et, songea-t-elle en arrêtant l'eau de la douche, sur le point d'entamer sa première journée de « travail ». Sans rien à voir avec ses obligations ou sa qualité de princesse. Pas de rubans à couper, de mains à serrer ou de discours à faire. Elle travaillait pour le compte de son cousin, le prince, mais personne en Australie ne savait qui elle était. Pour les organisateurs des jeux de la Légion, elle était juste responsable des réseaux sociaux du prince.

Elle s'enveloppa dans un peignoir moelleux et sortit de la salle de bains. Son assistante l'attendait. Le père de Viktoria avait donné son accord pour ce voyage à condition qu'elle soit escortée. Brigitta étant disponible et volontaire, elle servait donc à organiser son emploi du temps, sa garde-robe, sa coiffure et son maquillage. Elles se connaissaient depuis l'enfance – la mère de Brigitta travaillait au palais aussi –, et Viktoria devait admettre qu'elle était contente d'avoir de la compagnie. Si ravie qu'elle soit de s'échapper du palais, elle n'était pas habituée à se retrouver seule.

— Tu peux me faire un briefing du planning de la journée ? demanda-t-elle en découvrant la tenue que Brigitta avait choisie et posée sur le lit pour elle.

Viktoria connaissait le planning, mais elle savait aussi que ce genre de choses était sujet à modifications de dernière minute et ne souhaitait pas être prise de court. Il était important qu'elle donne une bonne première impression.

— L'un des organisateurs des Jeux vient te prendre ici à 9 heures pour t'escorter sur les lieux. Si j'ai bien compris, la plupart des épreuves se tiendront dans un lieu principal que tu visiteras en premier.

Viktoria prévoyait de prendre des photos au cours de la journée afin d'illustrer des messages destinés à inspirer et à motiver les compétiteurs, et aussi à attirer l'attention du public. En regardant sa tenue – une robe évasée à larges bretelles boutonnée devant et des sandales à talons compensés –, elle songea à l'ironie de la situation. Elle qui rêvait de jouir de la liberté de ses mouvements et de ses décisions n'en était pas moins ravie que Brigitta lui choisisse ses tenues.

— Tu penses que je pourrais porter quelque chose d'un peu

plus décontracté ? demanda-t-elle. D'après ce que j'imagine, je risque de marcher pas mal. Des chaussures plates, peut-être ?

Elle devina aux sourcils haussés de Brigitta qu'elle venait de la surprendre. La mère de Viktoria n'aurait jamais approuvé des chaussures plates, mais elle n'allait pas laisser sa mère lui dicter ses choix vestimentaires à l'autre bout du monde.

— Qu'est-ce que tu as en tête ?

— Je ne sais pas trop, mais je vais passer la journée avec des gens en uniforme, je ne voudrais pas avoir l'air trop habillée. Pourquoi pas les baskets que je portais hier ?

Elles avaient passé la journée de la veille à se promener dans les sites historiques proches de l'hôtel avant d'arpenter le parc naturel de Darling Harbour, accompagnées par Hendrik, membre de l'équipe de sécurité de sa famille qui faisait aussi office de chauffeur. C'était le père de Viktoria qui avait insisté pour l'envoyer avec elle. Alors elle avait demandé à ses chaperons de se comporter comme s'ils étaient trois amis en goguette, et pas une princesse, son agent de sécurité et son assistante personnelle. Bon, a priori personne ne l'avait reconnue. Freddie avait peut-être raison.

Brigitta disparut dans le dressing de la suite et en ressortit avec un jean blanc, des baskets en cuir blanches, un blazer bleu marine et une sélection de petits hauts d'été.

— Quelque chose comme ça ?

— Parfait !

Une fois habillée, elle s'assit pour laisser Brigitta s'occuper de sa coiffure.

— Et toi, qu'est-ce que tu vas faire aujourd'hui ? demanda-t-elle à son assistante qui coiffait ses cheveux blond clair en une tresse lâche qui lui retombait sur l'épaule.

— Je vais aller faire du shopping, si tu tiens à t'habiller plus décontracté. Une paire de chaussures plates ne te suffira pas pour deux semaines, commenta-t-elle avec un sourire.

Elle entreprit d'appliquer à Viktoria une légère touche de fond de teint, du mascara sur ses cils, rehaussa ses pommettes avec du blush et un trait d'eye-liner pour souligner ses yeux bleus. Au moment où elle lui appliquait une légère touche de gloss, le téléphone sonna.

Brigitta alla répondre et revint en annonçant :

— Il y a un Dr Campbell Hamilton en bas, venu pour t'escorter. Je vais envoyer un message à Hendrik pour lui dire que tu es prête.

Elle tendit un petit sac à main à Viktoria.

— J'y ai mis ton portable, une carte de crédit, un kit de maquillage et tes lunettes de soleil. Ton planning est dans ton téléphone.

Viktoria prit une profonde inspiration pour calmer sa nervosité. C'était parti. Elle allait au travail comme une personne normale.

Elle prit l'ascenseur, descendit dans le hall, à la réception, où on lui indiquerait qui l'attendait. En sortant de la cabine, cependant, son regard fut attiré par un homme en uniforme de l'armée.

— Mademoiselle von Grasburg ?

2

— Je vous en prie, appelez-moi Viktoria, dit-elle en lui tendant sa main à serrer.

— Campbell Hamilton.

Il était grand, plus d'un mètre quatre-vingt-cinq, avec une épaisse chevelure brune, un peu plus longue que ce qu'elle aurait jugé correspondre aux standards de l'armée. Il était mince mais musclé, avait de grands yeux bleu-gris et une fossette au menton. Il était rasé de près, et sous sa lèvre inférieure elle aperçut une petite cicatrice. Bref, cet homme était beau. Très beau.

Sa poignée de main était ferme, sa peau fraîche, et elle ne s'attendait pas à la chaleur qui se propagea dans sa main puis son bras. Elle parvint cependant à conserver son expression neutre, malgré sa peau qui la picotait et s'enflammait à son contact.

— Si j'ai bien compris, vous souhaitez visiter le lieu de tenue des Jeux ? demanda-t-il sans autre forme de politesse en lui relâchant la main.

Viktoria opina, bizarrement privée de mots. Ce Campbell Hamilton, avec son air sévère et sombre, la rendait étrangement nerveuse.

Puis une pensée inexplicable la frappa : cet homme était la raison de sa présence ici. C'était lui qu'elle était venue chercher. La certitude puissante qu'il allait jouer un rôle important dans sa vie l'envahit. À moins qu'elle ne soit juste submergée par la perspective de la journée de liberté qui l'attendait.

— Mon véhicule est devant l'hôtel, annonça-t-il.

Puis, sans attendre, il pivota et se dirigea vers la sortie. Des manières abruptes qui déstabilisèrent Viktoria… Si elle avait l'impression d'un lien qui allait se tisser entre cet homme et elle, lui ne semblait pas partager ses pensées. Au contraire, on aurait pu croire qu'elle l'avait agacé, d'une manière ou d'une autre. Comme s'il avait envie d'être n'importe où sauf là. Refusant néanmoins de se laisser abattre, elle le suivit et le trouva planté près d'un SUV, dont il lui tenait la porte ouverte. Elle hésita.

— Un problème ? demanda-t-il, la voyant immobile.

Viktoria tourna la tête et vit Hendrik se garer contre le trottoir.

— J'avais prévu que Hendrik nous conduise.

— Qui ?

Elle désigna l'autre SUV, noir et luxueux, maintenant arrêté derrière celui de Campbell.

— Hendrik. Mon chauffeur.

— Vous avez un chauffeur ?

— Oui

— Personne ne m'en a averti. Ma voiture est là, je vais conduire.

Alors Viktoria prit une décision impulsive. Pas question de l'irriter encore, et puis elle voulait vivre comme une personne normale, non ? Elle allait le laisser conduire. Cela ne devrait pas poser de problème de sécurité. Après tout, il était employé par le gouvernement.

— Vous avez vos papiers d'identité ?

— Mes papiers d'identité ? répéta-t-il, les sourcils froncés.

— Oui. Si vous pouviez les montrer à Hendrik pour qu'il vérifie votre identité, je lui accorderai sa journée et vous laisserai me conduire.

Hendrik ne serait pas ravi, mais elle réglerait cela plus tard.

— Vous me « laisserez » vous conduire ?

Le ton était glacial, mais Viktoria hocha la tête – en regrettant qu'ils ne puissent recommencer cette conversation depuis le début. Ils n'étaient apparemment pas partis du meilleur pied.

Cam ravala un soupir de frustration. Tout compte fait, il aurait dû prendre les réunions, car la journée promettait d'être un cauchemar. Il se fichait pas mal qu'elle l'accompagne ou pas, mais il s'était mis en quatre pour venir la chercher ce matin, et n'appréciait pas de découvrir maintenant que ça avait été inutile. Il aurait aisément pu la retrouver directement sur place. Enfin, il devait rester poli. Après tout cette femme travaillait pour le prince, mais il sentait qu'elle allait être du genre exigeant.

Et soudain, elle lui sourit.

La photo qu'on leur avait envoyée pour établir le passe qui lui autoriserait l'entrée sur le site ne lui rendait pas justice. Elle y était certes attirante, mais en l'occurrence elle n'était pas juste jolie. Elle était absolument sublime.

Son sourire fit à Cam l'effet d'un soleil qui filtrerait à travers les nuages qui entouraient son âme depuis deux ans. Pour la première fois depuis tous ces mois, il avait l'impression d'y voir clairement… Et ce qu'il voyait lui coupait le souffle.

Elle avait de longs cheveux blonds tressés en une natte sur l'épaule et une peau parfaite. Ses jambes étaient longues et minces, joliment moulées dans un jean blanc. Environ un mètre soixante-quinze, elle était svelte mais athlétique, apparemment pleine de santé et d'énergie. Ses yeux bleus brillaient, et il s'y perdit une seconde en y plongeant. Bref, c'était la première femme qu'il remarquait vraiment depuis longtemps, et pour une fois Gemma n'était pas dans ses pensées.

Puis, la culpabilité revint.

Gemma, c'était son fardeau, sa responsabilité. Cette femme, Viktoria, était superbe, mais leur relation était purement professionnelle. Peu importait à quoi elle ressemblait. N'empêche, elle souriait toujours quand il lui tendit sa carte d'identité de l'armée.

Il attendit qu'elle la regarde, aille la montrer à son chauffeur, puis la rangea dans sa poche quand elle la lui rendit, résistant à l'envie de claquer fort la portière côté passager lorsqu'elle fut enfin installée dans sa voiture. Malgré la frustration, il lui restait les bonnes manières instillées non seulement par l'armée, mais aussi par l'éducation de ses parents. Et puis, Doug lui avait demandé de se montrer aimable.

Après tout, ce n'était pas sa faute à elle s'il était grincheux et irritable. Cela dit, il fut quelque peu radouci quand ses efforts furent récompensés par un autre sourire.

— Merci.

Sa voix aussi était plaisante. Profonde, pour une voix de femme. Son anglais, qu'elle parlait avec un léger accent, était parsemé de mots en français. Il résista à la tentation de la questionner à ce sujet, en se convainquant qu'il n'avait pas besoin de savoir des choses personnelles sur elle. Qu'il s'en fichait. Qu'il était juste surpris. Travaillant pour le prince, il se serait attendu qu'elle soit anglaise.

Non, il en resterait à une conversation banale et des généralités.

— Si j'ai bien compris, vous souhaitez visiter le complexe sportif et les lieux où se tiendront les compétitions pour les Jeux ? demanda-t-il en démarrant le moteur.

— Oui.

— Ça fait un assez long trajet jusqu'aux vieux baraquements où auront lieu la majorité des événements. Vous connaissez un peu Sydney ?

— Pas vraiment. D'après ce que j'en ai vu, cela dit, c'est une ville superbe. Et j'ai entendu parler de vos plages sublimes, notamment Bondi Beach.

— Il y en a de bien plus belles à voir que Bondi.

— Ah ?

Il n'aurait jamais cru qu'un aussi petit mot puisse contenir autant de déception, et il se sentit coupable de l'avoir causée.

— Mais vous devriez quand même y aller, ajouta-t-il.

Pas besoin d'une cause de culpabilité supplémentaire.

— J'aimerais beaucoup voir l'Outback et la Grande Barrière de corail aussi.

— Vous n'étiez jamais venue en Australie ?

— Jamais. Et je suis très impatiente de découvrir votre pays.

Elle avait l'air si enthousiaste… et Cam n'arrivait pas à dire s'il la trouvait agaçante ou adorable.

— Vous êtes ici pour combien de temps ?

— Quinze jours.

— Y compris les Jeux ?

— Oui.

— Vous savez, l'Australie est vaste. Vous n'aurez pas le temps de tout voir.

— Je comprends, oui.

— D'où êtes-vous ?

— De Berggrun.

— Berggrun ? C'est en Europe ?

— Vous en avez entendu parler ?

— Non, jamais, répondit-il. C'est une ville ?

— Non, c'est une principauté. Et oui, c'est en Europe. Mais le pays ne fait guère plus que la taille de Sydney.

— Un peu comme Monaco ?

— Oui.

— Et comment, de là, en êtes-vous venue à travailler pour le prince Alfred ?

— J'ai un diplôme en marketing.

— Ça ne répond pas à ma question. Le bureau du prince m'a demandé d'être votre guide pour la journée. Alors, je me demande juste ce qui vous rend si importante. Pourquoi vous et pas les autres membres de son bureau ?

— Personne d'autre n'est encore arrivé à Sydney. Le prince et son entourage vont arriver via la Nouvelle-Zélande d'ici deux jours.

— Pourquoi pas vous ?

— Je ne travaille pas pour le prince, en temps normal. C'est juste pour cet événement.

Cam arrêta la voiture à l'entrée de la vieille caserne et montra leurs accréditations au gardien avant d'entrer dans la propriété et, par habitude, de se garer près du centre médical.

Il s'apprêtait à lui demander pourquoi elle travaillait pour cet événement en particulier, mais elle le prit de vitesse.

— À l'hôtel, on m'a dit que vous étiez médecin. Vous aimez votre métier ?

Cam n'aimait plus grand-chose, désormais, et s'efforçait de vivre chaque jour l'un après l'autre. Une technique qu'il employait depuis deux ans, en attendant d'aller mieux.

— Eh bien, ça m'occupe, répondit-il.

Il était chirurgien, mais lorsqu'il n'était pas envoyé en mission, il travaillait comme médecin généraliste. Or, il ne serait plus envoyé en mission, mais elle n'avait pas besoin de le savoir.

— Mais si vous êtes médecin, pourquoi jouez-vous les guides touristiques ?

Bonne question.

— Un ami à moi est l'organisateur en second des Jeux, et il m'a chargé de l'équipe médicale. Par ailleurs, j'appartiens au comité, en plus de mon travail.

Il l'emmena derrière le bâtiment, vers la salle de sport, en espérant qu'elle cesserait de poser des questions s'il marchait assez vite.

— Cet endroit était jadis une base de l'armée, mais à présent c'est devenu un centre de rééducation et un hôpital. Les complexes sportifs ont été restructurés et agrandis ou adaptés pour accueillir la plupart des événements des jeux de la Légion. Quel objectif vous a-t-on fixé exactement ?

— Je dois tenir à jour les réseaux sociaux associés aux Jeux. Faire participer les concurrents, tweeter sur les événements et les résultats… Je tiens aussi à promouvoir l'idée que les santés physique et mentale sont liées, même si je ne sais pas encore comment je vais mettre ça en place.

— Que souhaitez-vous voir ?

— Est-ce que je peux juste me promener dans l'enceinte et prendre la température des lieux ?

— Je n'ai pas le temps de faire ça avec vous.

— Si vous pouvez juste m'indiquer s'il y a des endroits où je ne dois pas aller, je peux très bien me débrouiller seule.

Bonne idée.

Il allait lui donner un aperçu général des lieux et la laisser poursuivre seule. Ce qui lui permettrait de prendre un peu de recul, car il avait du mal à réfléchir en présence de cette femme. Une réaction qui l'étonnait et le mettait à cran.

En gros, il était attiré par elle, mais ne voulait pas l'admettre.

— Il y a un centre médical et une clinique de rééducation sur site. Nous avons des médecins, des physiothérapeutes, des kinésithérapeutes, des masseurs, des podologues et des prothésistes, ajouta-t-il en traversant le parking avec elle.

Viktoria marchait à côté de lui. Un peu plus petite que lui, elle se mouvait avec grâce et fluidité. Pour sa part, il n'était plus aussi rapide qu'avant et faisait attention pour ne pas montrer qu'il boitait. Il n'aurait pas dû s'en soucier, et pourtant si.

Il poussa une porte qui ouvrait sur la salle de sport. Des terrains de basket et de volley surplombaient une piscine intérieure de cinquante mètres ainsi qu'une salle de musculation. L'endroit offrait un matériel impressionnant.

— Les sports représentés sont l'haltérophilie, la natation, l'aviron, le basket-ball, le volley-ball, le cyclisme, le tir à l'arc et le rugby…, dit-elle en tendant un doigt à chaque sport. Ça ne fait que huit, qu'ai-je oublié ?

— Tennis, athlétisme - sur piste et sur herbe - et voile. Ces sports ne se tiendront pas ici, mais les autres oui. Il y a un terrain de rugby et un pas de tir à l'arc dehors.

Il l'accompagna le long de la piscine et passa avec elle dans la salle de musculation, un véritable essaim d'activités, avec des dizaines de personnes en train de s'entraîner. Certains allaient concourir aux Jeux, d'autres prenaient part aux programmes de rééducation.

— Hé ! doc, vous avez une minute ? l'interpella l'un des vétérans, le lieutenant Mark Andrew, d'après son badge.

Cam s'arrêta et présenta Viktoria à l'ancien soldat.

— Vous prenez part aux Jeux ? demanda-t-elle.

— Au tir à l'arc et à la natation, dit-il.

— Deux sports ?

— Nous sommes nombreux à être multitâches.

Elle se tourna vers Cam.

— Il faut être sélectionné, c'est ça ? N'importe qui ne peut pas arriver et décréter qu'il va participer ?

— C'est vrai. Mille athlètes viennent du monde entier et concourent dans une dizaine de sports différents, mais la plupart des Australiens sont engagés dans au moins deux disciplines, parfois trois. C'est organisé de façon à le permettre.

— Justement, doc, je voulais vous montrer mon bras qui me taquine quand je le lève au-dessus du niveau de l'épaule, reprit le soldat. Ça me gêne beaucoup pour viser à l'arc et aussi dans mon crawl. Vous avez le temps d'y jeter un coup d'œil ?

— Je consulte une bonne partie de la journée, répondit Cam en jetant un coup d'œil à sa montre. Je dois commencer dans vingt minutes. Allez au cabinet médical, et je ferai en sorte de vous prendre entre deux rendez-vous.

Il se tourna vers Viktoria.

— Souhaitez-vous appeler votre chauffeur pour qu'il vienne vous récupérer une fois que vous en aurez terminé ici ? Je vais être pris pendant plusieurs heures.

Sa réponse fut inattendue.

— Ça ne me dérange pas de rester. Je peux me promener dans l'enceinte en attendant que vous soyez libre, et discuter avec les concurrents s'ils acceptent. Vous avez mon numéro de portable si vous avez besoin de me joindre.

— Je ne sais pas si j'ai envie de les laisser fraterniser avec l'ennemi, répondit-il, plaisantant à moitié.

— Je ne suis pas l'ennemi. Berggrun n'a pas d'athlètes en lice, et même si c'était le cas, ces jeux ne sont pas seulement une compétition. Il s'agit de fraternité, de camaraderie.

— Très bien, je reviens vous chercher une fois que j'ai terminé.

Bon, il aurait dû admettre qu'elle avait raison, mais cela

l'irritait. Elle l'irritait. Pas à cause d'un excès d'assurance, non, à cause du simple fait qu'elle lui fasse de l'effet. Elle affectait son équilibre, le déstabilisait.

Un joli visage et un accent étranger ne devraient pas suffire à la rendre intéressante. Mais il se mentait. Elle l'intriguait, pourtant il refusait d'admettre qu'il la trouvait attirante. Qu'il avait envie de l'impressionner.

Elle était calme, gaie et détendue. Il était stressé, raide et grognon. Jamais il n'aurait cru que les opposés puissent s'attirer. Il ne pouvait pas parler pour elle, mais en ce qui le concernait il n'y avait aucun doute : il était bel et bien attiré par elle.

Il rejoignit son cabinet et tenta de se concentrer sur la liste de ses patients sans trop penser à Viktoria von Grasburg.

Plusieurs athlètes avaient des douleurs dues à leur entraînement intensif – comme Mark. Ce dernier avait été libéré de l'armée pour raison médicale à la suite d'une blessure invalidante à la jambe et de multiples opérations. Il combattait toujours la dépression, mais sa sélection pour concourir aux jeux de la Légion avait marqué un tournant dans sa guérison. Cam savait à quel point cette compétition était importante pour lui, et ce fut à contrecœur qu'il lui livra son diagnostic.

— Je pense qu'il s'agit d'une bursite sous-acromiale.

— C'est-à-dire ?

— Dans l'articulation de l'épaule, il y a une bourse, une petite poche remplie d'un liquide qui aide à réduire la friction lors des mouvements d'épaule. Elle est enflammée et enflée, ce qui affecte la qualité de vos mouvements et cause un inconfort.

— Comment c'est arrivé ?

— Ça peut faire suite à une chute, mais la plupart du temps, c'est une blessure causée par une activité trop intensive, notamment par des mouvements répétitifs au-dessus de la tête.

— Comme le crawl.

— Oui.

— Qu'est-ce que je fais maintenant ?

— Prenez rendez-vous avec l'un des kinés. Il y a plusieurs traitements possibles : médicamenteux, exercices, bandage...

— Et mes compétitions ?

— On en saura plus une fois que vous aurez vu le kiné. Avec l'épaule immobilisée, vous pouvez sans doute continuer à vous entraîner à l'arc. C'est plus problématique pour la natation, mais pour l'instant je n'annule rien.

— J'ai entendu parler d'injections de cortisone. Ça fonctionnerait ?

— Possible, mais si on s'engageait dans cette voie, il faudrait reposer l'épaule après l'injection au moins deux semaines, ce qui vous exclurait de fait de la compétition. Je vais vous prescrire une radio pour être sûr, mais je suis presque certain de mon diagnostic.

Une fois son service terminé au cabinet, Cam se mit en quête de Viktoria. Il la trouva à la salle de sport en discussion avec les athlètes. Il resta dans l'encadrement de la porte plusieurs minutes à observer ses interactions avec les compétiteurs. De toute évidence, elle ne manquait pas de volontaires pour lui parler. Ce qui était inhabituel. Cam savait d'expérience que les vétérans se montraient réticents à parler avec des inconnus. Nombre d'entre eux étaient physiquement ou émotionnellement abîmés, avec des cicatrices souvent profondes. Pourtant, ils semblaient tout à fait contents de s'entretenir avec Viktoria, et elle aussi paraissait totalement à l'aise. Décidément, elle avait ce don d'attirer les gens. Malgré son apparence, elle était en réalité très abordable.

Il quitta l'ombre de la porte et s'approcha. En le voyant, elle sourit, et Cam eut l'impression que le soleil venait de se montrer. Une réaction qui, encore une fois, le prit de court et le rendit irritable. Mieux valait la déposer directement à son hôtel et se tenir loin d'elle.

Il avait besoin d'espace.

Il avait besoin de temps.

L'odeur de son parfum s'attarda dans sa voiture longtemps après qu'il l'eut déposée à l'hôtel. Un parfum floral, mais pas doucereux. Léger, féminin, il l'enveloppait agréablement. L'apaisait.

Il n'avait passé que quelques heures avec elle, ce qui ne suffisait pas à se faire une idée d'une personne, ni non plus à tomber sous son charme. Pourtant, quelques heures, c'était déjà beaucoup plus que le temps qu'il avait passé avec une femme au cours de l'année écoulée – et même plus qu'avec certains de ses collègues. Il pouvait compter sur les doigts d'une main les gens avec qui il passait du temps. Sa sœur et son mari, et Doug. Trois. Même ses « rendez-vous » – faute de trouver de mot plus approprié – ne duraient pas plus d'une heure ou deux. Il était devenu un peu ermite. Le travail, une bière de temps en temps avec des collègues, de rares visites dans la ferme de sa sœur et des rendez-vous galants encore plus rares : voilà à quoi se résumaient ses interactions sociales. Même son entraînement physique était solitaire : il promenait son chien et il nageait.

Il n'avait pas besoin de compagnie ou, en tout cas, ne la recherchait pas. Pourtant, en se rappelant certains instants de la journée et sa conversation avec Viktoria, il fut surpris de se souvenir de beaucoup de détails. Ce qu'elle avait dit, la façon dont elle parlait, ce mélange de langues, la manière dont elle marchait et... son sourire.

Il pensait encore à Viktoria quand il ouvrit la porte de chez lui. Ce qui constituait un changement plaisant par rapport à ses idées souvent sombres, mais c'était aussi assez déstabilisant de penser aussi fort à une femme qu'il venait de rencontrer.

Il allait sortir son border collie, un ancien chien de ferme à la retraite que sa sœur lui avait donné, sur la plage, et cela lui permettrait de s'éclaircir les idées. Skye avait insisté, arguant que le chien était trop vieux pour travailler à la ferme avec les moutons, mais qu'il lui ferait du bien. Effectivement, Cam sentait son stress diminuer quand il sortait Rex. Et aujourd'hui ne fit pas exception. La simple compagnie du chien le calmait.

Cam aimait poser une main sur la tête de l'animal pour le sentir respirer calmement.

Une fois devant l'océan, il jeta la balle à Rex – malgré son âge, ce chien n'était heureux qu'en mouvement – et laissa errer son esprit. Toute sa vie, Cam avait toujours eu un objectif, du moins jusqu'à deux ans auparavant. Quelle était l'expression ? « L'homme fait des projets et Dieu rit » ? Eh bien, en l'occurrence, Dieu avait bien ri de lui. Ou plutôt, il l'avait carrément abandonné. Depuis qu'il avait perdu Gemma, il était à la dérive, tel un bateau privé de gouvernail.

La douleur dans sa poitrine diminuait peu à peu. Émotionnellement comme physiquement, il guérissait, mais le processus était lent. Il garderait toujours Gemma dans son cœur, mais même si la douleur n'était plus aussi vive, son avenir restait morne. Il n'y avait pas grand-chose qui lui fasse vraiment envie. Il en était toujours à vivre un jour après l'autre. Du mieux qu'il pouvait. Il avait oublié ce que voulait dire « s'enthousiasmer ».

Sa rencontre avec Viktoria était probablement ce qu'il avait vécu de plus excitant depuis longtemps. Même son travail ne l'enthousiasmait plus, mais il occupait son temps.

Doug avait tenté de le convaincre de prendre part aux jeux de la Légion en tant que compétiteur. Après tout, ils étaient destinés aux soldats blessés, mentalement ou physiquement, et il savait qu'il entrait dans les deux catégories, mais Cam avait résisté en se cachant derrière ses obligations en tant que médecin.

Ce qui le poussait encore, c'était la culpabilité. La culpabilité qui le faisait se raccrocher à sa douleur comme châtiment. Il se reprochait la mort de Gemma. Il aurait dû être capable de la sauver.

S'il n'avait pas été présent dans l'hélicoptère ce jour-là, il penserait sans doute différemment. L'issue aurait été la même, pourtant. Il savait qu'elle était morte avant que l'appareil touche le sol, qu'il n'aurait rien pu faire, mais cela n'empêchait pas la culpabilité. Parce que lui, il avait survécu.

Il s'était habitué à la disparition de Gemma. À son absence. À la solitude. Il s'était même convaincu qu'il resterait seul jusqu'à la fin de ses jours. Il avait subi une thérapie, un passage obligé selon les règles de l'armée, pourtant il ne pouvait pas dire en toute honnêteté qu'il s'était senti mieux après. Il connaissait les statistiques, avait entendu les discours, lu les études sur le sujet, mais tout cela ne changerait rien, les choses ne redeviendraient pas comme avant. Il devait vivre avec.

Et il essayait, sauf qu'il ne trouvait plus la vie aussi palpitante. La joie avait disparu.

Viktoria avait demandé à Hendrik de la déposer à la base puis passé la matinée à interviewer des participants aux Jeux. Il y avait plus de monde aujourd'hui, des vétérans d'autres pays étant arrivés à Sydney, et beaucoup se trouvaient sur place pour utiliser le matériel et les terrains d'entraînement avant la compétition.

L'ambiance était très conviviale entre eux, chose à laquelle elle ne s'était pas attendue, mais qui lui apparut plus clairement à mesure qu'ils lui expliquaient leur implication : ils parlaient beaucoup de camaraderie, de solidarité et de survie, ainsi que du rôle que jouaient les Jeux dans leur guérison. Si c'était bel et bien une compétition, Viktoria comprit qu'il s'agissait plus de se dépasser soi-même que les autres.

Elle se promena dans la salle de sport, passant devant les rameurs où une athlète solitaire s'entraînait avec vigueur, un labrador chocolat allongé près d'elle. Ce fut d'ailleurs le chien qui attira l'attention de Viktoria. Elle s'arrêta à côté du rameur et se pencha pour laisser le chien lui renifler le dos de la main.

— Quel chien magnifique, dit-elle. Comment s'appelle-t-il ?

La femme, qui avait ralenti sa cadence, ne répondit pas, et Viktoria allait s'excuser de l'avoir gênée quand l'athlète tourna la tête.

— Pardon, vous me parliez ? demanda-t-elle en enlevant un écouteur de son oreille gauche.

— Oui, j'admirais juste votre chien.

— Si ça ne vous dérange pas, pourriez-vous vous tenir de mon côté gauche ? J'ai perdu la vue de l'œil droit et je suis sourde de ce côté aussi, expliqua-t-elle alors que Viktoria obtempérait.

— Ah ! d'accord... Je vous demandais le nom de votre chien.

— Leroy. Et moi, c'est Fiona.

Le chien avait tourné la tête en entendant sa maîtresse prononcer son nom.

— Viktoria, enchantée.

— Vous n'avez pas l'air d'appartenir à l'armée..., dit Fiona en ôtant les pieds des cale-pieds pour se mettre debout.

— Non, je ne suis pas dans l'armée, je travaille pour le prince Alfred.

— En tant que quoi ?

— Je suis chargée de la mise à jour des réseaux sociaux autour des Jeux. Le prince Alfred veut garder les athlètes connectés, mais il tient aussi à promouvoir les Jeux auprès du grand public, à éveiller les consciences quant aux bénéfices du sport pour la santé, physique comme mentale.

— Je peux témoigner des bénéfices de l'exercice, répliqua Fiona en grattant Leroy derrière les oreilles. Ça et mon ami à quatre pattes, ça a fait toute la différence pour moi.

— Leroy est un chien guide ?

— Pas tout à fait. Il a plusieurs casquettes, en fait. Sur le papier, c'est un chien guide qui m'assiste pour pallier mes soucis de vue et d'audition, mais, en fait, il a été dressé comme animal de thérapie. C'est vrai qu'il m'est utile quand je sors ou si quelqu'un se tient de mon côté défaillant. Par exemple, je ne vous aurais pas vue ni entendue s'il n'avait pas dressé les oreilles. C'est là que j'ai su.

— Qu'est-ce qu'un chien de thérapie ?

— J'ai eu une blessure à la tête et perdu la vue d'un œil et l'ouïe d'une oreille durant une mission : une bombe a explosé sous le véhicule dans lequel j'étais. Mais là où Leroy m'aide le plus, c'est la gestion de mon syndrome post-traumatique. Depuis l'accident, j'ai du mal à me trouver dans la circulation, la foule, un environnement non familier, et il a un effet apaisant.

— Et pourtant, vous concourez dans ces Jeux ? Les organisateurs attendent beaucoup de monde, ça ne va pas vous poser problème ?

— Oui, je participe, mais seulement au rameur. Là, l'environnement est contrôlé, c'est à l'intérieur, et il n'y a qu'un petit nombre de participants, ce qui limite le nombre de machines. Et puis, ça ne va pas attirer autant de spectateurs que le basket ou la natation. Donc, moins de bruit. Leroy pourra rester à côté de moi, ce qu'il ne pourrait pas faire dans la plupart des disciplines.

— Il vous aide vraiment ?

— Absolument. Je ne quitte pas la maison sans lui.

En même temps qu'elle discutait avec Fiona, Viktoria songeait aux histoires que les autres athlètes lui avaient racontées et, peu à peu, le rôle qu'elle pouvait jouer prenait forme dans son esprit. Elle pouvait faire tellement plus que de poster des photos sur les réseaux sociaux. Elle allait écrire des articles sur les compétiteurs, raconter leurs histoires s'ils lui en donnaient l'autorisation, les transmettre au reste du monde. Elle utiliserait les Jeux non seulement pour mettre en exergue les bénéfices du sport, mais aussi pour montrer ce que ces athlètes des quatre coins du globe avaient en commun. Certains avaient des handicaps physiques, d'autres des séquelles émotionnelles, mais tous portaient des cicatrices, et c'était ce qui les unissait. Elle décrirait leur résilience, leur camaraderie et leur détermination, et peut-être qu'elle inspirerait d'autres gens à travers ces histoires.

Continuant ses déambulations, elle sortit sur la terrasse de la piscine. Peut-être pourrait-elle solliciter l'aide de Cam. Il n'avait pas prévu de la retrouver aujourd'hui, et elle ne savait même pas s'il était dans la base, mais elle gardait l'œil ouvert. Au cas où.

Près de la piscine, elle reconnut Mark, l'ancien soldat qu'elle avait rencontré la veille. Assis sur le bord, il leva les yeux et lui sourit.

— Vous venez de nager ? demanda-t-elle. Je croyais que vous étiez blessé.

— J'ai mal à une épaule, certes, mais j'ai connu pire.

Mark portait de nombreux tatouages dans le dos et sur les bras, mais des sparadraps un peu partout sur l'épaule en masquaient une partie. Il se mit debout, et Viktoria vit qu'il était amputé de la jambe gauche au-dessous du genou, chose qu'elle n'avait pas remarqué la veille. Dans un mouvement fluide, il s'installa sur une chaise et entreprit de s'essuyer. Une prothèse était appuyée contre le siège.

— Je croyais que la natation aggravait votre douleur, dit-elle en le rejoignant.

— Oui, c'est le cas. Mais tant qu'on ne me dit pas de m'arrêter, je continue à nager, répliqua-t-il en ajustant sa prothèse.

— Et le Dr Hamilton ne vous a pas dit d'arrêter ?

— Non. Il m'a envoyé faire des radios qui ont confirmé que j'avais bien une inflammation – une bursite – et puis il m'a envoyé chez la kiné. J'y retourne sous peu, d'ailleurs, poursuivit-il en passant un bas de survêtement par-dessus son maillot de bain. Et vous, qu'est-ce qui vous amène ?

— Je suis venue prendre des photos, mais j'ai aussi discuté avec des compétiteurs et, maintenant, je cherche des histoires.

— Des histoires ?

— Je veux raconter celles des gens. Vous pensez que certains pourraient avoir envie de me parler ?

— De quoi ?

— Des batailles que vous avez menées, des sacrifices consentis. Je sais que tout le monde n'a pas envie de rendre son expérience publique, mais enfin, sur un millier de compétiteurs, il y en aura bien quelques-uns. Qu'en pensez-vous ? Pourrais-je vous interviewer, vous ?

Il hésita.

— Moi ?

— Le prince Alfred a à cœur de mettre en exergue les bénéfices de l'exercice physique dans la guérison, à la fois physique et mentale, et je pense que ce serait un bon moyen d'y parvenir. Vous voulez bien m'aider ?

— Je vais y réfléchir.

Viktoria passa le reste de l'après-midi à discuter avec plusieurs athlètes avant de se rendre au centre médical. Elle y était passée plus tôt pour demander quand elle pourrait voir Cam. N'ayant pas eu de nouvelles de lui depuis, et après avoir évoqué son idée avec Freddie, elle souhaitait demander son avis à Cam.

— Bonjour, Viktoria, dit-il en se levant quand elle entra dans son bureau. Que puis-je faire pour vous ?

— J'ai besoin de votre opinion.

— Vous n'aviez pas besoin de prendre rendez-vous pour ça, répondit-il en lui désignant une chaise.

— Je ne vous ai pas vu de la journée, et j'ignorais si on se croiserait, alors..., dit-elle en s'asseyant. Au fait, j'ai vu Mark à la piscine. Il nageait. Je me demandais pourquoi, s'il est blessé, vous ne le lui avez pas interdit.

— Vous vouliez me voir pour ça ?

— Pas seulement, mais c'est lié d'une certaine façon.

Il se rassit derrière son bureau. Allait-il chercher à prendre ses distances ?

— Je ne peux pas parler de Mark avec vous. Mais disons que je le connais et qu'il y aurait très peu de chances qu'il m'écoute si je lui interdisais quoi que ce soit. Ces hommes et ces femmes ne sont pas du genre à se laisser arrêter ni par moi ni par une blessure mineure. Il s'agit donc de gérer le problème sans leur dicter leur conduite. Il est important de leur redonner le contrôle de leur corps.

Cela, Viktoria le comprenait. Elle aussi avait besoin de contrôler sa vie.

— Mark est assez intelligent pour prendre ses propres décisions, poursuivit Cam. Vous verrez. Il nage le relais, et s'il n'est pas assez performant, il fera le choix qui s'impose pour l'équipe. S'il est bien une chose que la plupart des soldats savent faire, c'est appartenir à une équipe. Mais dites-moi, en quoi est-ce lié à ce qui vous amène ?

— Après avoir parlé à de nombreux athlètes en compétition et aussi au prince Alfred, nous pensons qu'il serait bon d'écrire quelques articles sur ce que les soldats traversent d'un point de vue émotionnel, et sur ce que les familles ou l'entourage peuvent faire pour les aider. De toute évidence, reprendre un exercice physique, c'est super, mais c'est aussi un défi pour beaucoup. Les familles comme les soldats doivent subir un stress énorme, et je voudrais lier les bénéfices du sport à la santé mentale. Le prince et moi pensons que ce serait un moyen efficace, et votre avis me serait vraiment très utile.

— Mon avis ?

— Oui.

— Sur quoi ?

— Vous apporteriez une perspective professionnelle sur ce que les athlètes ont traversé.

Elle avait remarqué qu'il boitait légèrement et se demandait s'il n'avait pas une histoire à raconter, lui aussi, mais soupçonnant qu'il ne serait guère partant pour en parler, elle se disait qu'en l'approchant par le biais professionnel elle pourrait gagner sa confiance. Car s'il lui avait posé des questions sur elle, il n'avait absolument rien révélé de lui.

— Je ne peux rien vous dire de précis sur les athlètes et, de toute façon, je n'ai pas le temps pour ça.

Zut ! Et dire qu'elle avait espéré passer ainsi un peu de temps avec lui. Cet homme l'attirait. Il était sexy, avec ses manières bourrues, son attitude distante, et elle avait envie de lui plaire.

En général, les gens étaient enthousiastes dès que l'occasion se présentait de la rencontrer. Lui, il semblait juste vouloir qu'on le laisse tranquille.

Elle avait toujours été attirée par les grands et beaux ténébreux, sauf qu'en général ils étaient charmeurs aussi. Cam était une énigme. Son comportement était irréprochable, mais c'était comme s'il agissait en pilote automatique.

Décidément, il représentait un défi.

Or, Viktoria aimait les défis.

— Ça ne prendrait pas beaucoup de votre temps.

Elle s'attendait qu'il continue à argumenter, mais il ne répondit rien. Le silence s'étira.

— Vous voulez bien y réfléchir ? insista-t-elle, tout sourire. Admettez au moins que ce serait un bon moyen d'éveiller les consciences sur les problèmes entourant la santé mentale.

— Vous croyez qu'il vous suffit de sourire pour obtenir ce que vous voulez ? On vous a déjà répondu « non » ?

— Pas souvent...

Elle avait plutôt l'habitude qu'on fasse ce qu'elle demandait. Sans doute l'un des avantages à être une princesse, mais en l'occurrence il semblait qu'elle n'obtiendrait rien de Cam.

— Je vous en prie, réfléchissez-y. Nous pourrions peut-être en discuter autour d'un dîner ? Je suis libre ce soir.

— Un dîner ? Ce soir ?

— Oui. Vous êtes déjà pris ?

— Je vais nager, répliqua-t-il, peut-être un peu trop brusquement.

Sa jambe lui faisait mal, et il avait besoin d'exercice pour détendre sa hanche. Et pour se vider la tête.

Il savait que Viktoria avait été dans la base toute la journée, pourtant il était délibérément resté loin d'elle. Malgré cette précaution, elle s'était faufilée dans son esprit à de nombreuses reprises, rendant sa concentration erratique. Ce qui l'irritait, car il aimait bien contrôler les choses. Or, il était déstabilisé par elle, et cela ne lui plaisait pas.

— Vous nagez pour le plaisir ou ça fait partie d'une thérapie ?

— Pardon ?

— J'ai vu que vous boitiez. Vous êtes blessé ?

A priori, il n'avait pas masqué son boitement aussi bien qu'il l'avait espéré. Mais cela ne la regardait en rien. Il était sur le point de la rembarrer quand elle s'excusa puis ajouta :

— Vous n'allez tout de même pas nager toute la nuit, quand même ? Donc, pouvons-nous nous retrouver après ?

Encore une fois, Cam ravala une rebuffade, conscient que sa mauvaise humeur n'était pas la faute de Viktoria.

Il était vexé qu'elle ait vu sa faiblesse. Il voulait lui faire bonne impression ; or, cela ne lui était pas arrivé depuis longtemps. Lui qui avait gardé ses sentiments sous clé, refusant de les partager, refusant de se laisser approcher, n'allait sûrement pas s'ouvrir à elle. Mais il ne voulait pas non plus paraître impoli.

— Ou alors, je pourrais vous accompagner, ajouta-t-elle.

Elle était tenace, il devait le reconnaître.

Manifestement, elle avait l'habitude qu'on se plie à ses volontés. Ce qui devrait l'ennuyer, sauf que, de son côté, il savait exactement ce qu'il était prêt à lui céder. C'était juste son caractère buté qui l'empêchait de s'incliner avec grâce.

Après sa séance de natation, il était censé rejoindre Doug à une soirée de levée de fonds pour son club de cricket. Il lui avait acheté un billet par gentillesse, sans aucune intention de s'y rendre, mais, aujourd'hui, il ne s'était toujours pas désisté. Tout à coup, Viktoria lui fournissait l'excuse parfaite pour ne pas aller à cette soirée caritative. En fait, il savait que Doug l'avait invité pour lui changer les idées, mais son ami accepterait sa désertion s'il prétextait un rendez-vous galant. Bref, il allait lui envoyer un message… et il s'arrangerait pour effectuer un don important en compensation.

— Vous avez un maillot de bain dans vos bagages ?

— Non.

— Donc vous avez l'intention de vous baigner toute nue ?

S'il fermait les yeux, il pourrait l'imaginer. Il ne devrait pas en être capable, pourtant ses traits et sa silhouette étaient déjà gravés dans son cerveau.

— Quoi ? Non ! Où nagez-vous ? Je peux m'acheter un maillot, ou vous pourriez me prêter un T-shirt.

Voilà qui fit naître une autre image, celle de Viktoria dans l'un de ses T-shirts, mouillé et plaqué à ses courbes.

Il réprima l'envie de fermer les paupières.

— Je pensais aller nager à la maison, répondit-il. Souhaitez-vous m'accompagner ?

Il avait parlé sans réfléchir, sans songer aux conséquences.

Puis elle sourit, et il sut qu'il était dans le pétrin.

Elle était belle, intelligente, et irradiait d'énergie. Le trio infernal. Cam était fasciné, intrigué, déstabilisé.

Oui, il était vraiment dans le pétrin.

3

Quelle mouche l'avait piqué de proposer cela ? Il ne pensait plus de façon sensée, Viktoria le perturbait, dérangeait son équilibre. Et maintenant, elle était sur le point d'entrer chez lui.

En fait, il n'avait pas cru qu'elle le prendrait au mot, mais sitôt qu'elle avait opiné et que son visage s'était éclairé d'un large sourire, il n'avait pas regretté l'invitation.

Il n'avait pas invité une femme chez lui depuis deux ans. Même Gemma n'avait jamais vu sa maison. Il l'avait achetée après l'accident, ayant besoin d'un espace de plain-pied. Pour la piscine, c'était un bonus.

Bref, la seule femme qui était venue ici avant, c'était sa sœur.

Commettait-il une erreur ? De toute façon, il était trop tard pour faire marche arrière maintenant qu'il déverrouillait la porte. Il allait devoir se convaincre qu'il ne trompait pas Gemma, que l'invitation lancée à Viktoria était bien innocente, dénuée de toute arrière-pensée ou attirance. Sauf que c'était faux.

En revanche, pour ce qu'il en savait, l'attirance n'était pas réciproque. Pourquoi serait-elle séduite par lui, alors que tous les hommes devaient se bousculer devant sa porte ? Au fond, il venait juste de s'ajouter à la sans doute longue liste de ceux qui n'avaient pu lui refuser une requête, de ceux qui avaient succombé à ses charmes. Tout cela pour la voir sourire encore, pour se sentir enveloppé dans sa chaleur.

Il poussa la porte pour la laisser entrer, mais le passage lui fut interdit par Rex, très excité et battant vivement de la queue.

— Bonjour, toi. Comment t'appelles-tu ? demanda-t-elle en se penchant pour tendre le dos de sa main au chien afin qu'il la sente avant de lui caresser la tête.

Cam eut alors droit à la vision exquise des fesses de Viktoria qui se penchait vers Rex.

— Je vous présente Rex qui, de toute évidence, a très envie de sortir se promener.

Il siffla, et le chien vint se poster à côté de lui, permettant enfin à Viktoria d'entrer. Elle avança de trois pas et s'immobilisa de nouveau, captivée par la vue.

— Oh ! C'est magnifique !

Sur leur droite, un couloir menait aux chambres, et en face, le hall donnait sur une vaste cuisine ouverte sur la pièce de vie. Des baies vitrées sur tout un pan de mur donnaient l'impression que la pièce se fondait dans le décor extérieur : la piscine à débordement et l'océan au-delà. C'était cela, Cam le savait, qui avait attiré l'attention de Viktoria. La vue était effectivement incroyable.

Sa maison était simple et moderne, aux lignes épurées, mais elle jouissait d'une vue surprenante, perchée qu'elle était au bord d'une falaise donnant sur une petite plage privée. Seules quelques maisons y avaient accès, et la vue ainsi que l'isolement étaient les détails qui avaient décidé Cam à choisir cette propriété. Il avait investi son héritage et l'argent qu'il avait touché après l'accident dans cette demeure, dix-huit mois plus tôt, mais il ne regrettait pas le moindre dollar dépensé.

Comme Gemma n'y était jamais venue, l'endroit était dénué de souvenirs. Comme il l'avait souhaité. Un endroit où il pouvait oublier le passé. Un endroit où il pouvait jouir de la solitude.

L'ameublement était minimaliste, et il avait installé peu d'effets personnels. De toute façon, même du mobilier ou des œuvres d'art, si beaux auraient-ils été, n'auraient jamais surpassé la beauté de la vue.

Rex tournait en rond autour de ses jambes. Finalement, une promenade vaudrait mieux en termes d'exercice. D'autant qu'il ne se faisait pas confiance pour emmener Viktoria nager dans l'un de ses vieux T-shirts. Oui, la marche, c'était plus sûr.

Il alla troquer son uniforme militaire contre un T-shirt et un short, assez long pour presque couvrir la cicatrice qui courait le long de sa cuisse droite sur le côté externe. Ne dépassaient que quelques centimètres au niveau du genou, mais s'il marchait à droite de Viktoria, elle ne le remarquerait pas. Pieds nus, il la guida vers la plage via des marches de bois.

— Comme c'est joli, dit-elle alors qu'ils arrivaient sur le sable.

La plage était petite, environ cent mètres d'un bout à l'autre, une anse formée entre deux falaises. Le sable était doré et fin, l'eau claire. Ce soir, ils l'avaient pour eux seuls. Un petit coin de paradis et de tranquillité.

Il jeta la balle à Rex alors que Viktoria ôtait ses chaussures. Les bras écartés, elle tourbillonna sur elle-même, la tête renversée en arrière pour offrir son visage au soleil. Une bulle de soleil, un ballon de bonheur flottant sur la plage. Si elle avait eu un cordon, Cam aurait pu l'attraper pour la retenir et absorber toute son énergie positive.

— Vous êtes toujours aussi enthousiaste ? demanda-t-il.

Elle vacilla légèrement lorsqu'elle s'arrêta de tournoyer.

— C'est impossible de ne pas aimer cet endroit, répondit-elle avec un sourire. Une belle journée dans un bel endroit, et je me sens libre. Comme si j'étais en vacances, loin de tout.

— Vous avez dit que vous ne travaillez pour le prince que le temps de ces Jeux. Quel est votre métier le reste du temps ? demanda Cam en ramassant la balle de Rex.

— Je m'occupe d'événements.

— Quelle sorte d'événements ?

— Les matchs de polo, les galas de charité.

— À Berggrun ?

— Oui.

— Votre pays accueille ce genre de manifestations ?

— Il est très prisé des touristes. Ça ne fait pas loin pour les gens… Un saut de puce, et ils peuvent assister à une manifestation dans un autre pays.

Ils marchaient le long de l'eau tandis que Rex courait après la balle. Quand ils tournèrent au bout de la plage, Viktoria roula le bas de son pantalon bleu marine large pour aller mettre les pieds dans l'eau. Rex aboya et courut après elle, la poussant gentiment derrière les mollets – qui étaient fort joliment dessinés, Cam devait l'admettre – jusqu'à ce que Viktoria soit à nouveau hors de l'eau. Rieuse, elle se laissa ramener par le chien vers son maître.

— Qu'est-ce qu'il fait ?

— Il vous ramène au berger. À l'origine, c'est un chien gardien de moutons.

— Pourquoi avez-vous un chien gardien de moutons ?

— Il est à la retraite, même si, apparemment, il n'a pas encore intégré l'information. Il appartenait à ma sœur, mais quand il a commencé à se faire vieux, elle a trouvé qu'il ferait un bon compagnon pour moi.

Le chien se secoua et envoya une pluie de gouttelettes sur eux.

Cela faisait un an que sa sœur était venue le lui donner, malgré la réticence de Cam. Il était encore en congé maladie, et ses journées s'étiraient en longueur. Skye avait insisté : la responsabilité d'un chien l'obligerait à se motiver pour se lever, bouger. Mais, mieux encore, ce chien s'était avéré un véritable compagnon. Il l'écoutait sans juger et n'avait pas reproché ses larmes à Cam, se contentant de rester allongé près de lui quand il pleurait.

— Vous allez nager ?

La question de Viktoria le ramena au présent.

— Je pense que je n'en aurai plus besoin, maintenant.

Sa jambe s'était détendue grâce à la marche, et il n'avait pas envie de laisser Viktoria seule. Après tout, il pourrait nager plus tard si besoin était.

Tout en marchant, elle vint poser la main au creux de son bras. Cam s'autorisa alors à se détendre, à apprécier l'instant.

Et contre toute attente, c'était agréable. Il avait tendance à s'assommer de travail pour s'éviter de trop réfléchir au passé ou à l'avenir différent de ce qu'il avait imaginé. Mais s'arrêter un peu, il le découvrait, faisait du bien aussi. Pas besoin de penser au passé ou à l'avenir, il pouvait juste vivre l'instant.

Leurs pas étaient synchronisés et laissaient deux séries d'empreintes parfaites dans le sable humide. Sorte de preuve qu'il avait partagé ce moment avec elle. Un moment qu'il ne regrettait pas.

— Merci de m'avoir amenée ici, dit-elle. Oublier l'hôtel était une manière bien agréable de passer ma soirée.

Le soleil était bas sur l'horizon quand ils montèrent les marches pour regagner la maison.

— Aimeriez-vous qu'on aille dîner quelque part ? demanda-t-elle. C'est moi qui invite, en échange de quelques questions sur les problèmes qu'affrontent les athlètes.

— Je peux nous préparer un petit quelque chose au barbecue, répliqua-t-il sans réfléchir.

Il n'avait guère envie de sortir, car il appréciait sa compagnie et voulait prolonger un peu cette sensation. S'ils sortaient, les gens allaient s'immiscer dans leur espace et, égoïstement, il préférait la garder pour lui tout seul.

Viktoria ne savait pas cuisiner, car elle n'avait jamais eu besoin d'apprendre, mais elle coupa les légumes pour la salade pendant que Cam grillait des côtelettes d'agneau.

Ils mangèrent sur la terrasse surplombant l'océan avec les lumières scintillantes des autres maisons sur le sommet de la falaise. La conversation était fluide, et Viktoria parvint à recueillir l'opinion de Cam sur ce dont elle avait discuté avec les athlètes. Tous lui avaient raconté une histoire similaire : comment leur pratique sportive les avait aidés à sortir du lit et à reprendre une vie sociale ; comment l'exercice et la perspective des Jeux leur avaient donné un objectif ; comment l'impression de se donner au maximum, de se fixer et d'atteindre des buts les avait motivés. En bref, le sport les avait sauvés.

La discussion alterna entre les Jeux et la vie de Viktoria à Berggrun, mais alors que Cam débarrassait leurs assiettes, elle dut se rendre à l'évidence : il lui avait très peu parlé de sa vie à lui. Il répondait volontiers à certaines questions sur la vie à l'armée, de manière générale, mais rien sur ses expériences personnelles. Même sa maison ne permettait pas de déceler quel genre d'homme il était. Pas de photos de famille, de vacances, pas d'indice du moindre passe-temps.

Elle aurait bien aimé essayer de reporter la conversation sur lui, mais il se faisait tard, et il lui restait du travail.

— Merci pour le dîner. Je vais appeler Hendrik.

Comme ils avaient partagé une bouteille de vin, Cam ne pouvait donc pas, même s'il en avait eu envie, la raccompagner lui-même.

— Pourquoi avez-vous un chauffeur ?

Ayant toujours eu un chauffeur, Viktoria n'avait pas vu la nécessité de passer le permis de conduire, mais évidemment elle ne pouvait pas le lui expliquer sans se dévoiler.

— Nous conduisons à droite, à Berggrun, on a donc jugé plus sûr que je ne conduise pas ici.

— On a des taxis, vous savez.

Jamais elle n'aurait eu le droit de prendre un taxi. Surtout non accompagnée.

— Hendrik attend sans doute mon appel, ça ne le dérangera pas. Quelle est l'adresse d'ici ?

Cam la lui donna, puis ressortit sur la terrasse afin de la laisser passer son coup de fil tranquillement.

— Bonjour Hendrik, vous pouvez passer me chercher à Vaucluse ? J'ai l'adresse.

— Oui, Votre Altesse, je sais où vous êtes.

— Comment ?

— C'est mon travail. J'ai effectué des recherches sur ce médecin.

— Quoi ? Pourquoi ?

— J'effectue une recherche sur toute personne avec qui vous vous retrouvez seule. Je n'allais pas risquer ma place en vous laissant sans protection. Je suis déjà devant la maison.

Elle aurait dû être exaspérée qu'on ne lui accorde même pas cette petite liberté. Mais elle avait passé une charmante soirée, et puis Hendrik avait raison : elle ne pouvait pas lui en vouloir de faire son travail.

— Combien de temps avez-vous mis pour venir ici ?

— Vingt minutes.

— Alors je vous rejoins dans vingt minutes.

D'abord, elle ne voulait pas que Cam se demande ce que Hendrik faisait déjà devant sa porte, et puis aussi – et surtout ? – elle n'était guère pressée de partir.

Vingt minutes plus tard, elle embrassa Cam sur les joues et le remercia encore tandis qu'il l'accompagnait dehors, où Hendrik l'attendait. Le chauffeur vint lui ouvrir la portière et elle se glissa à l'arrière.

— Hendrik, vous allez me suivre partout comme ça ? demanda-t-elle une fois qu'ils eurent démarré.

— Oui, Votre Altesse.

— Même quand je suis avec le Dr Hamilton ?

— Toujours.

Voilà qui n'entrait pas dans son tout nouveau plan. En venant à Sydney, elle ne s'était pas attendue à rencontrer un homme tel que Campbell Hamilton. Elle ne parvenait pas à se défaire de l'impression prégnante qu'ils étaient destinés à se rencontrer. Elle n'était pas venue avec l'intention d'avoir une dernière aventure, mais si l'occasion se présentait avec Cam, elle voulait pouvoir en profiter. Or, pour cela, il lui fallait trouver le moyen d'échapper à l'attention de Hendrik.

— Vous avez dit que vous aviez effectué des recherches sur lui. Avez-vous découvert quelque chose de suspect ?

— Non.

— Qu'avez-vous appris, d'ailleurs ?

Elle était curieuse. Puisque Cam était si secret, Hendrik pourrait peut-être la renseigner.

— Il a trente-quatre ans, a été élevé dans une ferme où l'on élevait des moutons et a servi quatre ans dans l'armée. Il a fait deux missions en Afghanistan et a été blessé durant la dernière.

Viktoria avait effectivement remarqué que Campbell boitait, pourtant il n'avait jamais mentionné sa blessure.

— Vous savez ce qui lui est arrivé exactement ?

— Il était dans un hélicoptère qui a été abattu. Tous les autres passagers ont été tués, et il a failli ne pas s'en sortir non plus. Il avait un pneumothorax, des côtes, une jambe et le bassin cassés, ainsi qu'une rupture de la rate.

— C'était il y a combien de temps ?

— Deux ans.

Qui l'avait soigné ? Qui était présent pendant sa guérison et sa rééducation ? Où était sa famille ? Autant de questions qui lui brûlaient la langue, mais qu'elle ne pouvait poser à Hendrik. Cela montrerait trop l'intérêt qu'elle portait à Cam.

Cam effectua une dernière longueur avant de sortir de la piscine pour aller s'essuyer et rentrer dans la maison. Tout compte fait, il avait éprouvé le besoin de nager, pas pour détendre ses muscles mais plutôt pour se rafraîchir. Car il avait apprécié cette soirée bien plus qu'il ne l'aurait cru, et elle l'avait laissé rempli d'énergie à dépenser s'il espérait trouver le sommeil.

Il alluma la lumière en arrivant dans sa chambre, et la seule et unique photo personnelle de la maison attira son attention. Sur la table de chevet, une photo de Gemma et lui... La culpabilité familière se réveilla. Alors il tourna le dos au visage souriant de Gemma et alla accrocher sa serviette dans la salle de bains attenante.

La soirée avait pourtant été parfaitement innocente, et

malgré tout il avait eu l'impression de tromper Gemma. Les rares rendez-vous auxquels il avait consenti au cours des douze mois écoulés n'étaient pas allés plus loin qu'un verre, un dîner ou, à l'occasion, un baiser. Il était toujours resté sur la retenue, refusant d'exposer ses cicatrices physiques comme émotionnelles, et refusant de tromper Gemma. Cette soirée, néanmoins, lui avait appris qu'il voulait revoir Viktoria. D'où sa culpabilité.

Il était temps qu'il passe à autre chose, il le savait, il ne devrait plus culpabiliser de vivre des bons moments, mais c'était difficile tellement cette réaction était devenue habituelle.

En ressortant de la salle de bains, il reposa les yeux sur le large sourire de Gemma. Il savait ce qu'elle lui dirait : elle lui enjoindrait de continuer à vivre. Elle ne voudrait pas qu'il végète. Il était bien conscient que son monde s'était rétréci autour de ses exercices sportifs et de son travail, et que ce n'était pas sain. Il avait besoin de passer du temps avec d'autres personnes, au risque de devenir un reclus, sauf que, récemment, il n'était pas de très bonne compagnie.

Peut-être pourrait-il commencer par de petits pas en dehors de son monde. Il alla prendre la photo pour placer l'image contre la table de chevet. Il ne voulait pas la ranger, pas encore, mais il n'avait plus envie de la regarder non plus. Ce soir, il allait s'endormir avec Viktoria en tête.

Viktoria remercia le chauffeur de l'hôtel et se hâta vers la base de l'armée. Son retard faisait suite à un incident matinal : la femme et l'enfant de Hendrik avaient eu un accident de voiture à Berggrun, et il avait pris l'avion en urgence pour être auprès d'eux, laissant Viktoria et Brigitta à Sydney. Autant dire que cela ne dérangeait pas Viktoria, dans la mesure où elle aurait plus de liberté. D'autant que la femme de Hendrik n'avait qu'un coude cassé, pas d'autre blessure grave, et son enfant non plus.

Sourire aux lèvres, elle se dirigea vers le mess. Elle pensait encore au contact de la joue de Cam sous ses lèvres quand elle lui avait dit au revoir la veille au soir. Au goût de la mer sur sa peau et à l'odeur de ses cheveux.

Même s'il ne s'était pas ouvert à elle, il avait paru plus calme. Que cela ait été l'effet du vin, de la promenade sur la plage, de la présence de son chien ou de l'environnement familier, elle n'en savait rien, mais cet aspect de lui lui avait plu.

Sa maison l'avait surprise, cependant, superbe mais dénuée de la chaleur d'un foyer. Viktoria n'avait guère l'expérience des maisons normales, toutefois elle s'était attendue à ressentir un peu de Cam entre ces murs. À voir un peu qui il était. Ce qui l'amenait à se demander ce qu'il cachait.

En tout cas, elle n'avait pas vu la moindre trace d'une femme, ce dont elle se réjouissait. S'étant fait avoir une fois, et même si avec Cam elle n'envisageait qu'une aventure, elle ne voulait pas commettre une autre erreur.

De ce qu'elle avait ressenti, il n'y avait que Rex qui reliait Cam à cette maison, un cadeau de sa sœur auquel il tenait manifestement beaucoup. C'était bon signe, selon elle : quelqu'un de capable de former un lien avec un animal avait forcément un bon cœur.

Arrivée au mess, elle alla retrouver le lieutenant Andrews afin d'entamer leur entretien. Il l'attendait d'ailleurs devant son bureau.

— Bonjour, Mark, comment allez-vous ?

— Bien, merci. Vous avez petit-déjeuné ? Je me disais qu'on pourrait faire ça tout en discutant.

Viktoria ne prenait que du café noir au petit déjeuner, mais Mark serait peut-être plus à l'aise s'il pouvait se concentrer sur autre chose que lui-même.

— Je prendrai volontiers un café, merci, répondit-elle alors qu'il lui tenait ouverte la porte de la salle. Comment va votre épaule aujourd'hui ?

— Le kiné m'a dit de la reposer, donc plus de natation, dit-il en prenant un plateau pour rejoindre la queue. En revanche, je peux faire quelques exercices légers à la salle.

— Et pour le tir à l'arc ?

— Je peux continuer. Ce n'est pas confortable, mais le kiné ne pense pas que ça puisse aggraver mon cas.

— Vous avez toujours pratiqué ces sports ? demanda-t-elle alors qu'ils allaient s'asseoir à une table.

— Non. Je nageais, comme la plupart des Australiens, mais jamais je n'avais pratiqué en compétition.

— Quelle spécialité préférez-vous ?

— Le tir à l'arc m'aide pour la concentration et l'équilibre. Mais moi qui pensais que j'aimerais l'aspect solitaire de ce sport, je découvre qu'en fait je préfère nager. Je participe à une épreuve en individuel et aussi à un relais, et j'aime bien faire de nouveau partie d'une équipe. Après ma blessure, ça m'a beaucoup manqué. La camaraderie, c'est une partie importante de la vie de soldat, et ça fait du bien de la ressentir à nouveau.

— Combien de temps avez-vous passé dans l'armée ?

— Je me suis engagé directement en sortant de l'école, c'est-à-dire il y a vingt ans. Mon père et mon grand-père en étaient aussi.

— Et quand avez-vous été blessé ?

— Il y a trois ans.

— Que s'est-il passé ?

Elle se sentait intrusive de lui poser la question, mais Mark avait accepté l'interview et connaissait les raisons qui sous-tendaient sa requête.

— En fait, c'était pendant un exercice d'entraînement. Je me suis emmêlé dans un parachute et brisé pas mal d'os. Ma jambe était dans un tel état que même après plusieurs opérations je souffrais en permanence. Au bout du compte, j'ai accepté l'amputation. Et ça a fonctionné : ça a amélioré ma santé physique. Mentalement, en revanche, je restais en vrac. J'étais en colère. J'en voulais à l'armée, à moi, à ma femme. Il m'a fallu longtemps pour retrouver mes esprits, et mon mariage n'y a pas résisté.

— Oh ! je suis désolée...

— Ça arrive souvent. Les familles sont mises à rude épreuve, on déménage tous les trois ans, on est envoyés en mission à l'étranger sans savoir si on va revenir. C'est stressant... Et puis, on rentre et on n'est plus le même. Et je ne parle pas seulement des blessures physiques visibles, mais aussi des cicatrices émotionnelles. On a vu des choses que personne ne devrait voir. Parfois, aussi, on a fait des choses insupportables, et ça laisse des traces. En plus, ce ne sont pas des choses dont on peut parler à quelqu'un qui ne l'a pas vécu. Alors pour ma femme et moi, après tout ce qu'on avait traversé au fil des années, ma blessure a été la goutte d'eau. D'ailleurs, ce n'était même pas la blessure en soi, c'était la sévère dépression qui s'en est suivie. Je me suis retrouvé sans rien. Mariage fini... Carrière finie... J'étais perdu sans ma femme, sans l'armée, sans les copains. La route a été longue pour revenir de ça.

— Qu'est-ce qui vous a donné envie de participer aux Jeux ?

— Un de mes copains y a participé l'an dernier et m'a persuadé de tenter ma chance cette année. Devoir me lever le matin et aller m'entraîner, c'est ce qui m'a sorti du trou.

Viktoria était émue par l'histoire de cet homme et espérait lui rendre justice. C'étaient pour les soldats tels que lui que Freddie avait créé ces Jeux. Son histoire, si dure soit-elle à écouter, pouvait en aider d'autres qui se trouvaient dans la situation qu'il avait connue.

Ce qu'il ajouta ensuite renforça encore son sentiment.

— Si chacun de nous qui avons traversé quelque chose de semblable peut aider ne serait-ce qu'une seule autre personne, l'effet cumulé pourrait être énorme. C'est pour ça que ces Jeux sont importants, ils ont donné à beaucoup un but, un objectif, quelque chose vers quoi tendre. Alors oui, j'espère y prendre part.

— Vous y prendrez part même si vous ne pouvez pas vous

aligner dans toutes les compétitions, mais que se passera-t-il si vous ne pouvez pas nager le relais à cause de votre épaule ?

— On peut remplacer un athlète par un autre en cas de nécessité, mais j'espère vraiment pouvoir nager. Ce sera mon moment de gloire, si je peux m'exprimer ainsi. Le temps nous le dira. Je vais continuer les exercices adaptés que m'a conseillés le kiné. Je vais d'ailleurs à la salle, là, pour une séance de cardio légère avec mon équipe de relais. Vous devriez les rencontrer, ils seraient peut-être d'accord pour vous parler aussi. On a prévu de dîner ensemble après le sport, pourquoi ne pas vous joindre à nous ?

— Je ne voudrais pas m'imposer.

— Pas de problème, nos épouses et enfants seront là aussi, vous êtes la bienvenue. Ce serait peut-être intéressant pour vous de rencontrer les familles, non ?

Il avait raison, et elle n'avait rien d'autre de prévu pour la soirée.

— D'accord, dit-elle. Merci beaucoup.

Sitôt entrée dans le pub, Viktoria repéra Mark assis à une grande table dans le coin opposé. Elle rejoignit le groupe et se concentra lorsque Mark lui présenta la tablée. Tous ses camarades avaient souffert de blessures en service, même si Bud en avait aussi subi plusieurs en pratiquant le rugby. Sans compter le syndrome post-traumatique après de multiples blessures au dos, aux chevilles et au genou. Sean était blessé au dos, et Eric était amputé des jambes au-dessous du genou.

Malgré tout, elle les trouvait positifs, même s'ils précisaient que cela n'avait pas toujours été le cas et que la route avait été longue pour en arriver là. Ils exprimaient tous le plaisir de se retrouver après avoir souffert d'isolement. Clairement, leur « famille » de l'armée comptait beaucoup pour eux. Notamment pour Bud, qui n'en avait pas d'autre.

L'épouse de Sean, Lisa, raconta à quel point cela avait été

difficile quand il s'était blessé au dos : elle était enceinte à l'époque, et non seulement son mari ne pouvait plus l'aider à la maison, mais, à la naissance du bébé, il n'avait pas non plus été capable de le prendre dans ses bras. La douleur le rendait malheureux et avait gâché l'expérience de devenir père. Leur mariage avait souffert aussi, mais ils s'en étaient sortis et attendaient leur second enfant.

Tout en écoutant le récit de Lisa, Viktoria sentit son regard inexplicablement attiré à l'autre bout de la salle, comme poussé par un sixième sens, car ses yeux se posèrent sur Cam. Elle ignorait qu'il devait les rejoindre, et lui non plus n'était pas au courant qu'elle serait là si elle en jugeait par l'air étonné qui se peignit sur son visage quand il la vit.

Ayant salué tout le monde, il vint s'asseoir sur la banquette à côté d'elle – à la seule place libre. Sa cuisse effleura la sienne, brièvement, quand il s'installa, et elle sentit la chaleur de son corps à travers le tissu de sa jupe. Ce fut comme si ses terminaisons nerveuses venaient de se réveiller toutes en même temps.

— Bonjour, Viktoria. J'ignorais que vous seriez là.

Pour elle, sa présence était une agréable surprise, mais pour lui ?

— Mark m'a invitée, répliqua-t-elle, comme si elle devait s'excuser. Il a pensé que rencontrer les familles serait intéressant pour moi. Il ne m'avait pas dit que vous viendriez.

— Je retrouve les gars quand je peux. J'ai été en Afghanistan avec Sean et Bud, répondit-il en se servant une bière du pichet que Mark venait de lui tendre.

Viktoria but une gorgée de son vin en s'efforçant de ne pas trop penser à la jambe de Cam contre la sienne chaque fois qu'il bougeait pendant la conversation. Car son contact, même bref et limité, suscitait une réaction puissante en elle. Les battements de son cœur s'accéléraient, tout comme sa respiration. Jamais personne ne lui avait fait pareil effet.

La conversation passa de leurs années à l'armée à des anecdotes de cricket et de rugby, puis aux enfants.

— Vous avez des enfants, Viktoria ? demanda Lisa.

— Non.

— Elle est trop occupée à travailler pour le prince, répondit Cam.

— Le prince... Le prince Alfred ?

— Oui.

— Vous pensez qu'on pourrait le rencontrer ?

Viktoria ne s'était pas attendue à pareille requête.

— Je ne pensais pas que vous vous intéressiez à la famille royale, vous les Australiens.

— Je croyais que c'était vrai, dit Sean avant que Lisa l'interrompe d'un coup de coude.

— Je ne parle pas de rencontrer un membre de la famille royale, mais l'homme qui a fondé ces Jeux.

— Sans lui, aucun de nous ne serait ici aujourd'hui, intervint l'épouse d'Eric. Et il est probable que nous n'aurions plus nos hommes dans nos vies non plus.

— Nous aimerions le remercier, dit Lisa.

— Je vais voir ce que je peux faire, répondit Viktoria. Il assistera à la plupart des épreuves.

— Mais il va rencontrer les athlètes en compétition. Voudra-t-il nous rencontrer aussi ?

— Il y a quelques événements familiaux auxquels le prince sera présent. Plus un barbecue le premier jour et aussi la cérémonie de clôture... Je sais qu'il y aura des milliers de participants, mais je ferai de mon mieux.

Évidemment, elle n'aurait guère de peine à organiser cela, mais elle n'allait pas dire pourquoi.

— D'accord, qui est partant pour une partie de fléchettes ? demanda Mark. Je sais que Viktoria a envie de discuter avec les filles de leurs expériences. Pour ma part, je n'ai pas le cœur à entendre tout ce qu'elles auront à dire.

Viktoria fut surprise que les femmes se montrent aussi volontaires pour partager leurs histoires et sidérée d'entendre ce qu'elles avaient traversé. Chaque histoire était différente, mais avec un thème récurrent : les Jeux avaient rendu l'espoir à leurs hommes, en même temps qu'un objectif, ce qui avait changé la donne pour eux d'un point de vue moral. Même la petite amie de Mark, qui était nouvelle dans le groupe, avait noté une évolution dans son estime de lui depuis qu'il avait entamé son entraînement pour les Jeux.

— Depuis combien de temps êtes-vous ensemble ?

— Six mois. Et Cam et vous ? Pas longtemps, je me trompe ?

— Oh non ! on ne sort pas ensemble !

— Pardon, j'ai cru...

— Cam n'a pas eu de relation depuis Gemma, intervint Lisa.

Qui était Gemma ?

— Gemma ? Je ne me souviens pas d'elle, répondit la petite amie de Mark.

— Ils étaient ensemble quand il a fait l'Afghanistan.

— Mais c'était il y a des années.

Viktoria intercepta le bref regard qu'échangèrent Lisa et la femme d'Eric, mais elle ne parvint pas à le déchiffrer. Elle brûlait de les interroger à ce propos, mais elles changèrent de sujet, aussi en fut-elle réduite à se questionner sur la mystérieuse Gemma et ce qu'elle représentait pour Cam. Et sur ce qui s'était passé entre eux. Leur rupture avait-elle un rapport avec le crash de l'hélicoptère ? Gemma n'avait-elle pas eu la force d'attendre la guérison de Cam ou de poursuivre les soins elle-même ? Cam avait-il rompu avec elle ? Ou lui avait-elle brisé le cœur ? Sans doute, s'il n'était plus sorti avec personne depuis.

Trop perdue dans ses pensées pour suivre la conversation, elle décida que le moment était venu pour elle de s'en aller. Elle se levait pour dire au revoir quand Cam revint à la table avec une tournée de boissons.

— Merci, mais je pense que je vais rentrer, dit-elle quand il lui tendit un verre de vin.

— Déjà ?

Elle hocha la tête. Tout le monde s'était montré très accueillant, mais elle avait l'esprit en ébullition.

— Je peux vous raccompagner ?

Elle n'hésita qu'une fraction de seconde.

— Merci, avec plaisir.

Cela lui donnerait l'occasion de passer plus de temps avec lui. Et peut-être d'en apprendre un peu plus.

— Tout va bien ? demanda-t-il en se glissant derrière le volant après lui avoir tenu la portière côté passager.

Avait-il détecté son humeur assombrie ?

— Je n'avais pas pris pleinement conscience de l'impact sur les familles. C'était assez bouleversant, pour être honnête.

Elle s'en voulait aussi de s'être plainte de sa vie, restreinte mais très protégée, quand ces hommes et ces femmes avaient vraiment souffert et continuaient à sourire. La seule adversité qu'elle avait affrontée, c'était quand Luca l'avait trompée et qu'elle avait mis un terme à leurs fiançailles. Elle avait vécu une période difficile de sa vie, mais on ne mourait pas d'une peine de cœur. La force et la résilience des gens qu'elle avait entendus ce soir lui paraissaient d'autant plus admirables.

— Je ne sais pas comment ils parviennent à rester aussi positifs, ajouta-t-elle.

— Ils ont beaucoup souffert, commenta Cam.

Viktoria avait vraiment envie d'en savoir plus sur lui et cette mystérieuse Gemma, mais alors il risquait d'en exiger autant de sa part, et elle préférait garder le secret sur son identité. Ce ne serait donc pas juste. Elle appréciait trop de mener la vie d'une personne normale, loin de la Couronne ou de son titre, ce qui acheva de la persuader de ne pas insister.

Cam se gara dans l'allée de l'hôtel, derrière une longue file de taxis.

— Je peux descendre ici, dit-elle.

Allait-elle oser l'inviter à monter avec elle ? Non, entendre parler de cette Gemma l'avait perturbée. Après tout, elle ne savait même pas si Cam était encore lié à cette femme. Il n'était sorti avec personne depuis des années, apparemment, alors qu'est-ce qui pouvait bien l'amener à penser qu'il serait prêt à le faire maintenant, avec elle ? Il était dur à déchiffrer, et elle refusait de se ridiculiser. Mieux valait rester prudente.

— Merci de m'avoir ramenée, dit-elle en se penchant pour l'embrasser sur la joue gauche puis sur la droite.

Leurs visages étaient tout proches, et dans l'habitacle plongé dans la pénombre il avait les yeux sombres et indéchiffrables.

Ils bougèrent au même moment pour s'écarter ou se rapprocher, elle n'en savait trop rien, mais, soudain, ce n'était plus sa joue qui était sous ses lèvres, mais… sa bouche. Et elle s'entendit soupirer en fermant les yeux. Il avait les lèvres chaudes et douces, et leur pression était ferme. Elle ouvrit la bouche pour le goûter, et se perdit dans ce baiser. Oubliant tout le reste, ce qui l'entourait, qui elle était, où elle était. Elle lui rendit pleinement son baiser. Peu lui importait qu'on la voie. De toute façon, elle était incapable de s'arrêter.

Ce fut sur un petit nuage qu'elle regagna l'hôtel, ne sachant toujours pas qui avait commencé le baiser, mais peu importait. Tout ce qui comptait, c'était sa perfection. Et que Cam lui ait demandé de passer la matinée du lendemain avec lui.

Il ne voulait peut-être pas d'une relation, mais cela ne l'avait pas empêché de lui proposer de le retrouver à Bondi Beach au lever du soleil.

Le baiser avait été parfait, et le lendemain pourrait être une journée parfaite.

4

Le lever du soleil était son moment préféré de la journée. Voir le soleil monter au-dessus de l'océan, c'était, pour Cam, la meilleure façon de commencer une journée. Et elle servait aussi à lui rappeler que la vie continuait.

Bondi n'était pas sa plage préférée, car il la trouvait trop bondée, et il l'évitait en temps normal, mais aujourd'hui il était prêt à consentir une exception. Après les événements de la veille au soir.

Il avait embrassé Viktoria. Ou elle l'avait embrassé. Il ne savait pas comment c'était arrivé, et peu importait. Il avait aimé. Et puis, il s'était entendu l'inviter à Bondi. À croire que cette femme lui avait jeté un sort, au point qu'il fallait absolument qu'il la revoie.

Seulement, une fois rentré à la maison, il avait vu les doutes recommencer à l'assaillir. Faisait-il une erreur ?

Quoi qu'il en soit, c'était trop tard. Avec Viktoria, il faisait tout à l'envers : il l'embrassait puis se demandait s'il avait bien fait ; il l'invitait puis se demandait également s'il avait bien fait. Pour la bonne raison qu'il agissait avec le cœur au lieu de réfléchir. Bizarrement, cela lui permettait d'oublier la culpabilité. Et Gemma. Puis la bataille recommençait. Tempête sous un crâne.

Une chose était indéniable : il avait aimé ce baiser. Or, c'était la première fois depuis deux ans qu'il avait envie d'en vouloir plus. Pourtant, il s'inquiétait. Pour l'instant, elle ne connaissait pas son histoire. Il pouvait faire semblant. Mais si, en apprenant à le connaître, elle se mettait à le voir comme l'être abîmé qu'il était vraiment ?

Il n'avait pas prévu de baisser ainsi la garde. Parce qu'il aimait ce qu'il ressentait en sa présence. Mais elle, en dirait-elle autant ? Pour elle, il voulait être la meilleure version de lui-même : fort et intelligent, pas grincheux et abîmé.

Il voulait lui plaire.

Et il voulait la voir sourire. Voilà pourquoi il se retrouvait à Bondi Beach au lever du soleil. Elle lui avait confié son envie de voir cette plage, et il tenait à ce qu'elle la voie à cette heure précise de la journée, alors que les lieux n'étaient pas envahis par des hordes de touristes et de familles.

Les maîtres-nageurs commençaient à s'installer, sinon la plage était quasi vide. Les lève-tôt étaient à l'eau et nageaient, surfaient, pagayaient. Cam attrapa une vague et la laissa le porter jusqu'au rivage. Après avoir secoué la tête, il s'essuya les cheveux, puis se dirigea vers la tour des sauveteurs où il avait donné rendez-vous à Viktoria.

Justement, elle s'avançait vers lui, les cheveux remontés en un chignon vague au sommet du crâne, vêtue d'un short et d'un corsage ample. Elle avait des jambes incroyables, minces et bronzées après un été dans l'hémisphère Nord.

— Bonjour, dit-elle en lui donnant un baiser sur chaque joue.

Comme la veille, sauf qu'il n'y eut pas de contact des lèvres cette fois, et Cam s'obligea à repousser la déception dans un recoin de sa tête. Aujourd'hui, le but était de lui montrer les lieux iconiques de son pays, de passer du temps avec elle. Et non de s'occuper de ses propres désirs. Cependant, il ne pouvait nier qu'elle avait éveillé son désir. Il y avait des années qu'il n'avait ressenti pareille attirance, et il devait admettre qu'il était curieux de voir comment cela pouvait évoluer. Serait-elle celle qui lui permettrait de passer à autre chose ?

Était-il prêt à laisser le passé de côté ?

Il était fatigué de penser et fatigué de culpabiliser. Il voulait être heureux et peut-être, oui, peut-être, Viktoria pouvait-elle l'aider à atteindre ce but.

Sa peau était chaude et douce contre sa joue, et elle sentait magnifiquement bon.

— Bonjour, répondit-il. Bienvenue à Bondi.

Elle s'accrocha à la rambarde qui surplombait la plage et se pencha.

— Je n'en reviens pas d'être ici ! Il faut que je prenne une photo !

Puis elle tourna vers lui, lui offrant un visage radieux qui embellit un peu plus sa journée, avant de sortir son portable de la poche de son short et de tendre le bras, prête à faire un selfie avec la plage derrière elle.

— Attendez, je vais vous prendre.

— J'ai une meilleure idée, répondit-elle en l'attrapant par la main. On se photographie ensemble.

Elle se plaça légèrement devant lui et se cala dans le creux de son épaule, avant de se coller contre lui, la chute de reins plaquée à la hanche de Cam, taquinant son self-control.

— Décalez-vous un peu sur la droite, ajouta-t-elle.

Il obtempéra, et elle prit la photo.

— Voilà..., dit-elle en tournant l'écran vers lui pour lui montrer le résultat.

Elle était sublime. Lui pas. Pour la bonne raison qu'il était trop concentré sur le fait de ne pas penser à son corps moelleux et doux collé au sien.

— Bon... On va nager ?

Levant les bras au-dessus de la tête, elle se débarrassa de son corsage d'un geste fluide qui révéla un haut de bikini noir. Petit mais pas indécent, et assez bien attaché pour qu'elle ne risque pas de le perdre dans les célèbres vagues de Bondi. N'empêche qu'il ne couvrait pas grand-chose, et qu'il constituait un nouveau défi pour Cam.

Oui, il avait grand besoin d'aller dans l'eau fraîche.

— Mais vous y êtes peut-être déjà allé sans moi, dit-elle en rangeant son corsage dans le petit sac qu'elle portait à l'épaule.

Il opina.

— J'ai fait quelques exercices. L'eau est fraîche, et je ne savais pas combien de temps vous souhaiteriez y rester.

— Fraîche comment ?

— Environ 20 °C.

— Ça va. Il faut que j'y aille pour que je puisse raconter que j'ai nagé à Bondi.

Ils descendirent quelques marches et se retrouvèrent sur le sable.

— C'est superbe ici. Tellement vaste, et le sable est tout doux ! Nos plages, pourtant très belles, sont très rocheuses, et le sable est grossier. Rien à voir avec ça.

Cam posa sa serviette près de l'endroit où les sauveteurs positionnaient les drapeaux rouge et jaune pour marquer la zone de baignade autorisée.

— On laisse nos affaires ici, comme ça ? demanda-t-elle.

— Oui, ça ne risque rien. Les quelques personnes qui sont sur la plage à cette heure de la journée sont ici plus pour faire du sport que voler les autres.

Elle ôta son short et empila ses affaires avec celles de Cam, puis le suivit vers l'eau. Cam plongea sous une petite vague et nagea vers le large, pressé de sentir un peu d'eau froide, puis il pivota pour regarder Viktoria. Elle entrait lentement, s'enfonçant peu à peu, et prit enfin son courage à deux mains pour plonger dans l'eau.

— Accrochez-vous à moi, dit Cam qui avait toujours pied.

Elle lui passa les bras autour des épaules et se laissa flotter. Cam était pleinement conscient de chacun des dix doigts posés sur sa peau, petits cercles de chaleur. Hormis le bruit des vagues qui allaient mourir sur la plage, tout était paisible. Ils ne parlaient plus, mais le silence était confortable.

Les surfeurs étaient tous sur la partie sud de la plage, et seuls quelques nageurs isolés partageaient leur zone de baignade. Cam repéra soudain un homme dont les mouvements semblaient un peu laborieux. Il faisait beaucoup d'éclaboussures et quand il levait la tête, il atteignait à peine la surface. Cam le vit boire la tasse, s'arrêter, tousser. Puis s'enfoncer sous les vagues. Il remonta, mais brièvement, et disparut de nouveau. Cam sut en voyant émerger sa main que l'homme était en danger.

— Viktoria, je vois un nageur en difficulté, dit-il en désignant l'endroit où il avait vu l'homme pour la dernière fois.

Il agita la main pour alerter les sauveteurs, mais impossible de savoir s'ils l'avaient vu, car l'homme s'était éloigné de la zone de baignade surveillée.

— Il a besoin d'aide. Je vais aller le voir. Pouvez-vous courir jusqu'à la tour des sauveteurs et les prévenir ?

— Oui.

Elle ne posa pas de question, ne chercha pas à argumenter. Le lâchant aussitôt, elle se propulsa d'un battement de jambes avant de s'élancer en nageant le crawl en direction de la plage tandis que Cam filait dans le sens inverse. Il n'était plus très sûr de l'endroit où se trouvait l'homme, mais allait s'efforcer de le trouver. Même si les sauveteurs l'avaient remarqué, rien ne certifiait qu'ils soient plus précis.

Cam effectua une dizaine de brasses puissantes puis plongea sous l'eau, à la recherche de l'homme.

Rien.

Il nagea une dizaine de brasses supplémentaires, plus vite cette fois, et replongea. L'homme était là, sous la surface.

Cam s'élança et l'attrapa sous les aisselles. Il était inconscient, lourd, un poids mort même dans l'eau salée. Cam parvint néanmoins à le hisser à la surface et, d'une main, lui prit le menton pour lui maintenir la tête hors de l'eau tandis qu'il nageait en direction de la plage. Il était à bout de souffle quand il posa les pieds sur le fond. Tirant l'homme vers le bord, il l'allongea sur le sable mouillé.

Relevant les yeux, il vit que Viktoria courait toujours en

direction de la tour, encore bien loin de l'atteindre, mais les sauveteurs avaient dû la repérer, car ils se dirigeaient vers elle.

Cam reporta son attention sur l'homme et posa deux doigts sur son cou. Pas de pouls. Il le fit rouler sur le flanc afin de libérer ses voies aériennes avant de le remettre sur le dos et d'entamer le bouche-à-bouche. L'homme était en arrêt cardiaque, il n'y avait pas une seconde à perdre.

Il commença les compressions tout en comptant dans sa tête, un œil tourné vers les sauveteurs qui roulaient vers lui dans leur buggy.

13, 14.

Le buggy s'arrêta pour récupérer Viktoria.

17, 18.

L'engin filait sur le sable, à présent.

29, 30.

Il interrompit les compressions et souffla deux fois dans la bouche de l'homme.

Le buggy s'immobilisa, et deux sauveteurs en sautèrent. Cam avait repris les compressions, comptant à nouveau jusqu'à 30.

— Vous pouvez continuer les compressions ? demanda l'un des sauveteurs. Je m'occupe des insufflations.

Cam hocha la tête puis se redressa une fois arrivé à 30 pour laisser la place au sauveteur et lui permettre d'apposer les patchs après avoir chargé le défibrillateur tandis que son collègue faisait le bouche-à-bouche.

Puis ils se préparèrent à choquer.

— On dégage. Je choque !

Ils attendirent le résultat.

Rien.

Cam continua les compressions alors que le défibrillateur chargeait.

— Je prends le relais après le prochain choc si besoin, annonça l'un des sauveteurs à Cam.

Sans cesser de compter, il opina. Au deuxième choc, l'homme ne réagit pas plus, et Cam se releva, laissant le noyé aux soins des sauveteurs. Au loin, il entendait les sirènes : l'ambulance était en route.

Une foule de joggeurs, de promeneurs de chiens et d'autres nageurs s'était agglutinée, et Cam se demanda d'où ils sortaient tous, car la plage lui avait semblé quasiment déserte dix minutes plus tôt. Repérant Viktoria à l'écart, les mains sur la bouche et blême, il alla la rejoindre tandis que les sauveteurs continuaient à s'acharner.

Elle tremblait de tout son corps. Cam l'enveloppa de ses bras pour tenter de la calmer, de la réchauffer, de la rassurer. Elle avait la peau froide, mais, surtout, elle devait être traumatisée.

— Mon Dieu ! Est-ce qu'il va s'en sortir ?

— Je ne sais pas, répondit Cam.

Viktoria s'appuya contre Cam lorsqu'il passa les bras autour d'elle pour essayer de la réchauffer. Car elle tremblait, sauf qu'elle n'était pas sûre que ce soit de froid.

Il avait la peau chaude par contraste avec la sienne, car la réanimation était un exercice physique. Il était fort, rassurant, elle en avait bien besoin.

— Venez, vous avez besoin de vous mettre au chaud.

Une foule s'était regroupée, et elle commençait à trouver la situation inconfortable, si bien qu'elle fut soulagée quand Cam l'entraîna à l'écart.

— Et le monsieur ?

— On ne peut rien faire de plus pour lui.

— Ils vont réussir à le ranimer ?

— Honnêtement, je n'en sais rien. Ce n'est pas en très bonne voie.

Il ramassa leurs serviettes sur le sable et lui en enroula une autour des épaules, puis la garda proche de lui alors qu'ils se dirigeaient vers la tour de surveillance. Il laissa ses coordonnées au cas où les sauveteurs souhaiteraient lui parler, puis l'emmena jusqu'à sa voiture où il alluma le chauffage à fond.

— Où allons-nous ? demanda-t-elle quand il démarra pour se diriger vers la sortie du parking.

— Je me suis dit que j'allais vous ramener chez moi. C'est plus proche que votre hôtel. Vous vous sentirez mieux après une bonne douche et un en-cas.

Elle ne se sentait d'attaque pour avaler quoi que ce soit. En revanche la perspective d'une douche était divine.

— Vous vous sentez bien ? reprit Cam, l'ayant sans doute vue détourner les yeux au moment où ils passaient devant l'ambulance.

— Je pense, oui. Je n'ai jamais vu de mort, et je pense que je ne suis pas près d'oublier ce qui vient de se passer.

— Effectivement, ce sont des images qu'on peut avoir du mal à se sortir de la tête... Mais, d'expérience, c'est plus facile quand on ne connaît pas la personne.

— Peut-être... À l'armée, vous avez dû voir bien pire. Vous avez perdu des amis ?

— Oui.

Machinalement, elle posa une main sur sa cuisse, lui offrant une forme de réconfort à son tour. Tournant la tête, il lui adressa un bref sourire. Mais il semblait toutefois perdu dans ses pensées, et elle se demandait si le noyé en était la cause ou si l'épisode avait fait remonter des souvenirs pénibles. Elle brûlait d'en savoir plus, mais ne savait que trop à quel point il était désagréable qu'on vous pose des questions indiscrètes pour le faire à son tour.

Cela ne l'empêchait pas de se questionner sur la fameuse Gemma. Que lui était-il arrivé ? Faisait-elle partie de ces êtres chers qu'il avait perdus ? Et sinon, qu'est-ce qui avait provoqué leur rupture ?

Cam l'avait embrassée, mais si c'était à une autre qu'il pensait ? À Gemma ? Regrettait-il ce baiser impulsif ? Lui avait-il rappelé Gemma ? Elle ne pouvait pas le deviner, alors mieux valait ne pas s'attarder sur ces questions. Il faisait un effort pour elle, et le moins qu'elle puisse faire était de rester d'humeur légère.

— Alors, qu'est-ce que vous proposez pour nous requinquer ? demanda-t-elle.

— Je vais y réfléchir, répondit-il en tournant dans son allée. Mais d'abord, une douche et des vêtements secs.

Rex les accueillit à la porte, agitant la queue, et Viktoria se sentit aussitôt rassérénée en lui caressant la tête.

Cam lui montra la salle de bains tout en lui tendant une serviette propre et ajouta :

— Vous devriez trouver tout ce qu'il vous faut. Prenez votre temps, je vais nous préparer quelque chose à grignoter.

Elle fut tentée de l'entraîner sous la douche avec elle. Apparemment, ils avaient tous les deux besoin d'une distraction, mais elle ne savait pas quel était son état d'esprit. Il était difficile à déchiffrer, et semblait parfois porter le poids du monde sur ses épaules.

Elle se lava les cheveux, et renonça à les sécher complètement lorsqu'elle sentit l'arôme du café. Cam avait dressé la table dehors, au bord de la piscine.

— Je ne savais pas trop ce qui vous ferait envie, donc il y a du café, des tartines de guacamole et des œufs pochés. Prenez place et servez-vous.

Viktoria ne prenait pas de petit déjeuner en général et, étant donné les circonstances, elle ne se serait pas crue capable d'avaler quoi que ce soit. Pourtant elle avait l'impression d'être debout depuis des heures, et contre toute attente l'air frais plus l'eau lui avaient ouvert l'appétit.

Une légère brise soufflait sur la terrasse et, malgré le soleil, un frisson la parcourut. Cam disparut à l'intérieur et ressortit avec un sweat-shirt tout doux bien usé par le temps.

— Tenez, enfilez ça. À moins que vous ne préfériez manger à l'intérieur ?

— Non, merci, ici c'est parfait.

Elle passa le sweat-shirt dont elle roula les manches. Il sentait Cam. Porter son vêtement, c'était un peu comme être entourée de ses bras à nouveau.

Cam étala de l'avocat sur un toast, pressa quelques gouttes de citron dessus puis ajouta un tour de moulin à poivre.

— Goûtez, dit-il en le lui tendant. C'est une spécialité australienne.

Elle était adorable dans son sweat-shirt trop grand pour elle, et il brûlait de la serrer contre lui et de le lui enlever. Cela faisait si longtemps qu'il n'avait pas été attiré par une femme. Viktoria avait quelque chose de différent. Elle était totalement différente des femmes qu'il avait pu rencontrer, pourtant il n'arrivait pas à mettre le doigt sur ce qui la distinguait des autres.

Peut-être qu'elle lui rappelait la personne qu'il était avant l'accident. Du coup, il se sentait plus léger, plus libre. Voire heureux. Et c'était agréable d'avoir de la compagnie. Autre que Rex. Quant à leur baiser... il avait été phénoménal. Et il n'avait qu'une envie : recommencer.

Cela aussi, c'était nouveau.

Une bataille se livrait en lui entre la culpabilité et le désir, et il ignorait ce qui l'emporterait.

— C'est délicieux, commenta-t-elle en terminant son toast.

Quand elle se lécha le bout des doigts, Cam dut se concentrer sur une réponse, plutôt que sur les lèvres entre lesquelles la pointe de l'index, puis du majeur de Viktoria avait disparu.

— Quels sont vos projets pour cet après-midi ? demanda-t-il, faute de mieux.

— Je n'en ai pas.

— Je vais rendre visite à ma sœur qui vit à environ une heure et demie de route d'ici. Aimeriez-vous m'accompagner ? Ça vous donnerait une opportunité de voir autre chose que la ville.

Il lui faisait cette proposition parce qu'il s'inquiétait de la savoir seule après le traumatisme de ce matin. Il se sentait responsable d'elle, en quelque sorte. Rien à voir avec son envie brûlante de l'avoir auprès de lui.

— Vous êtes sûr ?

— Elle a des chevaux, précisa-t-il, espérant la convaincre car elle lui avait dit aimer monter.

— Eh bien, oui, j'adorerais venir. Est-ce la même sœur qui vous a donné Rex ?

— Je n'en ai qu'une.

— Et elle vit si loin ?

— C'est à peine à plus de cent kilomètres, ce n'est pas loin à l'échelle de l'Australie.

— Si j'étais dans mon pays, cent kilomètres de distance, ça me conduirait… en France ou en Espagne. Berggrun ne fait guère que six mille kilomètres carrés, la moitié de la taille de Sydney.

— En l'occurrence, on ne va même pas changer d'État. En revanche, vous aurez l'impression d'être dans un autre monde.

La grande ville avait cédé la place aux prairies verdoyantes, aux vignes et aux petites villes de campagne, et Viktoria était aussi excitée qu'une enfant à Noël de découvrir sur leur passage les kangourous dans le bush avec leurs petits. Enfin, Cam quitta l'autoroute et passa entre deux piliers blancs. Des chevaux paissaient dans les paddocks de part et d'autre de l'allée.

— C'est quelle race de chevaux ? demanda-t-elle, surprise.

— Des walers, répondit Cam. Ma sœur et son mari les élèvent.

Il passa devant les écuries et arriva près de la maison, construite en pierre mais clairement moderne, avec ses grandes baies vitrées qui ouvraient sur les enclos. Une pergola en fer forgé, recouverte de vigne, abritait l'entrée de la maison.

Une femme enceinte de plusieurs mois en sortit au moment où Cam coupait le contact. Il vint ouvrir la portière de Viktoria, avant d'aller étreindre la femme.

— Salut, petit frère, dit-elle en le relâchant, avec un sourire à l'intention de Viktoria.

— Voici ma sœur, Skye, et son mari, David.

Skye avait les mêmes yeux bleu-gris que Cam, et David était grand et solidement bâti, avec des cheveux blonds et un visage agréable.

— Bonjour, Viktoria, dit la jeune femme. J'ai entendu dire que vous aviez passé une matinée agitée.

Viktoria lui tendit le bouquet de fleurs qu'elle avait acheté dans un village en venant, ne souhaitant pas arriver les mains vides.

— Oui, un peu plus stressant que ce à quoi je suis habituée, certainement, répondit-elle. Merci de me recevoir cet après-midi, je sais que vous ne m'attendiez pas.

— C'est normal. Les amis de Campbell sont toujours les bienvenus.

Puis elle les précéda dans la maison qui ouvrait directement sur une vaste pièce de vie avec une cuisine moderne d'un côté.

— Je suis d'accord avec Cam, reprit Skye en remplissant un vase d'eau pour y disposer les fleurs. Vous avez eu un vilain choc ce matin, mieux vaut ne pas rester seule. Enfin, il aurait aussi pu reporter sa visite au lieu de vous traîner dans la campagne.

— J'étais ravie de venir. Je dois avouer que j'avais envie de voir autre chose que la ville, et une fois que Cam m'a dit que vous aviez des chevaux, jamais je ne l'aurais laissé annuler la visite.

— Vous montez ?

— Oui.

— Vous avez envie de voir les chevaux ?

— J'adorerais.

— Parfait. On va laisser les hommes nous préparer une collation pendant que je vous emmène voir les animaux. Vous allez vous en sortir, les garçons ? Mettez la bouilloire à chauffer et coupez du gâteau. Nous ne serons pas longues.

Skye bombarda Viktoria de questions tandis qu'elles se promenaient entre les enclos.

— Vous travaillez pour les Jeux ? C'est ainsi que vous avez rencontré Cam ?

— Oui. Il n'était pas ravi de devoir me faire visiter les lieux où se dérouleront les épreuves, mais j'espère qu'il m'a pardonné.

— J'imagine que oui, répondit Skye avec un drôle de regard que Viktoria ne sut déchiffrer. Vous vivez en Australie ou vous êtes ici juste le temps des Jeux ?

— Juste pour les Jeux. Il me reste dix jours à passer ici.

— Je vois.

Décidément, cette femme était à peu près aussi illisible que son frère. Un trait de famille, peut-être.

Skye sortit des pommes d'un conteneur en plastique. Aussitôt, les chevaux s'approchèrent de la clôture.

— Je ne connais pas cette race, les walers. Ils ne ressemblent pas à des pur-sang.

— Non, ils sont plus lourds, plus costauds. Ce sont des chevaux australiens, expliqua Skye. Un mélange d'arabe, de la race du Cap en Afrique, de poney du Timor et, certainement, d'un peu de clydesdale aussi. Mais ils sont nés d'ici, en Nouvelle-Galles du Sud, d'où leur nom de « walers ». Vous avez entendu parler de l'Australian Light Horse ?

— Durant la guerre, c'est ça ?

— Oui, ils montaient des walers. Des chevaux robustes élevés pour la ferme à l'origine, et puis utilisés pour la cavalerie, justement à cause de leur force et de leur résistance. Il existe des histoires incroyables de la guerre des Boers et de la Première Guerre mondiale.

— Vous en avez énormément, qu'en faites-vous ?

— Nous les vendons. En grande partie comme chevaux de trait, mais aussi récemment comme animaux de thérapie.

— J'ai entendu parler des chiens de thérapie, mais pas de chevaux.

— Certains chevaux développent une bonne relation avec les gens s'ils ont le tempérament adéquat. Les walers, par exemple, s'attachent beaucoup. Je les élève, et puis ils s'en vont dans les haras du reste du pays, et les gens qui souffrent de dépression ou de stress post-traumatique peuvent passer du temps avec eux. Les monter, ou juste les brosser, leur parler... Cela s'appelle l'équithérapie. Les chevaux ne vous jugent pas.

Viktoria était fascinée.

— Et qui s'en occupe ? Il leur faut un dressage particulier ?

— Non, il suffit de savoir s'occuper d'un cheval, et une fois que vous connaissez sa personnalité et vice versa, vous avez un ami pour la vie.

— Et vous avez toujours fait ça ?

— Pas vraiment. Cam et moi avons grandi dans une ferme de moutons. Naturellement, nous avons appris à monter, mais rien de plus. Ni Cam ni moi ne souhaitions hériter de la ferme, alors quand nos parents l'ont vendue pour prendre leur retraite et emménager en ville, j'ai dépensé ma part de l'héritage pour cette propriété, et Cam a acheté sa maison.

— Alors il monte ?

Il n'en avait pas fait mention quand elle avait parlé de son amour pour les chevaux.

— Plus maintenant, répondit Skye. Rentrons avant que les garçons mangent tout le gâteau, ajouta-t-elle, toutes les pommes ayant été distribuées.

Encore une fois, Viktoria eut la sensation que pas mal de choses restaient non-dites.

Au final, ils passèrent un après-midi plaisant avec Skye et David, mais Viktoria fut contente de se retrouver seule avec Cam. Freddie devait arriver à Sydney le lendemain, et elle craignait que sa présence réduise sa liberté de mouvement. Elle avait envoyé un message à Brigitta, mais si son assistante avait accès à une application qui suivait tous ses déplacements, jamais elle ne remettrait en question son choix d'emploi du temps. Freddie risquait d'être plus intéressé par la personne avec qui elle passait tant de temps.

Alors quand Cam tourna dans l'allée de son hôtel, elle décida de lui proposer de continuer cet après-midi ensemble. Il répondrait oui ou non, au moins elle aurait essayé.

— Vous me raccompagnez jusqu'à ma chambre ?

Le sous-entendu était clair pour tous les deux, inutile de se voiler la face. Sans un mot, Cam coupa le contact et sortit de la voiture pour donner ses clés au voiturier.

Ravie et soulagée, elle prit la main qu'il lui tendait et l'emmena jusqu'à l'ascenseur privé qui les monterait directement à sa suite. S'il remarqua qu'elle avait son propre ascenseur, il ne fit aucun commentaire. Ils sortirent dans le hall du penthouse, et elle mit la clé devant le détecteur pour accéder au salon. Les rideaux étaient ouverts, et le port de Sydney scintillait dans la lumière crépusculaire.

— Ah ! c'est comme ça de travailler pour un prince ? commenta-t-il en balayant la pièce des yeux. Je vous en prie, ajouta-t-il en s'avançant vers la baie vitrée, dites-moi que ce n'est pas l'organisation caritative qui paye pour tout ça.

Profitant qu'il lui tournait le dos, elle envoya un rapide message à Brigitta, lui indiquant qu'elle était rentrée, mais ne souhaitait pas être dérangée.

— Non, je vous rassure. Cependant, je ne vous ai pas invité à monter pour vous montrer cette vue.

Comme elle l'avait espéré, elle avait retenu son attention. Cam pivota au moment où, s'étant débarrassée de ses chaussures, elle posait la main sur le bouton de son chemisier.

Il traversa la pièce en trois enjambées, ses yeux sombres rivés sur elle, et Viktoria y voyait son propre désir s'y refléter. Soudain, ses joues la brûlaient, et elle avait du mal à respirer, tant le regard de Cam était intense. Elle entrouvrit la bouche pour prendre une bouffée d'air et passa la langue sur ses lèvres sèches.

Cam lui glissa un bras dans le dos pour l'attirer contre lui puis l'embrassa. Il avait un goût de café et de cannelle, un goût de liberté et de promesses.

Elle lui passa une main derrière la nuque pour lui rendre son baiser avec la même fougue. Il avait la langue chaude, les mains chaudes, et chaque parcelle de son corps était en feu, consumée de désir. Elle sentait les doigts de Cam sur son bras qui faisaient leur chemin jusqu'à ses épaules, à sa clavicule, au creux à la base de sa gorge.

Elle ne pouvait plus respirer, elle avait oublié comment on faisait. Pourtant, il fallait respirer. Quand elle s'écarta, il la libéra de son étreinte. Elle faillit le supplier de la reprendre, tant elle ne voulait pas qu'il s'éloigne.

— Tout va bien ? demanda-t-il.

Elle hocha la tête, bien incapable de parler, mais, consciente des rideaux encore ouverts, elle préférait entrer dans l'intimité de sa chambre. Il y avait peu de risques que des paparazzis l'aient traquée jusqu'ici puisque, apparemment, personne ne savait qui elle était, mais elle ne pouvait pas prendre le moindre risque, si infime soit-il.

Lui prenant la main, elle entraîna Cam dans la chambre où, à l'aide de la télécommande, elle ferma les voilages pour leur offrir l'intimité nécessaire sans les plonger dans le noir.

Puis elle noua les mains autour de son cou et l'attira tout contre elle. Il posa les yeux sur son visage avant de descendre plus bas, sur ses seins. Comment un regard pouvait-il être aussi torride ? Aussi intense ?

Elle retint son souffle, essayant de calmer les battements de son cœur, mais les pointes de ses seins se dressèrent en réaction au regard de Cam qui lui brûlait la peau à travers le fin tissu de son chemisier. Et entre ses jambes… Il avait à peine posé un doigt sur elle que, déjà, elle se sentait sur le point de s'embraser et de se liquéfier à la fois. Un regard, un sourire, et elle fondrait.

— Tu es sûre ?

Il n'y avait pas à hésiter quant au sens profond de sa question. Et puis, ce n'était pas comme s'ils n'en avaient pas eu envie toute la journée.

— Oui, répondit-elle dans un souffle. Je veux que tu me fasses l'amour.

Elle n'eut pas besoin de le lui demander deux fois.

Les doigts de Cam trouvèrent les boutons de son chemisier qu'il défit en quelques secondes. Puis il se pencha et déposa une ligne de baisers de sa clavicule jusqu'au renflement de son sein. Les jambes de Viktoria tremblèrent, menaçant de céder sous elle, mais avant qu'elle ait le temps de s'en soucier, il la souleva dans ses bras pour la poser sur le lit.

Puis il vint s'allonger au-dessus d'elle, appuyé sur les coudes. Elle lui caressa les bras, s'imprégnant de sa puissance, s'émerveillant de cette force qui émanait de lui. Son souffle était saccadé, maintenant, elle l'entendait et le sentait sur ses épaules et son cou. Mais il ne bougea pas. Comment parvenait-il à rester ainsi immobile ? Il était penché vers l'avant, prêt à aller plus loin, pourtant il se retenait, apparemment. Il n'était pas pressé. Comment pouvait-il être aussi calme quand elle était consumée de désir ?

Cependant, l'attente était une exquise douleur qui luttait avec l'impatience de le sentir en elle maintenant. Tout de suite. Elle cambra les reins à sa rencontre, se poussa contre son entrejambe et fut récompensée en détectant son désir, dur contre son mont de Vénus.

Avec un soupir, elle laissa ses genoux s'ouvrir puis noua les jambes autour de lui pour l'attirer plus près d'elle. S'abandonnant, il la recouvrit entièrement. Oui, c'était ce qu'elle voulait. Sentir son poids sur elle, pour s'assurer que c'était bien réel.

Chaque cellule de son corps la picotait, sa peau était en feu, et ses terminaisons nerveuses s'électrisaient à la perspective de ce qui allait suivre. Son désir était presque douloureux, sa réaction à Cam intense.

Il posa enfin ses lèvres chaudes et douces sur son lobe d'oreille, dans son cou, puis sa bouche couvrit la sienne, et elle se laissa aller contre lui.

Il lui effleura les tétons, durs et contractés, puis écarta une bretelle de son soutien-gorge pour exposer son sein gauche qu'il taquina du pouce. Elle poussa un cri alors qu'une vague de désir la submergeait et qu'un éclair de chaleur traversait son corps tout entier. Cam glissa alors les mains derrière son dos et, d'un geste expert, lui dégrafa son soutien-gorge. Alors il baissa la tête, et ses lèvres déposèrent une ligne brûlante de baisers depuis sa gorge, jusqu'à ce qu'enfin il prenne la pointe dure de son sein dans la chaleur humide de sa bouche, passant la langue sur la chair tendue à l'extrême. Encore et encore, au point qu'elle crut bien jouir immédiatement. Mais elle ne voulait pas que les choses s'arrêtent là. Pas encore. Peut-être jamais. Elle voulait le sentir, le toucher, l'exciter.

Elle trouva le bas de son T-shirt et le remonta afin de pouvoir passer les paumes sur sa peau chaude, ferme et douce. Sans cesser de lui embrasser les seins, il se laissa débarrasser de son vêtement. Une main en coupe sur un sein, il en frottait le bouton très sensible, arrachant malgré elle des gémissements à Viktoria. De nouveau, elle cambra les reins, s'offrant à lui, et quand il reprit un téton dans sa bouche, qu'il aspira fort, elle manqua d'exploser entre ses bras.

Elle posa un doigt sur son torse, descendant jusqu'au creux de son ventre et suivant la ligne de poils qui s'engouffraient sous sa ceinture. Dans un effort pour prolonger le plaisir, elle fit en sorte de se concentrer sur lui. Aussi défit-elle le bouton de son pantalon qu'elle lui repoussa sur les hanches après avoir baissé la fermeture Éclair. Son sexe en érection tendait le tissu de son boxer. Elle passa la main dessus : il était dur et épais, et elle le sentit pulser dans sa paume. Il lâcha un gémissement, cette preuve de son excitation l'incita à continuer.

Il remonta la main le long de sa cuisse et sous la couture de son short.

— Enlève-le-moi, dit-elle en soulevant le bassin.

Il obtempéra aussitôt et quand ses doigts rencontrèrent l'élastique de son slip, il les passa sous la dentelle. Viktoria s'ouvrit à lui, se donna à lui en laissant retomber ses jambes grandes ouvertes et elle réprima un cri de désir lorsqu'il immisça un doigt dans sa moiteur. Le pouce de Cam trouva son clitoris, et elle hoqueta à son contact qui, déjà, l'emmenait au bord du précipice.

Non. Elle voulait partager cette expérience. Elle le voulait lui, tout entier, et qu'il l'ait elle, tout entière. Alors elle le lâcha et se débarrassa de son slip. Elle était nue sous le regard bleu-gris qui la dévorait. L'embrasait aussi.

Elle le regarda se redresser pour enlever son pantalon et ses chaussures. Elle n'en pouvait plus d'attendre qu'il la prenne, qu'enfin ils ne fassent qu'un, qu'elle sente qu'il la désirait autant qu'elle le désirait.

Cam contempla Viktoria, allongée sur le lit, nue, offerte, et il balaya toute réserve. Il n'avait pas fait l'amour depuis Gemma, mais il était trop tard pour les doutes. Il ne voulait ni ne pouvait plus penser. Il n'y avait plus de place dans sa tête pour autre chose que le désir. Il eut toutes les peines du monde à se retenir assez longtemps pour attraper son portefeuille et en sortir un préservatif.

Appuyée sur les coudes, superbe, elle le regarda le dérouler. Ensuite, lui prenant la main, elle l'obligea à se rallonger puis, les mains passées dans son dos, elle le saisit par les fesses pour l'attirer contre elle, cambrant le dos à sa rencontre, genoux écartés, emboîtée à lui.

Elle laissa échapper un soupir quand il la pénétra. Elle se donna à lui, et il la fit sienne. Tout entière. Il l'emplit, la consuma, et ils ne firent qu'un.

Très vite, il se sentit perdre le contrôle.

Tout fut oublié, Viktoria avait pris possession de ses sens. Il voulait aller doucement, savourer l'instant, prendre le temps de tout mémoriser d'elle, mais il était incapable de lui résister. Incapable de combattre la montée du plaisir. Il n'était plus qu'un homme désarmé face à la vague qui déferlait. Le monde avait cessé d'exister à l'exception de Viktoria.

Il ne pensait plus à l'accident, ni à ses cicatrices, ni à sa culpabilité, ni même à Gemma. Pour la première fois depuis des années, il n'y avait plus la place pour tout cela. Il était entièrement dans le présent, immergé dans l'instant.

Elle lui posa une main sur le torse, et quand elle taquina un téton, un nouvel afflux de sang lui gonfla le sexe. Il murmura son nom, et ce fut sa dernière pensée cohérente. Ses jambes fuselées nouées autour de la taille, il l'assaillit de ses coups de boutoir. Qu'elle recevait, qu'elle accueillait même en montant le bassin à sa rencontre. Alors la résistance de Cam se désagrégea.

Il s'entendit pousser un cri guttural tandis qu'il la pilonnait, l'emplissait, la faisait sienne. Il l'entendit crier son nom et, incapable de se retenir, accéléra encore la cadence. Il n'y avait rien de doux dans leur étreinte. Elle était attisée par un désir à l'état brut.

Il s'enfonça au plus profond d'elle et, quand il la sentit parcourue d'un frisson, se laissa aller à la jouissance. Ils atteignirent l'orgasme ensemble, et dans les secondes qui suivirent il se lova contre elle, l'étreignant fort, ne voulant pas la lâcher pour savourer encore ces instants, dans les bras l'un de l'autre, moites de sueur et le souffle court.

Elle était époustouflante.

Elle lui avait offert un cadeau. Elle l'avait soulagé de son trauma et de son stress. Il avait l'impression qu'elle venait de reconstituer le puzzle en vrac qu'il était. Que tant qu'elle le tenait dans ses bras, il était réparé, rénové, revivifié.

Pendant ces quelques minutes, elle lui avait permis de se sentir comme l'homme qu'il était jadis, et il se demandait si elle avait le pouvoir et la capacité de le guérir. Pour de bon.

Elle était pelotonnée contre son flanc, ses doigts chauds se promenaient sur son torse, un de ses tétons, son sternum, son ventre, et vinrent se poser sur la cicatrice qu'il avait à la hanche qu'elle suivit sur toute sa longueur jusque sur la cuisse.

— Comment tu t'es fait ça ?

Sa question le ramena brusquement à la réalité.

Il s'était trompé en croyant pouvoir rester dans la bulle qu'elle avait créée. En croyant que cette étreinte pouvait être un recommencement pour lui. Pourtant s'il espérait laisser à Viktoria une place dans sa vie, elle méritait une réponse.

— J'ai été victime d'un accident.

— C'est une sacrée cicatrice. C'était un accident grave ?

— Oui.

Cela aurait pu être pire, toutefois. Même si, comme il l'avait souvent pensé, l'issue aurait été plus simple s'il était mort aussi. Car alors il ne vivrait pas avec cette culpabilité.

— C'était il y a longtemps ?

— Deux ans.

— Tu veux bien m'en parler ?

Après tout, si elle cherchait, elle trouverait tous les détails sur Internet. Les articles ne parlaient pas du volet personnel de l'accident, toutefois. Ils ne mentionnaient pas comment il avait détruit sa vie. Cela, il n'avait pas besoin de lui en parler. En revanche, il pouvait lui donner les faits. Il les avait assez souvent répétés devant diverses personnes et lors d'auditions.

Sauf que seule une poignée de personnes étaient au courant de sa culpabilité : les psychologues, Doug, Skye.

— J'étais en mission au Moyen-Orient en tant que chirurgien, commença-t-il, songeant qu'être allongé dans la pénombre facilitait la parole. Je m'occupais des traitements médicaux et des opérations à l'hôpital de la base, mais j'allais aussi sur le terrain à bord de l'hélicoptère de l'équipe d'évacuation pour récupérer des soldats blessés. J'étais à quelques jours de rentrer à la maison quand l'accident est survenu. L'hélicoptère s'est écrasé, abattu par des tirs. J'ai appris plus tard que c'était délibéré. Ils ont volontairement ignoré les symboles médicaux et ont lancé des missiles. J'ai fini avec de multiples blessures, notamment une fracture du bassin et le fémur explosé. On m'a remis en un seul morceau à l'aide de plaques, de broches et de vis, et c'est de là que vient ma cicatrice. J'ai perdu beaucoup de sang, mais au dire de tous, j'ai eu de la chance.

— Je ne dirais pas : « de la chance », pour ma part. Tant de souffrance...

— Ils voulaient dire : « de la chance d'être en vie ».

— Ah...

— L'hélicoptère s'est écrasé, et puis il a pris feu. Il y avait six personnes à bord, et j'ai été le seul survivant. Je n'ai pas réussi à les sortir, ajouta-t-il, le ventre noué. Je n'arrivais pas à me tenir debout, je n'arrivais pas à respirer. Je me suis traîné hors de la cabine, mais je n'ai pu sauver personne d'autre.

On lui avait expliqué plus tard que les autres étaient morts soit à l'impact soit avant, mais il avait du mal à le croire. Il se demandait encore si l'armée ne lui racontait pas cette histoire pour le déculpabiliser.

Il était resté allongé par terre une heure avant qu'on les trouve. Oui, il avait survécu, pourtant il avait longtemps regretté de n'être pas mort.

— C'étaient tes amis ?

La tête posée sur son torse, elle dessinait du doigt des petits cercles sur son ventre. Sa voix grave et calme le détendait, l'hypnotisait, son souffle chaud l'apaisait.

— Plus que ça, murmura-t-il.

Il sentait ses joues humides de larmes. Il pleurait ses collègues, il pleurait Gemma. Il les essuya d'un revers de la main. Pas question d'être triste. Pas ce soir. Il ne voulait pas de la pitié de Viktoria.

Il lui prit la main pour embrasser chacun de ses doigts. Assez parlé. Il voulait oublier le passé, rester bloqué dans leur bulle. Il était bien, repu, et il voulait conserver cette sensation encore un peu.

5

Il n'y avait plus un siège de libre dans les tribunes du terrain de basket. Des plates-formes spéciales avaient été érigées pour accueillir les spectateurs en fauteuil roulant, et toutes les places étaient occupées. Le basket-ball en fauteuil était le premier sport au programme, et l'attente était aussi forte que les nerfs étaient tendus, à la fois pour les concurrents et pour le comité d'organisation.

Mais avant, il y avait le discours d'ouverture du prince. Son arrivée fut acclamée, pourtant Cam la remarqua à peine. Car Viktoria était arrivée sur le terrain en compagnie du prince, et il n'avait d'yeux que pour elle.

Il ne l'avait pas revue depuis qu'il avait quitté son lit aux petites heures du jour la veille. Ensuite, il avait passé la journée en réunion pour discuter des derniers préparatifs des Jeux qui commençaient aujourd'hui. Pour une fois, cependant, il n'était pas soulagé de se noyer dans le travail. Et même les remords, qu'il s'était attendu à éprouver, n'étaient pas venus. Au contraire, il se sentait comme libéré d'un fardeau.

Il se tenait au bord du terrain avec l'équipe médicale quand Viktoria vint se poster à côté de lui.

— Bonjour, tu es prêt ? demanda-t-elle.

— Je pense, répondit-il en souriant. Et toi ?

Ils se turent alors que Doug présentait le prince Alfred. Puis celui-ci s'approcha ensuite du micro installé au centre du terrain de basket. Il était grand, blond et paraissait en forme, pourtant il parlait souvent de l'effet que les missions de combat avait eu sur lui du point de vue mental. Les soldats l'acclamèrent comme l'un des leurs. De plus, il portait un polo bleu marine aux couleurs des jeux de la Légion, le même que porteraient les concurrents anglais, ce qui donnait l'impression que, bien que prince, il était là en tant que supporter. Ou soldat revenu de mission.

Viktoria sortit son téléphone, prête à filmer le discours d'ouverture du prince. Avec les médias venus nombreux aussi, la couverture serait large, ce qui était positif. Avec un peu de chance, la publicité qui serait faite autour des Jeux inspirerait les gens, soldats ou civils, les inciterait à s'engager dans le sport. D'ailleurs, c'était l'objectif du prince, Cam le savait.

— Merci pour cet accueil chaleureux, commença le prince Alfred. Je suis enchanté d'être en Australie pour ces troisièmes jeux de la Légion. À leur création, mon but était d'encourager les soldats blessés de toutes les nations à faire l'expérience des pouvoirs curatifs du sport. Je sais que nombre d'entre vous visent la perfection et adorent les défis, j'ai donc pensé que les Jeux fourniraient une plate-forme visant à inspirer, à encourager et à mettre les soldats au défi d'y participer. J'ai vu de mes propres yeux l'esprit de compétition de la plupart des personnels des forces de défense, mais les jeux de la Légion ne sont pas uniquement tournés vers la compétition. Il s'agit aussi d'atteindre des buts et de l'appartenance à une famille. Pour beaucoup, si ce n'est la majorité d'entre nous, nos unités sont devenues notre famille, et je sais la peine que cela fait de perdre cette famille à cause d'une blessure, d'une maladie ou d'une mise à la retraite, et à quel point c'est encore plus dur quand cela ne dépend pas de notre choix. L'idéal de ces Jeux est de réunir les gens. Je forme l'espoir que vous y trouverez l'opportunité de vous soutenir et de vous embrasser, de vous sentir appartenir à une forme d'union. Et il n'y a pas que les médailles qui comptent. Que vous soyez compétiteur ou spectateur, vous avez tous réussi quelque chose par le simple fait de votre présence ici. Le succès des deux premières éditions des jeux de la Légion a surpassé mes attentes, et c'est fantastique de les voir grandir en taille et en reconnaissance. Cette année, nous avons un millier d'athlètes en compétition venant de vingt nations et dans une dizaine de sports. Je sais que ces Jeux seront un immense succès, car s'il est bien une chose que les Australiens font de façon extraordinaire, c'est accueillir les événements sportifs. Je vous souhaite à tous santé, chance et de bons moments avec vos amis, anciens et nouveaux. Je déclare donc ouverts les troisièmes jeux de la Légion.

Le discours se termina sous un tonnerre d'applaudissements et de hourras de la foule, et Cam dut pencher la tête vers l'oreille de Viktoria pour qu'elle l'entende.

— Bon, je monte sur le pont, annonça-t-il alors que les équipes d'Angleterre et d'Australie investissaient le terrain. On se voit plus tard ?

Il aurait bien aimé rester auprès d'elle, la prendre dans ses bras, lui saisir la main pour l'emmener où il n'y aurait qu'eux deux. Il était tombé sous son charme et ignorait comment cela s'était produit. Comment il était passé aussi rapidement de l'irritation à la perspective de devoir la chaperonner à cet état énamouré. Cela ne lui ressemblait pas de craquer aussi vite. Lui si mesuré. Maîtrisé. Sensé.

Ils avaient partagé une nuit et deux journées. C'était peu, pourtant il se sentait transformé.

Finalement, c'était peut-être aussi bien qu'il soit obligé de travailler Pour permettre à ses hormones de se calmer. À ses émotions aussi. Car il n'était pas habitué à ce calme apaisé, à ce bonheur – oui, c'était bien le mot ! Tout cela était pour le moins... déconcertant.

Viktoria prit place à côté de Freddie et, avant de se concentrer sur le match, elle jeta un rapide coup d'œil à sa vidéo du discours qu'elle téléchargea ensuite sur les diverses plates-formes digitales.

Le premier match opposait l'Angleterre et l'Australie, ensuite il y aurait USA/Canada. La compétition était physique, les enjeux importants. La foule, même les supporters dont l'équipe ne jouait pas encore, ne tarda pas à s'emballer, et la salle à résonner de cris, d'applaudissements, d'encouragements. Les drapeaux des vingt nations décoraient l'arène pleine de familles et d'amis ainsi que des membres des équipes des autres pays en compétition.

Viktoria n'avait encore jamais vu de basket-fauteuil et fut surprise de l'agressivité, de l'engagement et du nombre de fois où les joueurs étaient renversés de leur fauteuil.

Mais tout en regardant le match, elle restait très consciente de Cam. Elle le voyait de l'autre côté du terrain, sous la tente médicale qui serait installée pour les urgences lors de chaque événement. Les médecins étaient là pour traiter les blessures, les kinés s'affairaient aux strappings, et les masseurs tentaient de soulager les muscles fatigués et les crampes.

Cam était occupé, mais levait de temps en temps les yeux vers elle et lui souriait. Et elle ne pouvait s'empêcher de sourire en retour. Elle était venue à Sydney pour vivre la grande aventure, mais elle avait trouvé plus que ce à quoi elle aurait pu s'attendre. Car elle n'avait pas prévu de rencontrer un homme tel que Cam et avait bien l'intention de profiter de chaque minute avant son retour inévitable à la réalité.

Un cri collectif de la foule reporta son attention sur le terrain. Un joueur australien avait violemment chuté. Viktoria reconnut Bud, l'un des amis de Mark et membre de son relais de natation. Elle retint son souffle tandis que son fauteuil était redressé et qu'on l'emmenait hors du terrain. Elle vit qu'on lui faisait passer un protocole commotion sous la tente, à l'issue duquel il ne reprit pas sa place sur le terrain – mais il fut tout de même en mesure d'aller saluer ses camarades et leurs adversaires à la fin du match quand Freddie alla serrer la main de tous les joueurs.

Cam vint s'asseoir à côté d'elle après le match.

— Bud va bien ?

— Il a une commotion, et il se peut qu'il rate le prochain match.

— Et la natation ?

— Du moment qu'il bénéficie de quelques jours de repos, ça ira, répondit Cam avec un grand sourire. Tu as des projets pour ce soir ? Je pensais t'inviter à dîner.

— Je dîne avec Fr... le prince Alfred. Je dois lui présenter mes idées.

— Demain soir alors ?

— Oui, avec plaisir.

Quelques heures plus tard, Viktoria dînait avec Freddie quand son téléphone tinta, annonçant l'arrivée d'un SMS. Elle y jeta un coup d'œil et, voyant que c'était de Cam, prit l'appareil pour le lire.

Dis-moi s'il t'ennuie et que tu as besoin d'être secourue.

Elle sourit et lui envoya une rapide réponse.

— C'était qui ?

— Personne.

— Viktoria, je te connais mieux que ça... Raconte.

Elle savait qu'il allait insister jusqu'à ce qu'elle cède et, parce qu'elle était ravie de parler de Cam, elle raconta les quelques jours écoulés à Freddie.

— Eh bien, sacrée aventure..., commenta son cousin une fois qu'elle lui eut rapporté ce qui pouvait se partager. Tu comptes lui révéler qui tu es ?

— Non, ce n'est pas nécessaire. Dans dix jours, je serai repartie. Il n'a pas besoin de savoir que je suis une princesse, ça n'a pas d'importance.

— Les secrets, ce n'est jamais une bonne idée. Je pense que tu devrais le lui dire.

— En partant d'ici, je rentre à la maison pour me fiancer. Et me marier. Je ne le reverrai pas, alors à quoi bon ? Je veux juste être Viktoria encore quelques jours, c'est tout.

— Si tu en es sûre.

Elle avait songé à révéler son identité à Cam, seulement elle ne savait pas trop comment il réagirait. Or, elle ne voulait pas que cet aveu change les choses entre eux. Ils n'avaient pas d'avenir ensemble, quels que soient ses véritables souhaits. Savoir que Cam était le genre d'homme – gentil, attentionné, intelligent et beau – dont elle pouvait tomber amoureuse ne comptait pas.

D'autant que lui aussi restait sur la réserve, et, souvent, elle ne savait pas ce qu'il ressentait. Elle ignorait tout de son passé, ou de ses projets d'avenir. Elle ne l'imaginait pas tout laisser derrière lui ici pour la suivre à Berggrun.

Bref, elle devait bien se souvenir de traiter cette relation pour ce qu'elle était – une aventure de vacances – et ne surtout pas s'emballer dans ses rêves. Cela lui était déjà arrivé avec Luca, et la conclusion avait été un désastre.

En fait, elle vivait l'histoire de Cendrillon inversée : une princesse se faisait passer pour une femme issue d'un milieu ordinaire et, au dernier coup de minuit, ou dans son cas quand elle monterait dans l'avion du retour, elle redeviendrait princesse.

Cam et elle venaient de deux mondes différents. Ce qui, selon l'expérience limitée qu'elle avait, ne présageait pas d'un bon départ, quelle que soit l'alchimie entre eux. Elle ne l'imaginait nulle part ailleurs qu'ici. Sa carrière était là, sa famille aussi. Pourquoi laisserait-il tout pour elle ? Quant à elle, eh bien, elle ne pouvait pas renoncer à son titre de princesse. Elle avait beau en rêver, c'était tout simplement un rêve irréaliste, elle le savait bien.

— S'il te plaît, Freddie, ne dis rien.

— Non, ne t'inquiète pas, ce n'est pas mon rôle. N'empêche, je continue de penser que tu devrais lui dire.

Cam et elle s'étaient retrouvés pour dîner dans un restaurant avec vue sur Watson's Bay, non loin de chez lui. Encore une vue à couper le souffle. Décidément, Sydney semblait en regorger.

Berggrun était un beau pays, riche et doté de magnifiques marinas, mais il n'avait pas les beautés naturelles époustouflantes de Sydney.

— Tout est donc beau à Sydney ? demanda-t-elle lorsque le serveur eut pris leur commande.

— Je n'ai encore jamais rien vu de comparable à cette vue-là, répondit Cam, ses yeux d'un bleu-gris intense plongés dans les siens. J'ai du mal à croire que tu sois célibataire.

Viktoria se sentit rougir.

Oui, du moins encore quelques mois, jusqu'à mes trente ans.

— Je le suis pourtant. Et ce depuis plusieurs mois. Depuis que mon ex-fiancé m'a trompée.

— Tu plaisantes ?

— J'aimerais bien. Ou du moins, sur le coup, j'aurais préféré que ce ne soit qu'un malentendu. Maintenant, je vois plus ça comme une chance. Je l'ai échappé belle.

Il y avait pourtant eu des alertes – il était charmeur, ambitieux et égoïste –, mais elle croyait qu'il l'aimait. Et elle croyait l'aimer. Peut-être portait-elle des lunettes à verres roses parce qu'elle savait devoir se marier à trente ans.

Au fond, c'était peut-être de l'idée du mariage de conte de fées dont elle était amoureuse. En tout cas, elle avait appris une chose de cette expérience : être une princesse ne vous garantissait pas la fin heureuse des contes de fées.

— Mes frères ne se sont jamais entendus avec Luca. Ça aurait dû m'alerter. La prochaine fois, je ferai attention.

— Tu as des frères ?

— Deux aînés. Mais bref, une amourette de vacances, c'est justement ce dont j'avais besoin pour oublier le désastre qu'est ma vie amoureuse.

— Et après tes vacances ?

— Je devrai rentrer, je suis attendue à Berggrun pour une fête de famille. Je pars le lendemain de la fin des Jeux.

— Alors on ferait mieux de profiter de chaque minute, conclut Cam en appelant le serveur pour payer.

— Zut ! dit Cam en arrivant chez lui. C'est la voiture de ma sœur, dans l'allée. J'avais oublié qu'elle devait venir quelques jours.

Il avait envie de tout sauf d'être dérangé. C'était égoïste, mais ses pensées, en ce moment, étaient à des lieues de sa famille.

— Oublié ?

— Disons que j'ai eu l'esprit un peu occupé, dit-il en se penchant pour embrasser Viktoria. Elle n'est pas venue pour me voir, elle a un rendez-vous médical demain. Le bilan de la trente-sixième semaine, je pense...

— Je demande à l'hôtel de m'envoyer une voiture ?

— Non.

Il était tard et, avec un peu de chance, Skye serait déjà couchée. Il ouvrit la porte. La maison était plongée dans l'obscurité, à l'exception de la veilleuse dans l'entrée. Il trouva un mot sur la table de la cuisine. L'ayant lu, il laissa échapper un soupir, soulagé.

— Elle est allée se coucher.

Viktoria s'était glissée derrière lui pendant qu'il lisait le mot. Collée contre son dos, elle glissa les bras autour de sa taille et passa une main sous sa chemise. Sa peau était chaude contre sa paume. Il pivota et la plaqua contre le plan de travail, puis la prit par les fesses pour la soulever. Quand il l'attira à lui, elle noua les jambes autour de sa taille.

— Et si Skye se lève ? dit-elle avant qu'il ait pu l'embrasser. Je ne veux pas qu'elle nous surprenne ici.

Alors Cam la souleva, telle une plume, et l'emporta.

— Attention..., murmura-t-elle. Ta jambe.

— Ma jambe va très bien.

Il n'y avait même pas pensé et n'avait aucune envie qu'on la lui rappelle. Sa porte de chambre étant entrouverte, il la poussa du pied et entra. Une fois le battant refermé, il s'y adossa, laissant glisser Viktoria sur le sol, mais sans dénouer les bras d'autour d'elle, sans lui permettre de s'éloigner.

Il avait le souffle court, mais pas à cause de l'effort physique. Elle aussi respirait vite et de façon saccadée, et ses pupilles étaient dilatées quand il pencha la tête pour l'embrasser encore.

6

Viktoria glissa les mains sous la chemise de Cam, fit courir les ongles sur sa peau... et l'entendit gémir. La pièce était plongée dans la pénombre, mais les rideaux ouverts laissaient entrer le clair de lune. La chambre donnait sur l'océan, et pour une fois elle ne se souciait pas des paparazzis, car la maison était sécurisée et isolée. Elle attrapa le bas de sa chemise pour la lui passer par-dessus la tête, dénudant son ventre plat et musclé.

Il entreprit de défaire sa ceinture, mais elle l'interrompit.

— C'est pour moi, dit-elle.

Elle tira dessus pour l'ôter et déboutonna la braguette de son pantalon. Déjà, elle sentait le renflement dur de son érection, brûlant d'être libérée. Cam ôta ses chaussures, sans se donner la peine de les délacer, tandis qu'elle lui baissait le pantalon qui rejoignit bientôt sa chemise par terre. Voilà, il était nu à l'exception de son boxer, et Viktoria le contempla.

Il était sublime.

Tout sourire, il haussa un sourcil. En réponse silencieuse, elle alla poser une main sur son large torse et le poussa en arrière jusqu'à ce que la rencontre entre le lit et ses mollets l'oblige à s'asseoir. Maintenant, c'était à lui de l'attendre.

Elle s'écarta pour se placer hors de sa portée : il pouvait regarder mais pas toucher. Elle allait le titiller. Saisissant la fermeture sur le côté de sa robe, elle la descendit lentement, très lentement. Ensuite, elle baissa une bretelle sur son épaule, puis l'autre… et la robe tomba sur le sol. Les prunelles de Cam étaient sombres à présent et rivées sur elle.

Elle passa les mains derrière son dos et dégrafa son soutien-gorge qui alla rejoindre sa robe. Enfin, levant les bras, elle défit l'élastique qui retenait sa tresse et entreprit de la dénatter.

— S'il te plaît, laisse-moi le faire, dit Cam d'une voix rauque de désir.

Elle accepta. Posant les mains à la base de sa nuque, il glissa les doigts dans ses cheveux pour les étaler sur ses épaules. D'un geste léger, il passa ensuite les doigts sous l'élastique de son slip qu'il lui repoussa sur les hanches. Complètement nue, Viktoria tremblait de désir. Pourtant, elle ne se sentait pas gênée, au contraire.

Il l'attira vers lui pour lui embrasser le ventre. Ses lèvres étaient chaudes, et ses caresses allumèrent une flamme qui l'embrasa.

L'ayant soulevée, il l'assit sur ses genoux, cuisses écartées de part et d'autre des siennes.

Il lui passa la main droite sur la cuisse, remonta sur sa taille puis son épaule, jusqu'à ce que son pouce s'arrête sur sa joue. Chaud et doux, délicat. De la pulpe du doigt, il dessina le contour de sa mâchoire et, bientôt, son pouce fut remplacé par ses lèvres. Il lui embrassa le cou, la clavicule, le creux à la base de sa gorge.

Ses doigts traçaient une ligne brûlante partout où ils se posaient sur son corps, suivis de sa bouche. De la gorge au sternum, sur un sein et son téton, déjà dur, que ses doigts taquinèrent. Puis il l'aspira dans sa bouche, suçant, léchant, goûtant.

Alors il la souleva et l'allongea sur le dos.

Le reflet de la lune dansait sur l'océan, et sa lueur tombait sur le lit par les rideaux ouverts. La peau de Viktoria semblait rayonner dans la lumière pâle.

Cam ouvrit un tiroir de sa table de chevet et en sortit un préservatif pendant que Viktoria saisissait la ceinture de son boxer et le lui baissait.

Il était allongé près d'elle à présent, et ses doigts caressaient l'intérieur de sa cuisse. Elle écarta les jambes pour lui faciliter l'accès, et il introduisit deux doigts dans sa moiteur. Alors que du pouce il effectuait des cercles sur son clitoris, elle lâcha un hoquet. Il reprit son sein en bouche, dont il suça le téton sans que ses doigts cessent de la caresser. Elle cambra le dos, arquant le bassin vers lui, elle en voulait plus, elle voulait qu'il l'emmène vers un pic de désir.

Plus, plus, plus. Plus de Cam...

Roulant vers lui, elle le poussa à plat dos et l'enjamba pour le chevaucher de nouveau. Son érection s'élevait entre eux, prisonnière entre leurs deux pubis. Quand Viktoria prit le préservatif, Cam profita qu'elle se trouve avec le torse juste au-dessus de son visage pour lui reprendre un sein en bouche. Fermant les yeux, elle s'abandonna aux sensations que sa langue envoyait à travers tout son corps. Son corps qui s'éveillait sous les doigts et les lèvres de cet homme, sa peau qui la brûlait aux endroits où elle entrait en contact avec la sienne.

Elle se redressa et déroula le préservatif sur son sexe. Puis elle revint placer les mains de part et d'autre de sa tête et, les yeux dans les yeux, elle le prit en elle. Elle le regarda inspirer profondément alors qu'elle le retenait en elle. Après quelques secondes, elle se souleva un peu pour lui permettre de reprendre le contrôle. Il avait les mains sur ses hanches désormais, la guidant en haut, en bas, en cadence, levant lui-même le bassin en rythme. Chaque mouvement l'amenait plus près de l'orgasme.

Oui, elle aimait bien cette position, elle aimait pouvoir le regarder, le voir de plus en plus proche de la jouissance. Il avait fermé les yeux, les lèvres entrouvertes, la respiration tout comme ses coups de reins de plus en plus rapides.

Elle écarta les genoux pour l'accueillir plus profondément. Elle voulait le prendre tout entier, qu'il la remplisse. Son corps était brûlant. Chacune de ses parcelles appelait son contact.

— Maintenant, Cam. Maintenant.

Il rouvrit les yeux, et leurs regards se soudèrent tandis qu'il l'emmenait au-dessus du précipice.

Le corps de Viktoria se mit à trembler malgré elle, et elle observa que Cam était secoué de frissons aussi. Il renversa la tête en arrière et redoubla ses assauts alors qu'ils jouissaient ensemble.

Au bout de quelques secondes, elle s'allongea sur lui, couvrant son corps du sien. Leur peau était chaude et rougie par l'effort physique, et ils haletaient tous les deux. Il l'enlaça et la serra contre lui, si bien qu'elle sentit son cœur battre dans sa poitrine. Elle sentit aussi son rythme ralentir peu à peu pour revenir à la normale.

Ils restèrent ainsi enlacés en silence, et Viktoria se sentait si bien, si repue et si alanguie qu'elle devait combattre le sommeil. Elle devait se lever, se préparer à repartir, appeler l'hôtel pour qu'on vienne la chercher… mais avant elle pouvait bien s'accorder quelques minutes de plus dans les bras de Cam.

Pour la énième fois, elle se surprit à regretter de n'avoir pas la vie d'une personne normale. Pendant que Cam était parti leur chercher à boire, elle imagina comment ce serait de rester avec lui pour la nuit. De ne pas avoir à avertir Brigitta. De ne pas avoir des gens qui savent où elle est et ce qu'elle fait à tout moment.

Peut-être aurait-elle dû expliquer à Cam qui elle était, alors il trouverait moins étrange de la voir partir comme une voleuse au lieu de passer la nuit avec lui.

En se rasseyant, elle remarqua un cadre photo posé à l'envers sur l'autre table de chevet. Ils avaient dû le renverser en faisant l'amour. Elle tendit le bras pour le remettre droit et jeta un coup d'œil à la photo par curiosité.

Il s'agissait d'une photo de Cam, un bras passé autour d'une femme aux cheveux bruns. Viktoria pensa d'abord à Skye, mais en y regardant de plus près, elle vit que ce n'était pas elle. Aussitôt, une sensation de malaise s'empara d'elle, qu'elle reconnut comme un mélange de peur et de jalousie.

Elle n'avait rien vu de personnel dans toute la maison. Était-ce Gemma sur ce cliché ? Était-elle sur l'unique photo qu'il avait chez lui et près de son lit en plus ? Si elle était si importante, pourquoi ne l'avait-il pas mentionnée ? Et pourquoi le cadre était-il retourné ? Cachait-il quelque chose ?

Viktoria était assise sur le lit quand Cam revint dans la chambre. Torse nu, mais avec ses cheveux qui lui retombaient sur les épaules. Avec le drap entortillé autour de sa taille, elle lui évoquait une sirène perchée sur un rocher. Magnifique... Il aurait bien aimé l'inviter à passer la nuit avec lui, mais cela lancerait une série de questions de la part de Skye le lendemain matin. Des questions auxquelles il n'était pas prêt à répondre. Reposant les verres sur la table de chevet, il remarqua que Viktoria avait quelque chose à la main. Un cadre photo.

— Qu'est-ce que tu fais ? demanda-t-il, d'un ton plus abrupt qu'il ne l'avait souhaité.

Elle leva sur lui ses yeux bleus écarquillés.

— Qui est-ce ?

— Gemma.

— Gemma est ta petite amie ?

Il lui prit la photo et la reposa sur la table de chevet.

— Non. Ma fiancée.

— Mon Dieu ! Et tu n'as pas jugé bon de me signaler que tu es fiancé ?

— J'étais fiancé. Gemma est morte.

Il se montrait dur, mais alors qu'il avait enfin fini de penser à Gemma grâce à Viktoria, voilà qu'elle la lui rappelait. Et la culpabilité revenait à l'assaut. Gemma ne méritait pas qu'il l'oublie.

— Pardon... C'est récent ?

— Deux ans.

Elle marqua une hésitation, et il voyait presque les rouages tourner dans son cerveau.

— Deux ans… Ton accident, c'était il y a deux ans aussi, non ?

Il hocha la tête.

— Oui, Gemma était aussi dans l'hélico.

— Elle était aussi dans l'armée ?

Il voyait la tristesse dans les yeux de Viktoria. Après tout, elle n'était pas responsable, il n'avait pas à être aussi acerbe avec elle. Ce n'était pas sa faute s'il culpabilisait. Il ne pouvait pas ramener Gemma, mais n'avait pas non plus de raison de blesser Viktoria.

— Elle était pilote. Si je me suis engagé dans l'armée, c'est à cause d'elle. Pour être avec elle. Et j'ai fini par la faire mourir.

— Comment ça ?

— Gemma faisait partie d'une poignée de pilotes femmes, elle adorait voler et parcourir le monde. Mais ça l'éloignait aussi de moi. Alors je me suis engagé dans le corps médical de l'armée pour qu'on puisse être ensemble.

— Et en quoi est-ce que ça te rend coupable du crash ?

Il s'assit au bord du lit pour lui donner sa réponse.

— Le jour de l'accident, Gemma était en principe de repos et n'était pas censée voler, mais l'un des autres pilotes était malade. Alors elle s'est portée volontaire, sachant que je travaillais, elle ne voyait pas l'intérêt de rester à la base. Elle avait un sens du devoir très développé. Bref, elle n'aurait pas dû être dans cet hélico.

— Tu m'as dit que l'hélicoptère avait été abattu. Tu n'y es pour rien et Gemma non plus.

— On a pensé que, peut-être, elle volait trop haut. Les hélicos ont tendance à voler bas pour éviter les radars. On aurait dit que l'armée cherchait à faire porter le chapeau à Gemma. Mais bref, on était un équipage médical, et l'appareil était clairement signalé comme tel.

Le soleil était juste au-dessus de l'horizon quand Cam arriva au bord de la piscine où il trouva sa sœur installée avec une tasse de thé. C'était une matinée magnifique, avec un ciel bleu splendide et pas un souffle de vent.

— Bonjour, dit-il en embrassant Skye sur la joue. Tu es levée de bonne heure.

— Pas facile de dormir quand j'ai envie d'aller aux toilettes toutes les dix minutes. La position favorite de ce bébé, apparemment, c'est allongé sur ma vessie.

— Tu es sûre que tu veux boire du thé en plus ?

— J'en ai besoin. Je suis épuisée. Vivement qu'il arrive.

— Tu es au courant que c'est le souhait de toutes les futures mamans avant qu'elles se rendent compte qu'il est tout aussi impossible de passer une bonne nuit de sommeil une fois que le bébé est né ?

— Je sais, tout le monde me met en garde. N'empêche, ce sera sympa de pouvoir marcher normalement et de revoir mes pieds. Bon, pourquoi tu ne te rendrais pas utile en nous apportant le petit déjeuner ? J'ai coupé des fruits frais, ils sont au réfrigérateur.

Cam se prépara un café et l'apporta sur la terrasse sur un plateau avec les fruits, des bols et des yaourts.

— Tu es de bonne humeur, on dirait, commenta sa sœur.

Oui, il était de bonne humeur. Il avait apprécié sa soirée, et même parler de Gemma n'avait pas eu d'effet sur son état d'esprit. Au fond, il était soulagé de s'être ouvert à Viktoria. Il appréciait sa compagnie et n'avait pas l'intention de s'en excuser.

— Est-ce que ça a quelque chose à voir avec la personne avec qui tu étais hier soir ? demanda Skye.

— Pardon, j'avais oublié que tu venais.

— Pas de souci. J'ai une clé. Alors, tu étais où ?

— Sorti avec Viktoria.

— Encore ?

— Oui... Je croyais que tu serais contente que j'aie envie de voir une femme plus de deux fois. Que j'aille de l'avant.

— Je le suis, dit-elle en plantant sa fourchette dans un bout de mangue. C'est sérieux ?

— Pourquoi cette question ? Je ne la connais que depuis quelques jours.

— Tu l'as amenée chez nous, Cam. Tu ne nous as présenté aucune fille en deux ans. En fait, personne depuis Gemma.

— Non, ce n'est pas sérieux.

Viktoria était effectivement la première femme avec qui il ait envie de passer du temps depuis Gemma, mais cela ne signifiait pas que c'était une relation sérieuse pour autant. En revanche, elle était la première à avoir su le distraire assez longtemps pour qu'il oublie...

Elle était différente de Gemma, personnalité hyperactive qui le poussait toujours plus loin, sans jamais lui donner un moment de tranquillité. Or, il avait besoin de calme, et Viktoria le lui apportait. Sauf qu'elle n'était en Australie que pour quelques jours encore.

Non, ce n'était pas sérieux. Il pouvait passer tout le temps qu'il voulait avec elle, qu'ils voulaient tous les deux, car il connaissait la date limite, et cela lui convenait parfaitement. Il n'était pas encore disposé à s'ouvrir à une nouvelle relation.

— Ah bon ? D'accord...

— C'est quoi, ce ton ?

— Rien, rien. Elle t'a parlé d'elle un peu ?

— Comment ça ? Pourquoi cette question ?

Le comportement de sa sœur commençait à le rendre nerveux.

— Non, je me demande juste ce que tu sais d'elle.

— Pourquoi ? Tu as entendu des trucs ?

— Je n'ai rien entendu. J'ai lu, en revanche. Von Grasburg. C'est bien son nom ?

Sa sœur prit sa tablette et tapa sur l'écran.

— Oui. Je ne comprends pas où tu veux en venir, Skye.

Sa bonne humeur commençait à s'évaporer, remplacée par le doute.

— L'autre jour, lors de votre visite, son visage me disait quelque chose. Mais c'est après votre départ que ça m'est revenu.

— Je ne comprends pas...

— Est-ce qu'elle t'a dit qu'elle était une cavalière de renommée internationale ? Elle a représenté Berggrun lors d'épreuves de cross-country et remporté des médailles prestigieuses. Voilà pourquoi elle me disait quelque chose.

Skye était folle d'équitation, et Cam n'était pas étonné qu'elle ait reconnu Viktoria, mais il ne voyait pas en quoi cette information le concernait.

— Je l'ignorais. Mais quelle importance ?

— Tu sais que Berggrun est une principauté ?

— Oui.

— Eh bien, pour en avoir le cœur net, j'ai fait une recherche sur elle sur Internet. Alors oui, on y trouve la mention de ses médailles internationales, mais ce n'est pas le premier thème qui apparaît quand on tape son nom. Les premiers liens conduisent à la famille royale de Berggrun. Et apparemment, elle est la fille du prince de Berggrun. Viktoria est une princesse, Cam..., ajouta sa sœur après une pause.

7

— Tu plaisantes ? C'est impossible.

— Et pourtant si.

Skye tourna la tablette vers Cam. Il y avait des liens vers des articles sur la famille royale de Berggrun, mais ce furent les photos qui attirèrent son attention. Des photos officielles du prince et de la princesse avec leurs trois enfants adultes. Deux fils et une fille. Malgré la solennité des clichés et des tenues, et les tiares sur la tête des princesses, il n'y avait pas de doute. C'était bien Viktoria.

Face à l'évidence, quelques autres détails prirent tout leur sens : le chauffeur de Viktoria, le fait qu'elle soit descendue dans la plus grande suite de l'hôtel le plus prestigieux de la ville, tous les événements caritatifs auxquels elle assistait, même son emploi auprès du prince Alfred. En revanche, une chose restait incompréhensible.

— Pourquoi est-ce qu'elle ne m'en a rien dit ?

— Tu vas devoir le lui demander. En tout cas, j'ai préféré te l'apprendre avant que tu fasses quoi que ce soit d'irréfléchi.

— Comme quoi ?

— Comme l'emmener dîner, coucher avec elle et puis ne pas la rappeler. On ne fait pas ça à une princesse.

Trop tard, songea-t-il. Car, apparemment, il avait déjà commis l'irréparable.

Il se rendit à la base de bonne heure afin d'effectuer des modifications sur le planning de la journée. Il s'était inscrit pour gérer la tente médicale au stade d'athlétisme, mais n'avait pas la tête pour ce qui s'annonçait comme une journée chargée. Il passa quelques coups de fil et échangea sa garde avec l'un de ses collègues médecins, ce qui lui permit de rester à la base, pour superviser le personnel médical sur place pour le tournoi de tir à l'arc.

Par ailleurs, il supposait deux choses : premièrement, que Viktoria assisterait probablement aux événements les plus médiatiques et, deuxièmement, qu'il y aurait moins de blessures au tir à l'arc, ce qui lui donnerait le temps de réfléchir.

Il devait décider de la conduite à adopter.

Option 1 : il faisait comme s'il n'était au courant de rien et continuait comme avant. Non, impossible.

Alors quelle solution lui restait-il ? Aller directement lui demander pourquoi elle lui avait caché son appartenance à la famille royale de Berggrun ? Et puis ensuite ?

De toute façon, il ne pourrait pas l'éviter indéfiniment et ne pouvait pas non plus rester en colère après elle. Il s'en voulait de s'être ouvert à elle, d'avoir partagé ses sentiments. N'empêche qu'à un moment donné il faudrait bien lui parler. Elle méritait de pouvoir s'expliquer, et il voulait des réponses. Mais pour avoir cette discussion, il voulait être dans de bonnes dispositions. Il allait la voir ce soir au barbecue des athlètes organisé par le prince Alfred, et ne pouvait pas s'éclipser, raison pour laquelle il avait besoin de temps aujourd'hui pour préparer son discours face à Viktoria.

Viktoria était convaincue que Cam l'évitait. Il lui avait dit qu'ils se verraient au stade d'athlétisme aujourd'hui, pourtant elle ne l'y avait pas vu et avait découvert plus tard qu'il était en fait au tir à l'arc. Et maintenant, alors qu'elle l'avait vu au barbecue, il n'était pas venu vers elle.

À plusieurs reprises, elle avait essayé de lui parler, mais chaque fois qu'elle l'avait repéré dans la foule il s'était déplacé avant qu'elle le rejoigne. Oui, c'était évident, il l'évitait, et elle devait savoir pourquoi.

Elle discutait avec Mark, le félicitant pour sa médaille au tir à l'arc, quand elle croisa le regard de Cam posé sur elle. Voilà, c'était sa chance. Elle le soutint, le mettant au défi de s'esquiver, mais cette fois il ne bougea pas.

— Tu m'évites ?

Elle attendit qu'il nie, qu'il la rassure, mais il gardait un silence qui confirmait ses craintes.

— C'est à propos de Gemma ? demanda-t-elle.

— De Gemma ?

C'était la seule explication qu'elle avait trouvée à son attitude : il avait eu une fiancée, ils n'avaient pas rompu par choix, mais parce qu'elle était morte. Bref, Cam devait regretter de l'avoir fait venir chez lui.

— Non, ça n'a rien à voir avec Gemma. Elle n'a jamais vu ma maison, ajouta-t-il comme s'il lisait dans ses pensées. Je l'ai achetée après l'accident.

— Mais alors, que se passe-t-il ?

Elle le vit balayer les lieux du regard. Partout, ils étaient entourés de soldats et de leurs familles.

— Pas ici. Allons quelque part de plus calme.

Il l'entraîna vers le côté du gymnase, vers le parking, où il y avait moins de risques que leur conversation soit entendue.

— Quand est-ce que tu prévoyais de me le dire ? demanda-t-il tout à trac sitôt qu'ils furent seuls.

— Te dire quoi ?

— Que tu es une princesse.

Elle avait imaginé plein de raisons à son comportement, mais jamais elle n'avait soupçonné qu'il avait appris qui elle était vraiment. Elle était sans mots. Freddie n'avait jamais trahi sa confiance auparavant, il l'avait toujours soutenue. Alors oui, elle savait qu'il n'approuvait pas qu'elle cache sa véritable identité à Cam, mais elle n'aurait jamais imaginé qu'il irait divulguer son secret.

L'estomac noué et le cœur battant à tout rompre, elle voyait bien que Cam était en colère.

— Freddie te l'a dit ?

— Freddie ? C'est qui ?

— Le prince Alfred. Mon cousin...

— Ton cousin ?

Elle hocha la tête, perplexe.

— Tu l'ignorais ?

— Oui.

— Mais alors, comment tu as su ?

Certes, elle avait essayé de cacher son appartenance à la famille royale, mais elle avait agi pour de bonnes raisons. Du moins de son point de vue. Pourtant, à en juger par l'expression de Cam, il n'était pas de cet avis.

— C'est Skye qui me l'a dit. Elle avait cru te reconnaître lors d'un événement de cross-country, mais en recherchant sur le Net elle a découvert le pot aux roses.

— Quelle importance ?

— Quelle importance ? Tu es une princesse ! Il doit y avoir un protocole, des règles, quand on sort avec une princesse. Je suis bien persuadé qu'on n'est pas censé coucher avec une princesse au deuxième rendez-vous. En tout cas, jamais je ne l'aurais fait si j'avais su qui tu étais.

— Et c'est justement pour ça que je ne t'ai rien dit. Je voulais être traitée comme une personne normale. J'ai pensé que tu n'avais pas besoin de savoir que j'étais une princesse. Je t'apprécie et je voulais que tu m'apprécies, moi, Viktoria. Pas moi, la princesse.

— Je n'aime pas qu'on me mente.

— Je ne t'ai jamais menti.

— Peut-être pas, mais tu ne m'as pas non plus dit la vérité, marmonna-t-il en s'éloignant.

Elle le regarda s'en aller. Que dire ? Que faire ? Les larmes menaçaient. Elle ne devait pas être triste, elle ne devait pas le laisser l'affecter, mais il était trop tard. C'était douloureux d'être rejetée ainsi, alors même qu'elle avait classé cette relation comme une aventure passagère.

Car elle l'aimait vraiment bien. Elle appréciait sa compagnie. Il était intelligent, bel homme et très doué au lit. Il était d'humeur un peu changeante et réservé, mais elle avait eu des aperçus de son attitude quand il baissait la garde, s'amusait, et elle avait attendu le week-end suivant avec impatience.

Parviendrait-elle à se faire pardonner ? Finirait-il par se calmer et revenir à la raison ? Aurait-elle au moins l'occasion de s'expliquer, de lui faire comprendre pourquoi il était important pour elle de conserver cet aspect de sa vie privée ? Ou allait-il s'en aller sans un regard en arrière ?

Elle se rendit dans la salle de sport puis aux toilettes pour dames. Il lui fallait un moment pour se ressaisir, pas question qu'on la voie pleurer.

Elle avait menti par omission, et comprenait à présent qu'elle avait eu tort. Elle s'excuserait, c'était normal.

Après avoir pris plusieurs inspirations, elle se moucha, retoucha son maquillage, reconnaissante à Brigitta de lui avoir appris quelques astuces. Puis elle se prépara à ressortir.

En ouvrant la porte, elle manqua de se heurter à une femme qui entrait.

— Oh ! Pardon !

La femme avait un chien avec elle, et Viktoria reconnut Fiona et Leroy.

— Bonjour, Fiona, comment allez-vous ?

La jeune femme leva les yeux en entendant son nom mais, de toute évidence, ne la reconnut pas.

— C'est moi, Viktoria. Nous nous sommes parlé au gymnase l'autre jour.

— Ah oui ! Bonjour.

Fiona était un peu pâle, et sa peau brillait comme si elle transpirait. Elle avait une main sur la tête de Leroy, et Viktoria eut l'impression que le chien la soutenait.

— Vous vous sentez bien ? demanda-t-elle.

— J'ai juste besoin de reprendre mon souffle. La foule est plus importante que je m'y étais attendue. Il me faut une minute de calme.

Fiona leva son autre main, tremblante, pour s'appuyer à l'encadrement de la porte. Comme pour confirmer l'inquiétude de Viktoria, Leroy se mit à gémir sans que Fiona semble remarquer la détresse de son chien.

— Asseyez-vous, je vais vous chercher de l'eau, dit-elle.

Elle hésitait à la laisser seule, mais ne savait pas quoi faire. Il y avait une chaise dans le couloir, juste devant les toilettes, et elle y accompagne Fiona.

— Je n'en ai pas pour longtemps. Ne bougez pas.

Elle n'avait pas fait trois pas que les gémissements du chien se muaient en aboiements. Frénétiques... Alarmée, Viktoria fit demi-tour. Fiona s'était effondrée sur le sol. Elle tremblait de manière incontrôlable, et Viktoria reconnut les signes d'une attaque.

En revanche, elle ne savait pas comment elle était censée réagir. Il fallait absolument aller chercher de l'aide, mais était-il possible de la laisser seule ?

Elle écarta la chaise, de crainte que Fiona ne se cogne la tête, avant de se rendre compte qu'elle pouvait aussi se heurter contre le mur. Leroy continuait d'aboyer comme un furieux. Quelqu'un allait peut-être finir par l'entendre et venir voir ce qui se passait, mais elle ne pouvait pas prendre le risque d'attendre car le temps pressait.

Laissant donc Fiona avec le chien, sachant qu'il ne la quitterait pas, elle courut dehors et balaya la foule du regard, en quête d'assistance. En quête de Cam.

Il n'était pas allé bien loin. À quelques mètres de là, il discutait avec Sean et Lisa.

— Campbell ! Vite ! Vite !

Cam se retourna au son de sa voix, et elle lui fit signe de venir. La crise de Fiona l'avait détournée de ses problèmes, et elle n'éprouvait que du soulagement de voir Cam. Leurs problèmes étaient loin dans un coin de sa tête, elle avait un souci bien plus urgent à gérer.

Il sembla hésiter une seconde puis vint vers elle. Trop impatiente, elle courut à sa rencontre.

— Vite, Fiona fait une sorte d'attaque, dit-elle en l'attrapant par la main.

— Fiona ?

Viktoria ne connaissait pas son nom de famille. Elle avait cru que Cam connaissait tout le monde.

— Elle fait le concours d'aviron. Elle a un chien guide, Leroy.

D'ailleurs, elle l'entendait encore aboyer alors qu'ils pénétraient dans le gymnase, mais, sitôt qu'elle poussa la porte des toilettes, le chien se tut en les voyant pour se contenter d'un geignement. Il tournait autour de sa maîtresse qui convulsait toujours sur le sol.

Cam se précipita. Elle le vit vérifier l'heure à sa montre tandis qu'il sortait son téléphone de sa poche. Il composa un numéro et le lui tendit.

— Il y a une ambulance stationnée sur la base pour les Jeux. Dès qu'ils décrochent, tu les mets sur haut-parleur. Ça va aller ? demanda-t-il en lui mettant le téléphone entre les mains avant de s'agenouiller.

Viktoria prit l'appareil et hocha la tête. Tout en observant Cam se mettre au travail, elle porta l'appareil à son oreille.

Il déboutonna sa chemise et l'enleva à la hâte, ne gardant que son T-shirt kaki qui moulait son torse et ses bras. Il fit un ballot de sa chemise qu'il posa sous la tête de Fiona pour la protéger du carrelage froid et dur.

Il parlait à voix basse, sur un ton calme, même si Viktoria ne savait pas trop s'il s'adressait à Fiona ou au chien. En tout cas Leroy se calma. Il cessa de tourner en rond et se tint près de l'épaule de Cam. Comme s'il sentait que ce dernier était là pour les aider.

Viktoria mit le haut-parleur dès que l'on décrocha. Elle expliqua brièvement la situation avant de tendre l'appareil à Cam.

À genoux, sur ses talons, il parla aux secouristes sans quitter Fiona des yeux.

— C'est Cam Hamilton à l'appareil. Je suis dans les toilettes pour femmes à l'arrière du gymnase avec une soldate qui fait une crise. Elle a subi une grave blessure à la tête il y a un an. Pas de passif de convulsions que je sache, mais cette crise dure depuis plusieurs minutes.

— Qu'est-ce qu'on fait maintenant ? demanda Viktoria quand il termina sa conversation.

— On attend l'ambulance. Il n'y a rien d'autre à faire.

— Et à leur arrivée ?

— Elle va devoir être emmenée à l'hôpital. Il faudra lui faire des tests pour voir si l'on peut déterminer la cause de la crise.

— Je ne sais pas comment tu fais. Ces constantes montées d'adrénaline, ces drames...

— On est formés pour ça.

Les secouristes arrivèrent au moment où la crise de Fiona commençait à se calmer. En quelques instants, elle fut chargée sur un brancard puis dans l'ambulance. Cam avait proposé de prendre Leroy et de les suivre à l'hôpital. Viktoria ne savait pas si cela faisait partie de son travail ou si c'était un prétexte pour s'éloigner d'elle.

Elle n'en savait rien et n'avait pas l'intention de poser la question.

Viktoria avait passé la matinée à assister aux compétitions de cyclisme sur route. La course était spectaculaire, commençant et se terminant devant l'opéra mais se déroulant autour du port et à travers les jardins botaniques, ce qui offrait aux spectateurs nombre d'endroits pour regarder passer les coureurs. Beaucoup de personnes avaient d'ailleurs installé des couvertures pour pique-niquer sur les pelouses des jardins et profitaient du soleil printanier tout en encourageant les cyclistes quand ils passaient.

Viktoria avait été présente au départ pour prendre des photos à télécharger sur les pages des divers réseaux sociaux, et si elle n'avait pas perdu Cam de vue, elle ne s'était pas approchée de la tente médicale. Elle ne savait même pas s'il travaillait sur la compétition de vélo aujourd'hui, mais ne souhaitait pas lui parler, redoutant trop ce qu'il risquait de lui dire.

Elle s'efforçait de se concentrer sur sa tâche, mais difficile de s'enthousiasmer quand son cerveau était encombré de pensées au sujet de Cam.

Elle devait toujours s'excuser.

Elle se demandait s'il lui pardonnerait.

À la fin de la journée de compétition, dans l'espoir d'oublier un peu les questions qui tournaient et retournaient dans sa tête sur ce qu'elle aurait dû faire ou pas, et comment, elle décida de passer à l'hôpital rendre visite à Fiona.

Elle fut à la fois soulagée et un peu étonnée de la trouver a priori en pleine forme dans sa chambre.

— Vous allez bien ?

— Apparemment, oui.

— Vous vous souvenez de ce qui s'est passé ?

— Pas vraiment. On m'a dit que j'avais eu de la chance que vous ayez été là pour appeler aussitôt les secours. Merci.

— Eh bien, je suis contente d'avoir pu être utile. Vous aviez déjà fait ce genre de crise ?

— Non. Jamais.

— Vous savez ce qui l'a provoquée ?

Fiona secoua la tête.

— On m'a fait passer des scanners. Les médecins pensent qu'au cours de mon accident, au Moyen-Orient, j'ai dû subir un traumatisme au cerveau en plus de mes multiples fractures. Or, les dommages causés au cerveau peuvent se manifester sous la forme d'AVC.

— Qu'est-ce qui va se passer maintenant ?

— Je pense qu'on va juste me surveiller. Si ça recommence ou si ça devient fréquent, il se peut que j'aie besoin d'un traitement, mais j'en prends déjà plusieurs.

— Et comment vous sentez-vous ?

— Fatiguée… J'ai l'impression d'avoir une gueule de bois carabinée, mais les médecins m'assurent que c'est normal.

La porte s'ouvrit sur une infirmière qui chassa Viktoria avec sévérité.

— La patiente a besoin de se reposer.

— Bien sûr.

Après avoir salué Fiona, Viktoria se dirigea vers l'ascenseur. À sa grande surprise, les portes s'ouvrirent sur Cam, et elle sentit ses genoux se dérober sous elle. Tendant la main, elle s'appuya au mur pour se retenir.

— Campbell ! Tu es venu voir Fiona ?

— Oui.

— Tu as une minute ?

C'était peut-être sa chance.

— Pas vraiment, dit-il, l'air méfiant.

— S'il te plaît… C'est important.

Avec un soupir, il avança d'un pas, et elle crut qu'il allait continuer son chemin, mais il hocha la tête.

— Suis-moi.

Il poussa la porte d'un petit salon, et Viktoria comprit qu'il s'agissait d'une salle d'attente pour les familles des patients.

— Qu'est-ce qu'il y a ? demanda-t-il alors qu'elle le rejoignait à l'intérieur.

— Je te dois des excuses.

— Je n'ai pas besoin d'excuses. J'ai besoin d'explications, dit-il en refermant la porte derrière eux. Pourquoi ne m'as-tu pas dit qui tu étais ?

— Je voulais juste profiter de mon anonymat, être une personne ordinaire. Toute ma vie, les gens ont essayé de tirer avantage de moi. Ils sont fascinés par la royauté, par la célébrité et la fortune qu'ils imaginent aller avec. Jamais je n'ai pu savoir qui voulait vraiment apprendre à me connaître moi, en tant que personne, et pas en tant que princesse. Je ne suis jamais sûre de pouvoir avoir confiance.

— Je ne suis intéressé ni par la célébrité ni par la fortune.

— Ce secret, Cam, je ne l'ai pas gardé seulement vis-à-vis de toi, je l'ai gardé vis-à-vis de tout le monde.

— Je ne pensais pas être « tout le monde ».

— Tu as raison. C'est pourquoi j'aurais dû te le dire. Mais je ne voulais pas que cela change ta manière de me voir. Je souhaitais que tu aies l'occasion de connaître la vraie personne. Que tu me voies, moi. Que tu m'ai... Que tu m'apprécies sans savoir que je suis une princesse.

— Tu ne peux pas faire semblant d'être quelqu'un d'autre. Ce sont deux facettes de toi, tu ne peux pas les séparer.

— J'aspirais à cette liberté pour me permettre d'être moi-même, c'est-à-dire Viktoria. Être une princesse, c'est juste un titre. Je voulais seulement être comme tout le monde.

— Oui, sauf qu'en l'occurrence tu n'es pas comme tout le monde, si ?

— Ça ne m'empêche pas d'être moi.

— Et qui est-ce, toi ? Qui es-tu, Viktoria ?

Cela, elle n'en était plus très sûre. Elle avait cru qu'elle aimerait faire semblant d'être Mme Tout-le-monde, et qu'à la fin de l'aventure elle serait prête à rentrer chez elle, à retourner à la vie de princesse. À ses devoirs. Elle avait fait une promesse à ses parents sans imaginer qu'elle aurait envie au bout du compte de changer d'avis. Qu'elle n'aurait peut-être plus envie de rentrer.

Mais quel autre possibilité avait-elle ? Pouvait-elle imaginer sérieusement rester en Australie ? Renoncer à tout ce qu'elle connaissait ?

Ne sachant pas quoi lui répondre, elle se tut.

— Tu parles de confiance, reprit Cam, et pourtant tu ne m'as pas fait assez confiance pour me dire qui tu étais. Tu aurais dû te montrer honnête, comme je l'ai été moi-même. Je me suis confié à toi, et toi, tu t'es tue. Je t'ai pourtant raconté des choses sur moi que personne ne sait. Toi, tu ne m'as accordé que des demi-vérités.

— Non ! Tout ce que je t'ai dit sur moi est vrai. Je suis fille, sœur et tante. J'ai un diplôme de marketing, et oui, je passe du temps dans des événements caritatifs et à remettre des trophées. Je ne t'ai pas menti.

— Tu n'as pas été complètement honnête non plus.

— Parce que je voulais pouvoir oublier mon statut de princesse. Avec toi, je me sentais Viktoria, et c'était ce que je voulais. Tu m'as rendue heureuse. J'espérais que c'était réciproque.

— Je ne mérite pas d'être heureux.

8

— Tout le monde mérite d'être heureux, répliqua Viktoria.

— Non. Pas moi. Je ne le mérite pas.

— Pourquoi ?

— Pourquoi serais-je heureux ? Quand Gemma est morte.

— Je comprends, je ne la connaissais pas, mais je n'imagine pas comment elle aurait pu souhaiter ton malheur éternel. Cet événement, ce n'était pas ta faute. Ce n'est pas toi qui as tiré ce missile. Tu as même failli mourir.

— Oui, mais sans moi elle n'aurait pas été là.

— Ce n'était pas ta décision, c'était la sienne. Et c'était son travail aussi. Tu m'as même dit qu'elle estimait que c'était son devoir. Je sais ce que cela signifie et je suis sûre que toi aussi. Tu ne peux pas culpabiliser pour ça.

— Peut-être pas, mais j'aurais dû la sauver. Même si je n'ai pas pu l'empêcher de prendre le manche, j'étais présent et j'aurais dû la sauver. Je suis médecin. C'est mon boulot de sauver des vies. Or, je l'ai laissée mourir.

— Et les autres passagers de l'hélicoptère ? Tu ressens la même responsabilité vis-à-vis d'eux ?

— Non.

En tant que médecin, il savait qu'il n'aurait rien pu faire pour eux. Sans doute même étaient-ils déjà morts avant qu'ils heurtent le sol et, sans matériel fonctionnel et avec ses blessures graves, il n'aurait pas pu leur venir en aide.

— Eh bien, n'est-ce pas la même chose pour Gemma ?

Il secoua la tête.

— Non. Mon serment d'Hippocrate préconise que je vienne en aide dans la mesure de mes capacités. Gemma, j'avais juré d'être toujours là pour elle, de la protéger, de veiller sur elle, puisque nous étions fiancés… Ce n'est pas la même chose. J'ai donc failli.

— Cam, tu dois te pardonner. Te donner l'autorisation de passer à autre chose. Tu ne vis qu'à moitié, tu as peur de laisser les gens t'approcher. On ne peut pas vivre comme ça. Je suis bien placée pour le savoir. Il est rare que j'aie la chance de pouvoir être moi-même. C'est l'une des choses que j'ai adorées pendant le temps passé avec toi, et la raison pour laquelle je ne t'ai pas tout dit sur moi. Je voulais rester libre de vivre ma vie, et tu devrais en faire autant.

Elle avait très certainement raison, mais cela ne signifiait pas qu'il soit prêt à changer sa façon de faire. À cause de Gemma, il était capable de se lier avec les gens physiquement, mais émotionnellement, c'était une autre histoire. Son cœur s'était endurci. Il n'avait pas peur d'avoir mal, il n'avait même pas peur de laisser les gens l'approcher. Au contraire, il avait peur de ne pas être à la hauteur pour eux.

— Ta culpabilité t'empêche d'être heureux, reprit Viktoria. Ce n'est pas ma faute si je suis une princesse. Ce n'est pas ta faute si Gemma est morte. On peut choisir de vivre notre vie de notre mieux, ou on peut choisir de renoncer. Gemma avait choisi de voler ce jour-là. C'était son devoir. Tu n'es pas coupable.

Oui, elle avait raison. Gemma ne vivait que pour son devoir. Et sans doute Viktoria était-elle semblable.

— Je comprends le traumatisme dont tu as souffert, poursuivit-elle, mais ça ne signifie pas que tu ne puisses pas tenir à d'autres personnes. Je t'ai vu avec ta sœur, tes amis, ton chien même. Je sais que tu tiens à eux. Est-ce que tu penses… que tu pourrais tenir à moi ?

Oui, il tenait à elle. Mais il ne voulait pas. C'était son dilemme. Car le sens du devoir de Viktoria signerait la fin de leur relation.

Elle s'en irait, tout comme Gemma l'avait fait. Et il ne pouvait rien y faire. Il ne pouvait pas faire partie de sa vie. Elle n'avait pas besoin d'un homme abîmé, désillusionné. Il lui fallait un compagnon capable de s'adapter à sa vie de princesse, qui ne gâche pas la photo, et il savait avec certitude que ce ne serait pas lui. D'ailleurs, elle le savait aussi bien que lui : ils n'avaient pas d'avenir.

Leur relation ne durerait pas. Alors si elle devait prendre fin, autant que ce soit maintenant.

— Je dois y aller, dit-il enfin.

Il n'en avait pas envie, mais il ne pouvait pas rester non plus. Viktoria était la première personne avec qui il s'était senti une connexion depuis Gemma, mais cela ne signifiait pas que tout irait bien.

Cam remercia le serveur qui venait de poser une assiette de thon devant lui.

Il était l'un des trente hôtes assis autour de la table du dîner à l'initiative du prince Alfred. Il les avait invités dans une salle privatisée de l'un des restaurants cinq étoiles de Sydney pour remercier personnellement les membres australiens du comité des jeux de la Légion. Il restait deux jours de compétition, et si Cam appréciait l'invitation, il y assistait par devoir et en raison de l'insistance de Doug.

Viktoria était assise à l'autre bout de la table, dans la diagonale opposée à lui. Il la voyait, mais ne pouvait lui parler. D'ailleurs, il ne lui avait plus parlé depuis qu'il l'avait croisée à l'hôpital. Que lui dire, de toute façon ?

Elle était superbe, mais ses yeux étaient tristes.

Était-ce sa faute ?

S'était-il comporté comme un imbécile ?

Aurait-il dû passer outre le fait qu'elle soit une princesse ? Y aurait-il vraiment eu un problème s'ils avaient poursuivi leur relation quelques jours ?

Peut-être pas, mais il n'y aurait pas eu d'intérêt non plus. Elle ne pouvait pas dire adieu à sa vie. Et lui, que pouvait-il lui offrir ? Il préférait se répéter que ce n'était pas sérieux, sauf que cela n'expliquait pas la détresse qu'il éprouvait parce que c'était terminé.

Elle avait dit qu'ils pourraient être heureux ensemble, mais lui ne méritait pas d'être heureux, et il le pensait vraiment.

Avec un soupir, il coupa une bouchée de sa tranche de thon, qui avait l'air délicieux, mais il n'avait pas faim. Le prince Alfred était assis à trois chaises de lui et, apparemment, lui non plus n'appréciait pas ce dîner à sa juste valeur.

Un voile de sueur luisait sur le front du prince.

— Vous sentez-vous bien, Votre Altesse ?

Le prince avait la main plaquée sur son ventre, qu'il tâtait du bout de ses doigts.

— J'ai ressenti quelques douleurs abdominales, aujourd'hui. Je pense que je me suis peut-être déchiré un muscle lors du challenge d'aviron d'hier.

Viktoria l'avait organisé pour qu'Alfred se mesure à d'autres rameurs, ce qui fournirait une bonne publicité pour un exercice redynamisant pour le moral.

L'explication de la douleur du prince semblait plausible, jusqu'à ce que Cam le voie haleter de douleur et que toute couleur disparaisse de son visage. Voilà qui semblait bien trop douloureux pour une simple déchirure musculaire. Le prince avait les doigts crispés sur son flanc droit, et Cam craignait qu'il ne souffre de quelque chose de bien plus grave.

— Cela vous dérangerait-il que je jette un coup d'œil, Votre Altesse ? Pour le cas où ce ne serait pas musculaire.

À cet instant, Cam fut conscient d'avoir l'attention d'une bonne partie de la tablée. Il se rappelait qu'ils s'étaient regroupés pour l'apéritif dans une petite salle de bar, avec quelques banquettes, voisine de la salle de restaurant privatisée où ils étaient actuellement.

— Nous devrions peut-être passer dans la pièce à côté.

Doug avait quitté sa place et se tenait à côté de Cam.

— Je peux aider ? Tu as besoin de quoi ?

— Assure-toi juste que tout le monde reste ici pour le moment. Je te tiens au courant, répondit Cam.

Il posa une main sous le coude du prince pour le soutenir sans donner l'impression qu'il avait besoin d'assistance.

Dans son champ de vision, il vit Viktoria se lever aussi. Passant outre les instructions de Doug, elle les suivit au bar, et vint se poster derrière Cam alors qu'il faisait allonger le prince sur l'une des banquettes. Cam ne la voyait pas, elle n'était pas dans ses pattes mais dans sa tête. Il sentait son parfum, et il savait que l'odeur des gardénias lui ferait toujours penser à elle.

S'efforçant d'oublier sa présence, il se concentra sur l'examen du prince. Il lui posa le dos de la main sur le front, même s'il lui suffisait de le regarder pour deviner qu'il était fiévreux.

— Vous avez mal quand vous marchez ?

Le prince opina.

— Des nausées ?

Autre hochement de tête.

— Je vais appuyer sur votre estomac, dit Cam. Je peux ?

Troisième hochement de tête. Le prince était moite, pâle, et en détresse manifeste. Cam lui palpa délicatement l'abdomen. Lorsqu'il relâcha la pression, le prince grimaça et gémit.

— Tu pourrais demander à Doug de venir ? demanda Cam en se tournant vers Viktoria.

— Qu'est-ce qui se passe ?

Cam reporta son attention sur le prince, à qui il annonça sa suspicion de diagnostic.

— Je suppose qu'on ne vous a jamais enlevé l'appendice ?

Le prince confirma en secouant la tête.

— Je pense qu'il s'agit d'une appendicite. Je vais appeler une ambulance et vous emmener à l'hôpital. Je pense qu'il faut chercher dans cette voie.

Cam sortit son téléphone de sa poche pour composer le numéro de l'ambulance tandis que Viktoria allait chercher

Doug. Celui-ci expliquerait le problème aux invités. Pour sa part, il avait d'autres priorités.

— Tout de suite ? murmura le prince d'une voix fatiguée.

— Oui. Je ne veux pas attendre au risque que l'appendice éclate.

L'ambulance ne tarda pas à arriver, et Cam et Viktoria suivirent le véhicule en direction de l'hôpital de Sydney Nord. Cam passa les coups de fils nécessaires en route et, grâce à ses relations, obtint que les meilleurs chirurgiens soient réquisitionnés. Le prince fut emmené en salle d'examen sitôt arrivé, et Cam et Viktoria restèrent à attendre des nouvelles.

L'intervention ne fut pas aussi simple que Cam l'avait espéré. L'appendicite fut confirmée, mais pendant qu'on préparait le prince pour l'opération, l'appendice éclata, obligeant à une opération avec ouverture de l'abdomen au lieu de la laparoscopie prévue, moins invasive. Sans compter qu'un appendice éclaté pouvait être extrêmement dangereux.

— Qu'est-ce que je dis à tante Ingrid ?

— À qui ?

— À la mère de Freddie.

— Dis-lui que d'excellents chirurgiens s'occupent de lui et que tu la rappelleras avec des nouvelles dès qu'il sera sorti de la salle d'opération.

— Tu vas attendre avec moi ?

Il n'avait aucune intention de la laisser attendre seule.

— Oui. Parle-moi de ta famille, ajouta-t-il, espérant la distraire. Tu passes beaucoup de temps avec tes cousins ?

Viktoria acquiesça de la tête.

— Enfants, on passait nos vacances ensemble chaque année. On allait skier et on passait aussi l'été ensemble. Mes cousins ont à peu près le même âge que mes frères et moi. Freddie et moi sommes les plus jeunes, mais il a dix-huit mois de plus que moi. Il s'est toujours montré protecteur à mon égard.

— Et maintenant ? De toute évidence, vous êtes restés proches.

— Oui. Je pense que ça vient du fait qu'il est très difficile de savoir à qui l'on peut faire confiance. De savoir qui veut devenir ton ami à cause de la famille dans laquelle tu es née plutôt que pour la personne que tu es. Entre nous, il n'y avait pas ce souci. On comptait les uns sur les autres. Il va aller bien, oui ?

— Il est au meilleur endroit et entre les meilleures mains possible.

— Combien de temps va-t-il rester à l'hôpital ?

— Deux jours, je pense. Il est important de s'assurer qu'il n'y a pas d'infection.

— Mais il ne reste que deux jours de Jeux.

— Je pense ne pas m'avancer en disant qu'il va les rater.

Comme elle se taisait, il ajouta :

— Ça va aller.

— Je sais. Je te crois. Je pensais juste à tous les engagements que Freddie a pris pour les jours à venir. La remise des médailles, le discours de la cérémonie de clôture...

— Quelqu'un va devoir prendre le relais.

— Je sais..., soupira-t-elle.

— Ce sera toi ?

— Sans doute. Décidément, quoi que je fasse et où que j'aille, je n'arrive pas à me débarrasser des remises de trophées et des discours. J'ai apprécié mon anonymat et, même si je savais qu'il ne durerait pas éternellement, j'espérais le prolonger le temps de mes deux derniers jours ici.

Elle haussa les épaules.

— Deux jours ?

Il n'avait pas voulu penser à la date de son départ.

— Oui, je repars le lendemain de la fin des Jeux.

— Si vite ?

— Oui. Je dois rentrer. Mon père est prince depuis vingt-cinq ans, et d'importantes célébrations sont prévues pour fêter son jubilé qui commence dans cinq jours. Je dois y être.

Elle hésita un instant avant d'ajouter :

— Tu pourrais... m'y accompagner ?

— À Berggrun ?

Elle hocha la tête.

— Je ne pense pas, non.

— Pourquoi pas ?

— Ce n'est pas un monde dans lequel je me sentirais à l'aise, je crois.

— Tu ne peux pas dire ça sans en avoir fait l'expérience.

Non. Viktoria avait des devoirs à remplir, et il le comprenait, mais comme pour Gemma son devoir représentait plus qu'un métier. C'était un devoir envers son pays.

Or, il ne pouvait pas rivaliser avec cela.

9

Viktoria était de retour à l'hôpital dès le lendemain matin de bonne heure. Elle commençait à songer qu'elle aurait vu plus d'hôpitaux qu'autre chose à Sydney.

Le chirurgien était confiant : Freddie allait bien, c'était le plus important.

— Bonjour ! Comment te sens-tu aujourd'hui ? Bien ?

— Je ne dirais pas bien, j'ai encore assez mal, mais, apparemment, c'est dû à l'opération. Donc ce doit être positif.

— Et quand vas-tu pouvoir sortir ?

— Pas avant demain au plus tôt. J'ai encore un peu de fièvre, et les médecins veulent s'assurer qu'il n'y a pas d'infection. Ce qui signifie que j'ai un service à te demander.

Viktoria savait déjà lequel.

— Tu veux que je décerne les médailles ?

— Oui, mais j'aurais aussi besoin de toi pour faire le discours de clôture.

— Mais il n'aura lieu que demain !

— Je sais, mais par précaution, pourrais-tu te familiariser avec ?

— D'accord. Mais dis-moi, si tu es hospitalisé jusqu'à demain, seras-tu autorisé à prendre l'avion dans deux jours ?

Freddie était censé repartir avec elle, lui aussi étant invité à la fête organisée pour le père de Viktoria.

— Non. Je vais devoir repousser mon retour de deux jours.

Et toi, tu ne pourrais pas rester un peu plus ? Cela te donnerait peut-être une occasion d'arranger les choses avec Campbell.

Elle lui avait raconté son début d'histoire avec Cam. À son crédit, son cousin s'était abstenu de lui dire qu'il l'avait mise en garde contre la décision de garder son identité secrète.

— Hélas ! j'ai promis à mes parents d'être à la maison pour les préparatifs. Je dois vraiment rentrer. Et puis, il n'y a rien à « arranger », ce n'était rien de plus qu'une amourette de vacances.

Enfin, c'était ce dont elle essayait de se convaincre, mais elle n'arrivait pas à se défaire du sentiment qu'il aurait pu y avoir davantage. Bon, de toute évidence, elle était seule à l'avoir pensé. Cam ne voulait rien avoir à faire avec elle.

— Je suis désolé, Viktoria.

— Tout va bien. Je pense que je me suis leurrée en imaginant qu'on pourrait avoir une véritable relation. C'est juste qu'avec lui j'avais l'impression de pouvoir être moi-même.

— Il aurait bien fallu qu'il apprenne la vérité un jour.

— Je sais..., soupira-t-elle. J'aimerais juste qu'il puisse voir au-delà de mon mensonge.

— Tu es sûre qu'il n'y a pas moyen de faire en sorte que ça marche ?

— Certaine. Le timing n'est pas bon, car il n'est pas prêt. Et moi, je n'ai pas le luxe d'attendre qu'il le soit.

— Vaut-il la peine d'attendre ? Penses-tu qu'il pourrait être le bon ?

Était-ce possible ?

— Je ne sais pas. Si je suis honnête, je vois beaucoup d'entraves : il ne se débarrassera jamais de sa culpabilité, et moi, je ne peux pas renier qui je suis ni les devoirs qui vont avec. Tu sais que mes parents attendent que j'annonce mes fiançailles à mon retour.

— Serais-tu prête à renoncer à cela s'il te le demandait ?

— S'il était l'homme que je souhaiterais qu'il soit, il ne me le demanderait pas.

Pourtant, s'il lui disait qu'il l'aimait et lui demandait de rester, elle ferait tout ce qui était en son pouvoir pour ne pas repartir. Car elle avait l'impression d'être la femme qu'elle voulait être quand ils étaient ensemble.

Mais au fond, serait-elle prête à sacrifier son titre pour lui ? Car il était injuste d'attendre de lui des sacrifices si elle-même n'était pas préparée à en consentir.

Bref, c'était compliqué.

Et elle qui avait pensé que l'amour était simple.

Bon an mal an, Viktoria survécut au dernier jour. Les deux journées écoulées étaient passées comme dans un brouillard d'épuisement et de désespoir, mais il ne restait désormais plus qu'un ultime événement : le relais 4 x 50 m en natation. Encore une remise de médailles, et ce serait la cérémonie de clôture, ce soir. Ensuite, elle embarquerait dans un avion pour Berggrun et une vie qu'elle n'était pas sûre de vouloir.

Rien ne se passait comme elle l'aurait souhaité. Trois semaines auparavant, elle n'avait jamais mis les pieds en Australie et, maintenant, elle ne voulait plus en partir. Elle s'imaginait un avenir ici, avec Cam. Avec un vrai travail, peut-être auprès des vétérans de guerre et des chevaux. L'équithérapie, oui. Mais tout cela n'était qu'un rêve.

Elle était tombée amoureuse d'un homme qui ne voulait pas d'elle et, maintenant, il lui fallait revenir à une vie qu'on avait tracée pour elle. Tout était hors de contrôle, pourtant elle ne voyait pas d'issue. Son titre et son devoir étaient des fardeaux qu'elle devait porter.

Elle regagnait son siège après la présentation des médailles tandis que les concurrents suivants s'alignaient au bord de la piscine. Les équipes étaient annoncées par les haut-parleurs, et elle n'écoutait qu'à moitié, trop perdue dans ses pensées, quand elle se cogna à Mark.

— Mark ! Pourquoi n'êtes-vous pas avec votre équipe ?

— J'ai décidé de ne pas nager. Mon épaule est encore douloureuse, et je ne voulais pas les handicaper.

— Mais c'est un relais, que vont-ils faire sans vous ?

— Nous avons un nageur en réserve. Campbell...

— Campbell va nager ? C'est vrai ? ajouta-t-elle en voyant s'approcher Skye. Vous le saviez ?

— Bien sûr, il m'a appelée, répondit Skye. Mais... Vous n'étiez pas au courant ?

Viktoria secoua la tête alors qu'elles se dirigeaient vers leurs sièges réservés.

— Non. Nous ne nous sommes pas trop parlé. Il m'en veut.

— Quoi ? Pourquoi ? Que s'est-il passé ?

— Il est en colère. Il pense que je lui ai menti... Enfin, disons qu'il a raison, je ne lui ai pas tout dit... mais j'avais mes raisons.

Que dirait-il s'il apprenait qu'elle ne lui avait pas seulement caché ses ascendants princiers ? Que dirait-il s'il savait qu'elle devait rentrer pour se choisir un fiancé ?

La foule acclamait les équipes, et Viktoria crut que le niveau sonore dissuaderait Skye de poser plus de questions, mais c'était mal la connaître. Au moins le reste des supporters n'entendrait-il pas son résumé des derniers jours, étant donné l'enthousiasme ambiant. Après tout, peu importait si elle s'épanchait auprès de Skye. Sans doute Cam lui raconterait l'histoire un jour ou l'autre.

Au moment où elle terminait son récit, les équipes s'alignaient pour la course. Cam nageait le dernier relais, et les Américains menaient quand il s'élança. Avec trois bons mètres de retard. Il avait cinquante mètres pour rattraper le concurrent américain.

Le Britannique plongea quelques fractions de secondes après Cam. La course était serrée, et la foule en délire.

Viktoria aussi aurait bien aimé applaudir et hurler depuis la tribune officielle, seulement depuis qu'elle assumait les devoirs de Freddie, tout le monde savait qu'elle était princesse. Plus question de porter son cœur en bandoulière ou de montrer ses préférences, d'autant plus que Cam et elle n'étaient pas officiellement en couple.

Pourtant, son cœur battait fort, aussi fort que si elle nageait à côté de Cam. Il rattrapait du terrain, et le bout de la piscine n'était plus qu'à quelques mètres. Plus que deux brasses, et l'Américain et lui touchèrent le mur… Ensemble ?

Tout le monde tourna les yeux vers l'écran dans l'attente du résultat officiel : Cam avait touché un centième de seconde avant l'Américain. L'Australie l'emportait ! La foule explosa de joie, et Viktoria ne put réprimer un sourire. Se tournant vers Skye, elle l'enlaça.

Quelques minutes plus tard, elle descendait sur l'estrade dressée au bord de la piscine afin de distribuer les dernières médailles de ces Jeux à la place de Freddie. Elle parvint à prononcer les mots attendus et à féliciter les nageurs britanniques, troisièmes, et les médaillés d'argent américains, mais plus elle s'approchait des Australiens, plus elle était nerveuse. L'équipe était alignée dans l'ordre de la course, si bien que Cam fut le dernier à recevoir sa médaille. Elle la lui passa autour du cou les mains tremblantes et l'embrassa sur les joues tout en se demandant si ce serait leur dernier contact.

— Félicitations…, dit-elle en reculant d'un pas, car elle avait besoin d'espace pour s'éclaircir les idées. La course a été fantastique.

Au fond d'elle-même, elle était vexée qu'il ne lui ait pas annoncé qu'il nagerait. Enfin, tout était difficile, et le moment de se dire au revoir serait le plus dur de tous.

Des hordes de gens, amis et famille, attendaient pour féliciter l'équipe de relais lorsque ses membres sortirent des vestiaires après la cérémonie des médailles. Cam savait qu'il aurait dû être heureux parce qu'ils avaient gagné. Pourtant, la victoire manquait de sel.

Viktoria lui manquait. Mais il ne pouvait rien y faire.

Il scruta les visages, conscient qu'il espérait la trouver parmi eux. Au lieu de quoi, il repéra Skye qui avançait vers lui, les sourcils froncés. Il reconnut cette expression : elle allait le réprimander comme seule une grande sœur pouvait le faire. Il ignorait à quel sujet, en tout cas elle n'avait pas l'air de venir le féliciter pour sa course.

— Qu'est-ce qui se passe entre Viktoria et toi ? demanda-t-elle sans préambule.

— Comment ça ?

— Elle vient de me dire que tu ne lui parlais plus à cause de qui elle est.

Cam entraîna sa sœur à l'écart de la foule, hors de portée d'oreille.

— Ce n'est pas exactement la vérité. Je lui parle, j'ai juste pris mes distances.

— Pourquoi ? Parce qu'elle est princesse ?

— Entre autres.

— Je croyais que tu l'appréciais.

— C'est le cas, mais notre histoire n'a jamais eu vocation à être sérieuse. Je savais qu'elle devait repartir.

— Tu n'es pas obligé de la laisser partir.

— Bien sûr que si. Elle est princesse, Skye. Elle a des devoirs, des obligations, et je ne peux pas rivaliser. Elle ne va pas renoncer à tout ça pour moi, d'ailleurs je ne le lui demanderais pas.

Il n'aimait pas l'idée de la perdre, comprenait ses devoirs et ne lui en voulait pas, seulement il savait qu'il ne pouvait attendre d'elle qu'elle le préfère au trône. Il agissait au mieux en la laissant partir car, de toute façon, son sens du devoir passerait toujours en priorité, comme cela avait été le cas pour Gemma. Or, il ne souhaitait pas qu'elle se sente déchirée entre son rôle de princesse et lui. Pas plus qu'il n'avait envie de jouer les roues de secours. Vraiment, il ne voyait pas comment les choses pourraient fonctionner entre eux. De plus, il n'était même pas sûr qu'elle ait envie d'essayer.

Sa rencontre avec Viktoria lui avait fait prendre conscience de sa solitude. Elle lui avait montré ce qui manquait à sa vie, et il se rendait compte à présent qu'il désirait une relation vraie, solide et profonde. Il était prêt, mais c'était ridicule de penser que Viktoria était pour lui. Il ne la connaissait que depuis deux semaines ! Elle allait lui manquer, mais il s'en remettrait.

— Elle s'en va, Skye. Et elle ne va pas me choisir, moi.

Viktoria prit une profonde inspiration en montant sur l'estrade devant un millier d'athlètes et leurs familles, prête à délivrer le discours de Freddie à la cérémonie de clôture.

— La plupart d'entre vous savent que le prince Alfred a dû subir une opération chirurgicale en urgence il y a deux jours pour une péritonite. Il est extrêmement déçu de ne pouvoir être ici ce soir afin de partager les célébrations de ce qui aura été un événement incroyable. Mais il m'a confié ce message, que je vais vous transmettre : « Je tiens à remercier tous les athlètes pour leur implication et leur sacrifice pour leur pays. Vous avez été braves au combat et face à l'adversité, aux blessures et à la maladie pour participer à ces Jeux. Pour ceux qui, en regardant ces événements sportifs, ont pensé qu'ils ne pourraient jamais y arriver, sachez que si, c'est possible. Tous les concurrents de cette année sont volontaires pour devenir le tuteur d'un prochain athlète, d'un prochain survivant. Soyez courageux. Ouvrez-vous à autrui. Ensemble, tout est possible. J'espère que ces Jeux, outre le défi pour votre corps, représentent un défi pour votre esprit et ont fortifié votre mental. Votre résilience... Vos efforts, chers athlètes, ont gonflé le cœur non seulement du public australien ici présent, mais aussi des téléspectateurs du monde entier. Soyez fiers de ce que vous avez réussi. Avancez la tête haute... Je souhaite féliciter non seulement les athlètes, mais aussi leurs familles pour leur détermination, leur courage et leur fierté. Ensemble, vous avez montré au monde ce qu'il est possible de faire. Je suis extrêmement fier d'être associé à ces Jeux et j'ai déjà hâte de vous retrouver l'année prochaine à Vancouver. »

Viktoria marqua une pause pendant que la foule applaudissait les mots de Freddie avant d'ajouter les siens propres.

— Pour ma part, je voudrais ajouter mes félicitations et mes remerciements à vous tous pour avoir partagé vos histoires avec moi. Merci de m'avoir permis de jouer un rôle, si infime soit-il, dans ces Jeux. Vous êtes une source d'inspiration, et j'espère que, par le biais de vos histoires, j'aurai contribué à inciter d'autres personnes à persévérer, à tenir bon et à saisir les opportunités. À saisir la vie à bras-le-corps. À nous soutenir les uns les autres. Beaucoup d'entre vous ont commencé par des buts simples, celui de se lever le matin, de prendre une douche, de faire le tour du pâté de maisons, de discuter ou de se connecter avec quelqu'un. Et puis, peu à peu, vous avez monté la barre plus haut, plus haut, jusqu'à vous hisser jusqu'ici, aux Jeux. Félicitations, vous avez toutes les raisons d'être fiers de vos efforts.

Pendant tout son discours, elle avait senti plus qu'elle n'avait vu Cam debout sur la gauche de l'estrade. Elle avait bien tenté de ne pas penser à lui, de ne pas regarder dans sa direction, sachant comme il lui serait difficile alors de contenir son émotion. Pourtant, à la fin de son allocution, elle descendit de scène et alla le chercher.

— Docteur Hamilton, vous avez une minute ? Je voulais vous dire au revoir avant de partir.

— Tu… Vous partez maintenant ?

— Oui. J'ai beaucoup appris de cette expérience, surtout sur moi-même, mais je pense en ressortir plus forte. Je vais utiliser ma position pour faire changer les choses. Je ne me contenterai pas de distribuer les médailles et les titres honorifiques, je vais m'impliquer davantage dans les causes. Si je dois vivre une vie de devoirs, je m'assurerai de choisir ceux dont je serai fière. Alors je voulais vous dire merci pour tout. Pour le temps passé avec moi. Je me rends compte que j'ai commis des erreurs, je comprends que je suis compliquée, que ma situation est inhabituelle, mais j'ai apprécié d'apprendre à vous connaître et je ne vous oublierai pas.

Puis elle se pencha pour l'embrasser sur la joue avant de faire rapidement demi-tour et s'éloigner : surtout, qu'il ne voie pas ses larmes.

Elle voulait une vie publique *et* une vie privée. La Viktoria qu'elle voulait être devrait coexister avec la princesse Viktoria, elle en était bien consciente. Si Cam ne pouvait pas accepter ces deux aspects d'elle, alors le conte de fées dont elle rêvait n'était pas possible avec lui.

Elle avait adoré chaque minute de son aventure, mais à présent elle devait s'en aller. À l'instar de Cendrillon à minuit. Sauf qu'en l'occurrence elle ne pensait pas que son prince viendrait la retrouver.

10

Viktoria jeta un dernier regard à son reflet dans le miroir et rajusta sa tiare avant d'emprunter les couloirs du palais vers l'aile occupée par sa mère. Elle lissa sa robe de bal rose pâle. L'ensemble était composé d'une jupe longue jusqu'au sol, fluide, et d'un corsage ajusté en soie naturelle, le tout brodé de centaines de minuscules fleurs avec chacune un diamant cousu en son centre qui brillait et scintillait à chaque mouvement. Une robe de princesse et, pourtant, Viktoria remarquait à peine sa beauté tant elle était nerveuse.

Ce soir avait lieu le bal de gala qui célébrerait les vingt-cinq années de règne de son père. C'était l'avant-dernière soirée d'une semaine de célébrations, et Viktoria savait que Tomas, duc de San Fernando, serait présent. Tomas était le choix de ses parents qui le trouvaient digne de leur fille, et Viktoria le connaissait depuis leur enfance. Deux mois plus tôt, elle avait avoué à Freddie que, dans la liste de prétendants établie par ses parents, Tomas avait sa préférence. Mais c'était avant de rencontrer Campbell.

Ses pensées retournèrent à Sydney, comme si souvent depuis une semaine. Elles retournèrent à Cam. Ils n'avaient vécu qu'une aventure de vacances et, pourtant, elle n'arrivait pas à se le sortir de la tête. Bon, certes, elle n'était pas rentrée depuis bien longtemps, mais si son cœur et sa tête appartenaient à un autre, ce n'était guère l'état d'esprit adéquat pour accepter la demande en mariage de Tomas.

Elle prit une profonde inspiration et frappa à la porte de la suite maternelle. Marie, la dame de compagnie de sa mère, lui ouvrit, et Viktoria entra, prête à ce qu'on lui rappelle son devoir.

— Tu es ravissante, ma chérie, dit sa mère en guise d'accueil. Tu es contente à la perspective de revoir Tomas ?

— Oui, prétendit Viktoria.

— Et tu vas accepter sa demande en mariage ?

Viktoria ravala la crainte, l'impression d'une opportunité ratée. Elle était tentée de répondre non, mais c'était une fille obéissante, une princesse dévouée, et elle remplirait son devoir comme elle l'avait promis. De toute façon, ce n'était pas comme si elle avait une autre option. Alors elle hocha la tête.

— Je suis contente, commenta sa mère. Ton père et moi pensons qu'il fera un mari très acceptable. Vous vous connaissez depuis toujours, et c'est un homme sensé et séduisant.

Viktoria voulait un homme passionné, pas sensé. Elle voulait quelqu'un qui lui coupait le souffle quand il souriait, qui lui donnait l'impression qu'elle fondait lorsque ses lèvres effleuraient les siennes, lorsqu'il la prenait dans ses bras. Elle voulait être avec quelqu'un qui la rendait vivante, qui avait besoin d'elle, Viktoria. Quelqu'un qui la complète et qu'elle complète.

— Sais-tu quel rôle je suis censée jouer en tant que duchesse ? demanda-t-elle. Je ne veux pas me contenter de remettre des trophées et de couper des rubans.

Elle y avait beaucoup réfléchi au cours de la semaine écoulée, quand elle ne pensait pas à Cam, et avait hâte de s'impliquer dans quelque mission d'une organisation caritative. Si elle pouvait en mettre en place les bases avant son mariage, alors elle aurait peut-être plus d'autonomie.

— J'imagine que vous allez fonder une famille.

— Je suis cinquième sur la ligne de succession au trône, maintenant, alors je ne suis pas obligée d'avoir des enfants tout de suite. Philippe, Nicolas et les fils de Philippe sont devant moi.

Son frère aîné avait donné naissance à des héritiers, et elle ne souhaitait pas envisager de fonder une famille tout de suite.

— Il n'empêche que Tomas voudra probablement des enfants. Et puis que ferais-tu d'autre ?

Viktoria avait tellement d'idées en tête...

— Participer aux jeux de la Légion et voir l'implication de Freddie, cela m'a donné à réfléchir. J'envisage de créer ma propre fondation caritative.

— Tomas et toi pourrez réfléchir à cela ensemble. Il est très impliqué dans plusieurs œuvres de charité. Tu pourrais peut-être l'assister.

Et avoir le rôle de soutien, pas l'inverse... Non. Elle voulait être traitée en égale. Savoir que sa voix était entendue et prise en compte.

Marie revint frapper à la porte.

— Son Altesse Royale demande si vous êtes prêtes à le rejoindre dans la salle de bal.

Viktoria accrocha un sourire à ses lèvres tandis qu'elle suivait sa mère au rez-de-chaussée et se préparait à passer la soirée à faire la conversation avec les invités de son père... et à vivre sa dernière soirée de liberté avant d'être officiellement fiancée à un homme qui était un quasi-étranger, en réalité. Car s'ils se connaissaient depuis l'enfance, elle ne l'avait vu que quatre ou cinq fois depuis quinze ans.

Bon, elle connaissait à peine Cam, et cela ne l'avait pas empêchée d'imaginer toutes sortes d'avenirs avec lui. Une vie pour elle, une vie de liberté en Australie. Avec Cam. Mais, de toute évidence, elle avait été la seule à rêver, et son avenir ne serait pas là.

Peut-être ferait-elle mieux d'accepter son destin et le mari que ses parents avaient choisi pour elle. De s'efforcer d'imaginer la possibilité qu'il soit un bon époux et que, peu à peu, elle apprendrait à l'aimer.

La soirée était un succès. Les talents organisationnels et la méticulosité de sa mère étaient à leur summum quand il s'agissait de mettre en place des événements de ce genre. La salle de bal du palais était pleine de têtes couronnées, de célébrités, de politiciens, de tiares, de robes longues, de médailles, de bijoux, le tout scintillant sous les lumières de dizaines de lustres. Le champagne coulait à flots, que du personnel en livrée blanche versait dans une valse fluide entre les hôtes, tout en portant des plateaux chargés de petits-fours et autres bouchées gourmandes. Le groupe de musiciens était excellent, et la piste de danse ne désemplissait pas.

Viktoria acceptait chaque danse qu'on lui demandait, même si elle faisait en sorte de se tenir assez près de l'orchestre pour éviter de mener une conversation. Il était plus facile de danser que de parler.

Alors qu'elle remerciait son partenaire de danse à la fin d'un morceau, Tomas apparut à côté d'elle.

— Bonsoir, Votre Altesse, dit-il en s'inclinant légèrement, une main tendue. Puis-je vous inviter pour la prochaine danse ?

— Bonsoir, Tomas, comment vas-tu ? répondit-elle en posant la main dans sa paume pour accepter l'invitation.

Il était plus grand qu'elle, le crâne légèrement dégarni, blond et pas brun, anguleux, pas beau mais possédant un certain charme.

Elle savait qu'elle le comparait à Cam et n'ignorait pas que c'était injuste. Personne ne pouvait rivaliser avec Cam. Et elle était aussi très consciente, alors que Tomas lui posait une main sur la taille, que ce contact ne faisait naître aucune étincelle, aucune excitation, aucune attente d'autre chose. Elle n'était pas emportée, et encore moins sur le point de fondre dans ses bras.

Elle ferma les yeux et s'imagina dans les bras de Cam. Sentant la chaleur de ses mains, le contact de ses doigts sur sa peau. C'était malhonnête sans qu'elle puisse s'en empêcher, mais ce n'était pas ce qu'elle voulait pour sa vie, pour elle-même.

Tomas parlait. Difficile de s'imaginer dans les bras de Cam quand elle n'entendait que la voix d'un autre. Alors elle rouvrit les yeux et s'obligea à se concentrer, à jouer l'hôtesse parfaite qu'elle avait appris à être.

— Pardon ?

— Je te disais à quel point j'étais pressé que tu voies la maison que je nous ai achetée.

— Tu as acheté une maison ? répéta-t-elle, essayant de ne pas laisser entendre son désarroi à l'idée qu'il ait fait cela sans son approbation, sans sa permission. Où est-elle ?

— À San Fernando.

Une éventualité qu'elle n'avait pas envisagée, s'imaginant vivre à Berggrun. Et vivre seule, pas avec Tomas. Ses parents avaient-ils donné leur approbation à un déménagement ?

Oui, sans doute. On ne s'attendait probablement pas qu'elle vive à Berggrun toute sa vie. Mais alors, pourquoi ne pourrait-elle pas vivre ailleurs ? En Australie, par exemple ?

— J'ai pensé que tu aimerais peut-être venir la semaine prochaine, poursuivit Tomas. Une fois que nos fiançailles seront officielles... La maison est entièrement vide, une toile blanche, et je me suis dit que tu aimerais la décorer.

Elle émit un son assez vague pour passer pour un acquiescement, tandis que Tomas la guidait avec confiance à travers la piste de danse. Elle ambitionnait plus dans la vie que de devenir décoratrice de son intérieur.

Entre les têtes et les épaules des autres couples, elle aperçut un homme brun et, l'espace d'un instant, crut reconnaître Campbell, mais avant qu'elle puisse s'en assurer, Tomas la fit tourner, et elle le perdit de vue.

Lors d'une autre volte, elle vit Freddie, ce qui la surprit, car elle ignorait qu'il serait rentré d'Australie pour le bal... Mais ce fut la vision de l'homme planté à côté de son cousin, cet homme brun désormais de face, qui lui coupa les jambes.

Il était là.

Cam était là.

— Tout va bien ? demanda Tomas.

La retenant un peu plus fermement, il parvint à la garder

sur ses pieds, mais elle respirait fort, son cœur battait vite. Elle se tenait avec Tomas au milieu de la piste, les yeux rivés sur Cam. Pétrifiée.

— Je pense que j'ai besoin d'un verre d'eau, balbutia-t-elle.

— Bien sûr. Viens t'asseoir.

Tomas la guida vers un siège se trouvant à plusieurs mètres de l'endroit où se tenaient Cam et Freddie.

— Je vais te chercher à boire.

Elle remarqua à peine Tomas qui s'éloignait, ne voyant que Cam qui s'approchait. Elle retint son souffle sans ciller, terrifiée à l'idée qu'il disparaisse si elle clignait des yeux ne serait-ce qu'une seconde. Elle n'était toujours pas certaine de ne pas imaginer la scène.

Et puis il fut là, debout devant elle.

Elle aurait voulu se jeter dans ses bras, sentir son étreinte, s'assurer qu'il était bien réel. Mais si elle avait pu le faire à Sydney, c'était impossible ici. Une princesse ne se comportait pas ainsi.

Elle se leva, embrassa Freddie sur les joues, toujours sans quitter Cam des yeux. Puis il lui prit la main, et son cousin s'écarta. Une vague de chaleur la traversa, et elle crut encore que ses genoux allaient flancher. Toutes ces sensations dont elle se souvenait, qu'elle brûlait de retrouver depuis son retour... Un simple regard, un simple contact de Cam, et elle fondait.

Il porta sa main à ses lèvres et lui embrassa les doigts.

— Bonsoir, Viktoria.

Entendre son prénom franchir ses lèvres, juste son prénom et pas « Votre Altesse » ou « Princesse », c'était le son le plus doux au monde. Être cette personne lui avait manqué. Cam lui avait manqué. Ils étaient séparés depuis moins d'une semaine, pourtant ces quelques jours lui avaient semblé une éternité.

— Cam... Que fais-tu ici ?

— Je suis venu pour toi.

— Pour moi ?

La salle commença à tournoyer, et Cam la retint par le coude quand elle vacilla. Sa peau était en feu, la tête lui tournait. Oui, elle avait besoin d'un verre, mais pas question que Tomas la trouve là, avec Cam, en revenant.

Que faire ? Elle tourna les yeux vers Freddie.

— Vas-y. Je vais occuper Tomas, dit-il.

Sans attendre une seconde de plus, elle se glissa par l'une des portes-fenêtres sous les arches longeant la salle de bal. Elle aurait voulu prendre la main de Cam, mais elle devait attendre d'être sûre que personne ne les observait. Il y avait des règles, beaucoup... Mais, parfois, elles devaient être brisées.

Ils sortirent dans un patio, et elle entraîna Cam dans un coin où ils seraient à l'abri des regards. Là, elle s'assit sur un large siège orné d'un coussin et lui prit la main pour l'attirer à côté d'elle.

Ils surplombaient l'océan en contrebas et, au loin, les lumières de centaines de bateaux amarrés dans la marina scintillaient comme des étoiles éparpillées sur l'eau noire. Avec les lumignons accrochés dans le port, Viktoria avait juste assez de lumière pour discerner les traits de Cam. Elle le dévisagea, observant chaque détail de son visage. Il était aussi beau que dans son souvenir.

Aussi parfait en smoking qu'en tenue militaire.

— Quand es-tu arrivé ? Comment ? Pourquoi ?

La tête continuait de lui tourner, et elle ne s'expliquait pas sa présence.

— Il y a à peu près une heure. Je suis venu avec le prince Alfred. Il était ravi d'avoir les services d'un médecin lors du vol par mesure de précaution après son opération. J'étais d'accord pour l'accompagner, mais, en réalité, c'est toi que je suis venu voir.

Cam n'était qu'à moitié conscient de ce qui l'entourait, du palais, de la vue sur la marina, des lumières et des conifères. Il ne voyait que Viktoria. Belle à couper le souffle, éclipsant tout et tout le monde.

— Je serais bien venu plus tôt, ajouta-t-il en s'asseyant, mais je ne savais pas si tu voudrais me voir. Je me suis rendu compte de ce que j'avais perdu après ton départ seulement, mais je me suis dit que je ne pouvais pas frapper à la porte du palais en demandant à te voir. Le prince Alfred m'a offert l'occasion idéale. Je l'aurais regretté toute ma vie si je n'avais pas saisi cette opportunité de rectifier l'erreur que j'ai faite.

Il savait que Viktoria avait des devoirs d'hôtesse à remplir ce soir, il n'avait pas prévu de rester longtemps. Le prince lui avait assuré qu'il le ferait entrer au bal, et il avait juste eu l'intention de faire savoir à Viktoria qu'il était à Berggrun. Qu'il était venu la voir et qu'il pouvait attendre le lendemain.

— J'ai été entêté, j'étais perdu, je n'aurais pas dû te laisser partir. Mais j'attendrai demain pour te dire ce que je suis venu te dire.

— Dis-le-moi maintenant.

— D'accord... Viktoria, je n'attends pas de toi que tu renonces à ta vie pour moi. En fait, pour te dire la vérité, je ne pensais pas que tu pourrais avoir besoin d'un homme comme moi dans ta vie. Je n'en suis toujours pas certain, mais j'avais besoin de le découvrir d'une manière ou d'une autre. Tu m'as sorti de ma zone de confort, et je n'ai pas bien géré ça. Depuis l'accident, je préfère contrôler ma vie, je n'aime pas les changements inattendus. Et toi, tu arrives, tu chamboules ma vie... Alors ma première réaction, c'est de résister, de me refermer. Et puis j'ai compris que sans toi ma vie était ennuyeuse. En ne réagissant pas, je me comporterais comme un couard. Je raterais ma vie. Je te raterais, toi. Voilà pourquoi je suis ici. Je veux que tu viennes en Australie avec moi. Ou je peux rester ici... Peu m'importe du moment que je suis avec toi. Je veux être heureux.

— Moi aussi, je le veux. Je voudrais que nous soyons heureux tous les deux, mais tu arrives trop tard.

— S'il te plaît... Accorde-moi une chance.

— Non, tu ne comprends pas. C'est trop tard pour nous. Les choses ont changé.

— Comment ça ? Tu n'es rentrée que depuis quelques jours.

— Demain, je serai fiancée. Promise à un autre.

Non. Il avait mal entendu. Le décalage horaire lui jouait des tours.

— Quoi ? Qui ? balbutia-t-il, le ventre noué.

— Le duc de San Fernando.

— Et ça a été décidé quand ? demanda-t-il en lui prenant la main pour constater que son doigt était nu. Tu n'es pas encore fiancée.

— Non, mais tout est arrangé. Un banquet est prévu demain pour annoncer officiellement les fiançailles.

— Demain ? Tu es amoureuse de ce type ?

Une boule s'était formée dans sa gorge, et la nausée menaçait de le submerger.

— Je l'apprécie. Et j'espère que nous aurons une belle vie ensemble.

— Tu l'apprécies ? Bon sang, mais ça veut dire quoi ?

— Que j'ai un accord avec mes parents et que ce sont eux qui ont tout organisé.

— Organisé ? Tu me parles d'un mariage arrangé ? Bon sang ! qui fait encore ça de nous jours ?

— Nous. Je suis censée me marier une fois l'âge de trente ans atteint. C'est une tradition, à Berggrun. Et c'est donc mon devoir.

Cam était horrifié.

— Et puis ensuite ? Tu vas passer tes journées à remettre des trophées et à inaugurer des hôpitaux ? Je croyais t'avoir entendue dire que tu voulais plus.

— C'est le cas. Et je croyais pouvoir avoir plus, seulement j'ai fait une promesse à mes parents avant de partir en Australie. Et le temps me manque.

— Je pensais que tu rentrais assister à des cérémonies en l'honneur de ton père. Tu n'as jamais mentionné de fiancé ou de mariage arrangé.

— Je n'imaginais pas que cela importait encore. Notre relation était terminée.

— Je suis venu ici pour voir justement s'il y avait un moyen pour nous deux d'avancer.

— Je suis navrée, Cam, mais je ne peux pas me dédire. C'est mon devoir.

À ces mots définitifs, il sentit son cœur se briser en mille morceaux. Cette femme avait guéri son cœur pour mieux le détruire ensuite.

Pour Viktoria, le reste de la soirée se passa dans un brouillard. Cam lui avait demandé une dernière danse, mais elle refusa. Elle n'avait d'autre choix et redoutait de n'être pas en mesure de cacher ce qu'elle ressentait pour lui. Pas question de s'afficher ainsi devant Tomas ou ses parents, sans parler du reste du monde via la presse.

Cam avait maintenant quitté le bal, et elle avait cru perdre la tête. Incapable de se concentrer sur autre chose que lui, elle était consumée par la peur. Commettait-elle une erreur ? Sans doute, oui, mais comment la rectifier ?

Il lui fallait absolument le revoir, elle ne pouvait pas le laisser repartir sans au moins un au revoir.

Elle dormit d'un sommeil agité, se tournant et se retournant dans son lit tout en listant les options qui s'offraient à elle, avant de décider finalement de faire appel à Freddie. Elle ignorait où Cam était descendu à Berggrun, mais Freddie le savait sans doute. Elle devait contacter Cam et lui demander de revenir au palais, car elle ne pouvait aller le voir au risque de croiser des paparazzis. Avec les rumeurs qui annonçaient déjà ses fiançailles, les spéculations allaient bon train quant à l'heureux élu. Alors pas question de mettre Cam face aux requins des tabloïds, et pas question non plus d'humilier Tomas.

Freddie lui donna les coordonnées de l'hôtel de Cam, et ce fut le cœur battant qu'elle composa le numéro, mais tous ses espoirs se brisèrent quand on lui répondit qu'il avait déjà libéré sa chambre.

Il était parti. C'était trop tard.

Elle n'en revenait pas de l'avoir laissé s'en aller.

Avant qu'elle ait eu le temps de réfléchir à la conduite à adopter, Brigitta apparut pour lui annoncer que ses parents la demandaient pour le petit déjeuner.

Comme un zombie, Viktoria retourna dans le patio où ses parents étaient installés. Toute trace du bal avait été effacée, pourtant elle ne put s'empêcher de penser que c'était là qu'elle avait vu Cam pour la dernière fois.

Après quelques banalités et autres bavardages sur le bal et les festivités que Viktoria écouta d'une oreille distraite, ses parents en vinrent au but de leur invitation.

— Nous souhaitions te parler de Tomas..., dit sa mère, au grand désespoir de Viktoria. Nous sommes inquiets, poursuivit-elle, la surprenant. Peut-être le choix a-t-il été un peu hâtif, car nous ne sommes pas certains que Tomas soit le bon choix pour toi.

Viktoria secoua la tête, perplexe.

— Vous m'accordez plus de temps ? Mais j'ai presque trente ans.

— La tradition n'est pas gravée dans la pierre, répondit son père. Les choses peuvent évoluer. Après ce qui s'est passé avec Luca, ta mère et moi avons pensé que tu serais soulagée que nous te suggérions un partenaire. Mais le choix te revient. Si tu n'es pas sûre de toi, tu peux attendre.

— Est-il vrai que tu as rencontré quelqu'un à Sydney ? s'enquit sa mère.

— Comment le savez-vous ? Freddie vous l'a dit ?

Sa mère hocha la tête.

— Nous souhaitions discuter avec toi de la situation. Nous tenons à ce que tu sois absolument sûre de prendre la bonne décision.

— Je ne sais pas si cela pourrait fonctionner. Ni comment, murmura-t-elle, le cœur soudain gonflé d'espoir.

— Dans la vie, on ne peut jurer de rien, mais si l'on veut

quelque chose de tout son cœur, si cette chose en vaut la peine, eh bien, il faut essayer. Est-ce que tu l'aimes ?

Elle songea à ce qu'elle ressentait avec Cam. Quand il l'embrassait, lui tenait la main, lui faisait l'amour. Quand il lui ouvrait son cœur. Et à ce qu'elle avait ressenti en se croyant obligée de le laisser sortir de sa vie.

— Oui, répondit-elle.

— Dans ce cas, tu dois lui parler avant de prendre ta décision.

— Je ne sais pas où il est...

— Je suis là.

Cette voix. Le souffle coupé et le cœur battant la chamade, elle fit volte-face. Cam se tenait là, devant elle.

— Cam !

Elle se rua dans ses bras, sans réfléchir, sans hésiter.

— J'ai appelé ton hôtel, je te croyais parti.

Il referma les bras autour d'elle. Vaguement, elle entendit ses parents quitter le patio pour les laisser seuls.

— Je n'ai pas pu partir. Pas sans toi. Hier soir, je ne voulais pas faire de scène, je respectais ton devoir d'hôtesse. Pourtant, je ne me sentais pas prêt à accepter que ce que nous avons partagé soit terminé. J'ai passé la nuit à réfléchir.

Il lui prit la main pour l'entraîner sur le siège où ils étaient assis la veille, puis l'attira sur ses genoux.

— Je n'aurais jamais dû te laisser partir, mais je ne pensais pas te mériter. Je ne pensais pas avoir quoi que ce soit à t'offrir. J'étais à la fois en colère et triste, plein de culpabilité. Tu sais, mes blessures physiques sont peut-être guéries, mais je garde des cicatrices émotionnelles. J'étais vulnérable, sauf quand j'étais avec toi, je me sentais guéri. Tu es un baume pour mon âme et tu m'as montré une voie vers un avenir où je pourrais être à nouveau heureux. En retour, cependant, je n'étais pas sûr de pouvoir te rendre heureuse. En plus, je ne savais pas si je pourrais rivaliser avec tes devoirs de princesse. Je t'aime, et mon plus cher désir est de te soutenir si tu veux de moi. Je ne veux pas te perdre, je ne veux pas que tu en épouses un autre, je veux que tu te maries avec moi.

Elle avait rêvé qu'il se batte pour elle. Qu'il revienne pour elle. Et il le faisait.

— Tu veux m'épouser ?

— Oui. Et je ne repartirai pas sans toi.

— Et si je ne peux pas partir ?

— Dans ce cas, je trouverai le moyen de m'installer ici. J'ai toujours aimé avoir des projets, mais j'ai cessé après la mort de Gemma. Quand je t'ai rencontrée, j'ai recommencé à regarder devant moi, à penser à l'avenir. Contrairement à ce qui est arrivé à la mort de Gemma, là je peux faire en sorte de ne pas te perdre. Et je vais me battre pour ce que je veux, c'est-à-dire toi. S'il y a un moyen de faire en sorte que ça fonctionne, je le trouverai et je le mettrai en place. Tant que tu ne me dis pas que je t'ai définitivement perdue, je considère qu'il reste une chance. Ça dépend de toi.

Il essuya une larme sur la joue de Viktoria qui ne s'était pas rendu compte qu'elle pleurait. Mais c'étaient des larmes de joie. Il n'était pas parti sans elle. Il l'aimait.

— Je comprends qu'en tant que princesse tu as certains devoirs, reprit-il. Je peux vivre avec ça. Je ne te demande pas de renoncer à ça pour moi. En revanche, je refuse de te perdre au profit d'un autre homme.

— Penses-tu que tu pourrais vivre ici à Berggrun ?

— Aucune idée, dit-il avec un sourire – ce sourire magnifique. Je n'ai rien vu de ce pays, à l'exception du palais et de ma chambre d'hôtel. Tu veux bien me faire visiter ?

— Oui... Oui ! J'adorerais ça.

— Tant mieux. Mais avant, j'ai une question à te poser.

Il l'assit sur le siège puis mit un genou à terre.

— Viktoria, je t'aime. Je n'ai rien d'autre à t'offrir que mon amour, mais veux-tu m'épouser ?

Elle sourit et lui prit les mains.

— Tu as beaucoup à m'offrir, Cam. Sans compter que tu es

l'homme le plus gentil, loyal, intelligent et sexy que j'aie rencontré de ma vie. Et je t'aime. Je veux être plus qu'une princesse. Je veux être ta femme et oui… je veux t'épouser.

Apparemment, l'apothéose des contes de fées pouvait devenir réalité, tout compte fait, songea Viktoria en embrassant l'homme de ses rêves.